Das Fest der Zwerge

SERIE PIPER

Zu diesem Buch

Die beliebtesten Autoren führen mit neuen Originalerzählungen in magische Winterreiche: Wie feiert das Volk der Zwerge sein höchstes Fest? Wie wird es in den Gefilden von Orks, Kobolden, Zauberern und anderen geheimnisvollen Geschöpfen begangen? Die besten Fantasy-Schriftsteller unserer Zeit berichten von spannenden, humorvollen, düsteren und überraschenden Abenteuern in unserer und anderen Welten. Markus Heitz, Andreas Eschbach, Monika Felten, A. Lee Martinez, Mara Volkers, Samit Basu, Michael Peinkofer und viele andere sind mit exklusiven Beiträgen in diesem Band versammelt, dazu drei unvergessliche weihnachtliche Klassiker von Ray Bradbury, Dan Simmons und Thomas M. Disch. Wer Fantasy liebt und alle seine Lieblinge auf einen Streich haben will, kommt am »Fest der Zwerge« nicht vorbei.

Carsten Polzin, geboren 1976, studierte Rechtswissenschaften und veröffentlichte juristische Aufsätze sowie Essays über phantastische Literatur. Er arbeitete in der Schweiz und in Kambodscha und ist heute als Verlagslektor in München tätig.

Das Fest der Zwerge

PHANTASTISCHE WEIHNACHTSSTORYS

Herausgegeben von
Carsten Polzin

Piper München Zürich

Mix
Produktgruppe aus vorbildlich bewirtschafteten
Wäldern und anderen kontrollierten Herkünften
www.fsc.org Zert.-Nr. GFA-COC-1223

Originalausgabe
November 2007

Umschlagkonzeption: Büro Hamburg
Umschlaggestaltung: HildenDesign, München – www.hildendesign.de
Umschlagabbildungen: Glen Angus, Wisconsin –
www.gangus.net und Eigenarchiv HildenDesign
Satz: psb, Berlin
Papier: Munken Print von Arctic Paper Munkedals AB, Schweden
Druck und Bindung: Clausen & Bosse, Leck
Printed in Germany ISBN 978-3-492-26648-2

www.piper.de

Inhaltsverzeichnis

Markus Heitz ☆ *Das Fest der Zwerge* 7

Samit Basu ☆ *Das Jahr des Affen* 44

Monika Felten ☆ *Zwölfnächte* 60

Dan Simmons ☆ *Gequält vom Alptraum in der schaukelnden Wiege* 70

Tobias O. Meißner ☆ *Der letzte Weinaxtmann* 80

Richard Schwartz ☆ *Der Besuch* 89

Karl-Heinz Witzko ☆ *Dicke, rote Männer* 103

Thomas M. Disch ☆ *Der Weihnachtsmann-Kompromiss* 128

Marliese Arold ☆ *Die zweite Chance* 136

A. Lee Martinez ☆ *Noch sind wir nicht tot* 162

Mara Volkers ☆ *Der Tag des Teufels* 180

Michael Peinkofer ☆ *Der Orkvernichter* 204

Ray Bradbury ☆ *Der Wunsch* 224

Andreas Eschbach ☆ *Ein Fest der Liebe* 235

Florian Straub ☆ *Kathy* 258

Autoren- und Quellenverzeichnis 263

Markus Heitz

Das Fest der Zwerge

Das Geborgene Land, am südlichen Rand des Zwergenreichs des Zweiten, Beroïn, im Frühling des 6228sten Sonnenzyklus

»Nanu?« Boëndal Pinnhand aus dem Clan der Axtschwinger vom Stamm des Zweiten, Beroïn, blieb stehen, stellte den Krähenschnabel ab und ging in die Knie. Er tauchte die Kuppe des linken Zeigefingers prüfend in die grausilberne Lache, die er im Lampenschein auf dem Gangboden ausgemacht hatte, verrieb die Flüssigkeit zwischen den Fingern und roch daran.

»Felsöl«, brummte er nachdenklich und erstaunt zugleich.

»Ho, hier verschüttet jemand ein kleines Vermögen!« Boïndil Zweiklinge, der auch auf den Namen Ingrimmsch hörte, hob den Kopf und blickte zur Decke. »Oder tropft es von dort oben herunter?« Er hatte die Hände auf die Stiele seiner Kurzäxte gestützt, auf seinem Rücken hing ein schwerer Schild.

Wie sein Bruder trug er ein gepflegtes Kettenhemd, darunter ein Lederwams. Handschuhe schützten die Finger, Eisenschienen an den Unterschenkeln und über den Stiefeln bewahrten die Krieger vor Verletzungen im Kampf. Ihre Helme baumelten an den Gürteln.

Man konnte die Zwillinge nicht nur anhand ihrer Bewaffnung unterscheiden.

Boïndil trug zwar ebenfalls einen langen, schwarzen Zopf, aber seine Haare waren an den Seiten ausrasiert; und dieses merkwürdige, stechende Funkeln lag in den braunen Augen, wo bei seinem Bruder eher Besonnenheit und Freundlichkeit ruhten.

Sie waren auf dem Rückweg von ihrem Wachdienst in der Festung an der Hohen Pforte. Im Süden stemmten sich die Zwerge vom Stamm der Zweiten gegen die einfallenden Horden des Bösen, die Kreaturen Tions, die das Geborgene Land unterwerfen wollten. Die untersetzten Krieger bewahrten nicht nur die eigene Heimat vor der Erstürmung, sondern auch die der Menschen, Elben und Magi sowie Magae, ohne eine Gegenleistung dafür zu verlangen. Ihr Schöpfer, Vraccas, hatte den ersten Zwergen diesen ehrenvollen Auftrag erteilt.

Manchmal dauerte es Zyklen, bis die finsteren Horden sich zu einem neuerlichen Versuch vor dem Graben und den Mauern des Bollwerks einfanden, manchmal aber auch folgte Feldzug auf Feldzug.

Derzeit ließen sich weder Ork noch Troll noch Oger blicken. Das war allerdings kein Anlass, die Wachsamkeit zu verringern.

Boëndal erhob sich und blickte ebenfalls nach oben. »Nein, sieht nicht danach aus. Es wäre unseren Ahnen als Erbauer der Gänge sicherlich aufgefallen, wenn sich darüber eine Blase mit der seltenen Kostbarkeit befunden hätte.«

»Mmh. Wer schleicht dann also mit einem Beutel Felsöl durch die Gänge?« Boïndil rieb sich den schwarzen Bart. »Diese Lache ist mindestens … fünfzig Goldstücke wert. Dafür kann man sich viel gutes Eisen kaufen.«

»Wer sagt, dass es in einem Beutel transportiert wurde?« Boëndal kratzte sich am Kopf. Er sah den Weg entlang und entdeckte weitere schimmernde Spitzer am Boden. »Sollen wir es melden, oder gehen wir der Sache selbst auf den Grund?«

Boïndil grinste nur, setzte seinen Helm auf und zog den Kinnriemen fest.

Sie folgten der Spur durch die Gänge, in deren Gewirr sich Menschen oder die Tumben unter den Kreaturen Tions nach drei Abzweigungen rettungslos verliefen. So weit im Süden des

Zwergenreichs der Zweiten und in unmittelbarer Nähe zum Durchgang ins Jenseitige Land, waren die Tunnel für unkundige Augen nicht voneinander zu unterscheiden.

Die zwergischen Erbauer des Labyrinths hatten es angelegt, um Angreifer, die einen Weg ins Innere gefunden hatten, umherirren zu lassen – bis sie entweder auf ausgeruhte, grimmige Verteidiger trafen, verhungerten oder verdursteten.

Geheime Markierungen am Boden verrieten lediglich Zwergenkriegern, wo sie sich vor Falltüren hüten mussten. Für alle anderen tat sich der Boden unvermittelt auf und ließ sie in endlose Schwärze stürzen; die Glücklicheren endeten in speergespickten Fallgruben oder wurden von einem Flusslauf mitgerissen und ertranken.

Boïndils Hände ruhten noch immer auf den Stielen seiner Kurzäxte, Boëndal ging voran, den Krähenschnabel in der Rechten. Sie fanden immer wieder Spritzer des Felsöls.

»Ich frage mich«, meinte Ingrimmsch, »wohin es uns verschlagen wird. Bei Vraccas, wir laufen schon eine ganze Weile! Meine Füße qualmen allmählich. Ich werde mir etwas Felsöl in die Stiefel träufeln.«

»Besser nicht. Wenn es heiß wird, stinkt es«, neckte ihn sein Bruder und schulterte die Waffe. »Und in deinen Stiefeln würde es *dermaßen* stinken, dass die Stalaktiten flüssig werden!«

»Pah!« Boïndil gab den Beleidigten, grinste aber. »Was derjenige, den wir verfolgen, wohl mit dem Felsöl anstellen möchte?«

»Ich glaube nicht, dass er es zum Abschrecken von Schmiederohlingen verwenden möchte, wozu es ja eigentlich dient. Im schlimmsten Fall wird er es an die Langen verkaufen«, mutmaßte Boëndal ohne zu zögern. »Sie zahlen mit sehr viel Gold. Manche Magi benötigen es, wie ich gehört habe, als Ingredienz für ihre Trünke, andere verarbeiten es zu einem berauschenden Mittel, mit dem man den Tabak tränken kann.«

»Du meinst, er wird es hinausschmuggeln wollen?« Ingrimmschs Miene verdüsterte sich. »Das wäre sehr, sehr unredlich. Wenn es so ist und ich ihn die Finger bekomme, verprügele ich ihn so lange mit den flachen Seiten meiner Beile, bis seine Wangen breit wie Teller werden. Das schwöre ich bei meinem Bart!«

»Ich kenne niemanden, der es wagen würde. Ganz zu schweigen davon, dass es unmöglich ist«, sagte sein Bruder sofort. »Es kann ja auch sein, dass er eine Quelle gefunden und sich zum Beweis eine Probe mitgenommen hat. Wann wurde denn in unserem Gebirge das letzte Mal Felsöl gefunden? Ich kann mich nicht daran erinnern. Die letzten Bestände lagern in den großen Steinbecken, und diese werden streng bewacht.«

Boïndil grummelte. »Da haben wir ja ein echtes Abenteuer aufgetan, was, Bruderherz? Vielleicht spüren wir einen Dieb auf!«

Boëndal hatte plötzlich eine ganz andere Vermutung. »Die Zyklen-Prüfung!« Er lachte begeistert. »Boïndil! Verstehst du?! In diesem Zyklus sind *wir* die Auserwählten!«

»Was denn für …?« Ingrimmsch benötigte einen Moment, bis er begriffen hatte, was sein Bruder meinte. »Was für eine Ehre, wenn es so ist, wie du sagst!«, rief er freudig.

»Es ist durchaus möglich. Vielleicht besteht sie in diesem Zyklus darin, dass uns der König auf die Suche nach einem Felsöldieb schickt?« Boëndal atmete tief ein und reckte sich stolz. »Und wir haben die Spur gefunden.«

»Das können auch noch andere nach uns.« Boïndil blickte über die Schulter, den Gang entlang, aus dem sie gekommen waren. »Sollten wir uns nicht lieber beeilen, bevor uns jemand zuvorkommt?«

»Du hast recht. Es ist auch nicht gewiss, dass wir die Ersten waren, die die Spuren fanden.« Boëndal packte den Krähenschnabel und trabte los, sein Bruder folgte ihm mit einer halben Speerlänge Abstand.

»Ho, das wäre eine Genugtuung! Das letzte Mal war es Bimigar Hartschlag aus dem Clan der Hartschläger, der Vraccas' Beistand hatte und die inszenierte Verschwörung aufdeckte«, erinnerte sich Boïndil. »Er hat unseren Cousin Boïndol aber unlauter aus dem Feld geschlagen. Wenn er die Spuren nicht verwischt hätte, wäre Boïndol der Sieger gewesen.«

»Oh ja! Bimigar hat es danach auch bitter bereut, als sie ihm den Bart mit Öl und Teer eingerieben haben und ihn danach durch den Dreck wälzten.« Boëndal erinnerte sich voller Genugtuung an den unrühmlichen Anblick. »Entsinnst du dich auch noch, *warum* der König jeden Zyklus aufs Neue eine Verschwörung stattfinden lässt? Du weißt, dass er uns das fragen wird, wenn wir ihm die Lösung darbieten.«

»Damit wir, die Kinder des Schmieds und die Nachfahren des Zweiten, stets Vorsicht und Umsicht walten lassen, damit uns die Dritten niemals mehr überrumpeln können, so wie sie es damals vermochten«, antwortete Ingrimmsch auf der Stelle.

»Und *wann* war das?«

»Vor dreihundertelf Zyklen. Die Dritten hatten unsere Unachtsamkeit ausgenutzt und uns hinterrücks überfallen.« Boïndils Gesicht verschloss sich, und er zog im Laufen seine Beile. Der Gedanke an den Verrat der Dritten, die unentwegt nach der Ausrottung der übrigen Zwergenstämme trachteten, brachte sein Blut zum Kochen. »Es gab viele hundert Tote auf unserer Seite. Das soll uns zur Mahnung gereichen, niemals mehr träge und siegessicher auf den Schutz unserer Festungen zu vertrauen. Verrat ist wie Wasser: Er sickert in die kleinsten Lücken und richtet verheerenden Schaden an.«

»Eine hervorragende Antwort!« Boëndal verlangsamte seine Schritte. »Wenn du das unserem König verkündest und wir ihm die scheinbaren Verräter präsentieren, bekommen wir noch eine Belobigung obendrein.« Er kniete sich wieder hin, sich auf den Krähenschnabel wie auf einen Stock stützend. Die Form der grausilbernen Spritzer deutete darauf hin, dass ihr Flüchtiger seine Geschwindigkeit erhöhte. Hatte er sie gehört?

»Von nun an sprechen wir nicht mehr«, flüsterte er Ingrimmsch zu und erhob sich. »Keinen Laut, hörst du?«

Boïndil nickte.

Sie folgten den Spuren weiter und wunderten sich, dass sie geradewegs in die verlassenen Minen führten.

Auch wenn es sich bei der Prüfung nur um scheinbare Überläufer und Verräter handeln sollte, waren die verlassenen Stollen als Lager selbst für Ortskundige ein zu gefährlicher Ort. Sie waren nicht umsonst aufgegeben worden. Schlagwetter, weiche Gesteinsschichten und giftige Schwefeldämpfe hatten die Zwerge vom Stamm des Zweiten gezwungen, die Grabungen einzustellen. Die Verluste unter den Arbeitern hatte der König nicht in Kauf nehmen wollen.

»Ich kann mir Besseres vorstellen, als dort hineinzugehen«, murmelte Boïndil.

»Da bist du nicht alleine, Bruderherz.« Boëndal stand unschlüssig vor dem Eingang und betrachtete die Felsölspur. Es gab keinen Zweifel, dass ihr Flüchtiger hineingegangen war. Mit seiner Beute.

Ein gelblicher, stinkender Schwefelduft drang aus dem Tunnel und ließ sie erahnen, was sie darin erwartete.

Es war Ingrimmsch, der letztlich losstapfte. »Komm schon. Es hat ihn nicht umgebracht, was soll es uns dann anhaben?« Entschlossen hob er die Beile, als könnte er gegen Stein und Gase antreten wie gegen einen Feind aus Fleisch und Blut. »Und zieh deinen Helm an.«

»Du willst in diesem Zyklus der Sieger der Prüfung sein?«

»Bei Vraccas, und wie ich das will!«, schnaufte Boïndil. Er nahm eine Laterne von der Wand und klemmte ihren Griff so zwischen die Zähne, dass sie nach vorne wies und er die Arme frei hatte. Sein Zwillingsbruder folgte ihm.

Während Ingrimmsch den Weg leuchtete und sich stets bereithielt, einem Angriff aus dem Hinterhalt zu begegnen, beschränkte sich Boëndal darauf, die Tropfen des Felsöls nicht aus den Augen zu lassen. Er fühlte sich in der Obhut seines Bruders sicher.

Dann hob er die Hand. »Ich höre etwas«, wisperte er und deutete in einen Gang, der nach rechts abzweigte. Er war mit

Brettern zugenagelt worden, zwei Elemente im unteren Teil der Absperrung fehlten allerdings. Auf den hölzernen Stützen und dem Türsturz waren die Symbole für Schlagwetter eingetrieben worden.

Etwas Gefährlicheres gab es unter Erden beinahe nicht. Entweder man erstickte an den geruchlosen Gasen oder sie entzündeten sich an den Flämmchen von Fackel oder Laterne. Die Lohen brannten innerhalb eines Blinzelns eine gewaltige Strecke des Tunnels aus und hinterließen entweder Asche der Unglücklichen oder schwer verwundete Zwerge. Dazu kam die Druckwelle, die Streben und Abstützungen beiseitefegte und Stollen zum Einsturz brachte.

»Die sind in diesem Zyklus aber besonders anspruchsvoll«, grummelte Ingrimmsch und stellte die Laterne auf den Boden. »Wenn es da drinnen kein Leuchtmoos gibt, müssen wir den Spuren im Dunkeln folgen.«

Boëndal atmete laut aus. »Hier stimmt was nicht!«, meinte er. »Es hat mich schon stutzig gemacht, dass sie in diesen Teil des Gebirges führen. Aber wer begibt sich freiwillig in die Gänge mit dem Schlagwetter?«

»Sie werden es uns schwer machen wollen!«, beharrte Boïndil. Er sah seinem Bruder an, dass er lieber umkehren und den Vorfall melden wollte. »Sei kein Gnom, Bruderherz! Begleite mich.«

Boëndal setzte zu einer Erwiderung an – da erlosch die Flamme in der Laterne.

Ohne einen spürbaren Luftzug.

☆

Die Zwillingsbrüder standen in der Finsternis, keiner der beiden rührte sich.

»Ein Schlagwetter war das nicht«, sagte Boïndil leise. »Sonst wären wir jetzt nichts weiter als schwarze Ascheflöckchen.« Er tastete an sich herum, um nach Stahl und Zunder zu suchen und die Laterne zu entzünden.

»Nein, warte«, vernahm er die Anweisung Boëndals, der erraten hatte, was Ingrimmsch beabsichtigte. »Ich glaube nicht, dass das etwas nutzen würde.« Er bewegte sich rückwärts. »Wir kehren zum Einstieg zurück.«

»Ach ja? Nur weil die Lampe ...«

»Boïndil!«, herrschte Boëndal ihn an. »Tu, was ich dir sage!«

»Ich höre gerade ganz schlecht«, maulte er wie ein störrisches Kind. »Die Dunkelheit schlägt sich auch auf meine Ohren nieder, und ich ...«

»Es war vielleicht Magie, welche die Lampe zum Verlöschen brachte! Und wo Magie ist, sind die Albae nicht weit«, fiel ihm sein Bruder ins Wort. »Sie beherrschen schreckliche Künste, sagt man, und ich fürchte, mindestens einer von dieser Brut lauert irgendwo im Stollen vor uns.«

»Ho!«, rief Ingrimmsch begeistert. »Warum hast du das nicht gleich gesagt?!« Er lief los – geradewegs in den gesperrten Tunnel hinein. »Heya, kleines Schwarzauge! Wo steckst du denn? Komm schon, damit ich dir die Ohren gerade schneide!«

»Bei Vraccas! Bist du von allen guten Ahnen verlassen?!« Boëndal hatte den Kampfdurst seines Bruders einmal mehr unterschätzt. Er griff um sich, aber erwischte ihn nicht mehr. Das Krachen von Holz sagte ihm, dass Boïndil die Absperrung zerlegt hatte. »Sie sind uns in der Dunkelheit überlegen!«

»Aber nicht, solange wir uns in einem Stollen befinden, der von zwergischer Hand erschaffen wurde!«, brüllte Ingrimmsch zurück. Dem hallenden Klang der Stimme nach, hatte er sich schon sehr weit entfernt. »Ich hacke ihn in dünne Scheibchen und bringe die Einzelstückchen unserem König! Wir werden gefeiert, wie es Helden gebührt!«

Fluchend folgte Boëndal ihm und setzte sich den Helm auf. »Warte doch! Ich komme zu dir.«

Bald liefen sie Rücken an Rücken und sich stets im Kreis drehend durch den Tunnel und tasteten sich vorwärts. Der Schwefel reizte sie immer wieder zum Husten, die Augen tränten.

Plötzlich erkannte Ingrimmsch ein entferntes Schimmern am Ende des Ganges. Durch die Tränen wurde es zu einem überirdischen Strahlenglanz. »Ist das ein Licht?«, flüsterte er.

Boëndal sah ihm über die Schulter. »Scheint so. Gehen wir nachsehen und hoffen wir, dass es kein flüssiges Bergblut ist, das uns entgegenkommt und uns verbrennen wird.«

»Da kann man sehen, wie dämlich die Albae sind. Sie entzünden eine Fackel, obwohl sie wissen, dass es Schlagwetter gibt«, knurrte Ingrimmsch und wirbelte seine Beile. »Wie ich mich darauf freue, sein hässliches Gesicht mit Schnitten zu verschönern!«

Eine ähnliche Frage hatte sich Boëndal auch gestellt. Seine eigene stumme Antwort lautete, dass die Albae, die hier aufgetaucht waren, Zwergenrunen und die Warnung vor dem Gas nicht verstanden hatten.

Oder, und das war die weitaus beruhigendere Vorstellung, es hatte sich bereits verflüchtigt! Das machte den Stollen zum perfekten Unterschlupf, denn es gab keinen unliebsamen Besucher zu fürchten.

Boëndal hoffte, dass sie es doch mit Zwergen zu tun bekamen, welche die Zyklenprüfung auf Geheiß des Königs vorbereiteten.

Sie näherten sich der Lichtquelle und erkannten nun, dass es sich um eine Lampe handelte, deren Docht sehr kurz gedreht worden war. Sie hing an der Wand neben einer alten, rissigen Holztür. Rechts und links verlief der Quergang weiter in undurchdringliche Dunkelheit. Hinter der Tür erklangen Stimmen.

Die Brüder lauschten und vernahmen eine gedämpfte Unterredung.

»Ich sage, es sind Zwerge, die wir hören«, raunte Ingrimmsch.

Boëndal legte den Zeigefinger an die rauen Lippen. Er teilte diese Meinung nicht. Die Stimmen auf der anderen Seite hörten sich dunkel an, aber er verstand kein einziges Wort der

Unterhaltung. Er drückte sein Gesicht gegen einen breiteren Riss im Holz und spähte hindurch.

Ein gepanzerter, breiter Rücken war zu erkennen, der unmöglich einem Zwerg gehören konnte. Dann eine Männerhand, die sich zwischen den Schulterblättern kratzte, dabei klirrten Waffen.

»Es sind Lange«, flüsterte Boëndal seinem Bruder zu.

»Damit ist es sicher, dass wir es nicht mit der Zyklenprüfung zu tun haben«, grollte Ingrimmsch. »Lass uns anklopfen und fragen, was sie ohne Erlaubnis in unserem Gebirge verloren haben.« Er hob einen Beilstiel, aber Boëndal hinderte ihn.

»Warte! Wir wissen nicht, wie viele es sind.«

»Wen kümmert das? Wir haben schon zu zweit so viele Schweineschnauzen zerhackt, da werden wir doch mit einer Handvoll räuberischer Menschen zurechtkommen?«, höhnte Boïndil. »Kommen hierher und klauen uns das Felsöl! So geht es ja wohl nicht!« Und bevor sein Bruder widersprechen konnte, trat er die Tür auf.

Das marode Holz verging durch die Wucht in einer kleinen Explosion, Späne und Stückchen schossen in den Raum und trafen einige der Versammelten. Die morschen Reste fielen aus den Angeln auf den Boden und wirbelten Staub empor.

Ingrimmsch stürmte mit einem beeindruckenden Kampfschrei hinein, die Beile wirbelnd, um die Feinde einzuschüchtern.

Boëndal folgte, den Krähenschnabel in beiden Händen.

Sie standen in einem Raum von nicht mehr als neun Quadratschritten. Der Mann, den Boëndal durch den Riss im Holz gesehen hatte, war aufgesprungen und hatte seinen Zweihänder gezogen. Er war groß und breit und trug einen Schuppenpanzer, ebenso wie seine vier Begleiter. Schwerter blitzten im Schein der Leuchten auf; auf dem Tisch stand ein Tonkrug, der Rand schimmerte grausilbern.

»Ihr Diebe!«, schmetterte Boïndil ihnen triumphierend entgegen. »Haben wir euch erwischt! Dachtet wohl, ihr könntet einfach ungesehen in unsere Heimat marschieren, das Felsöl stehlen und euch wieder davonmachen, was?« Er schüttelte wahnsinnig grinsend den Kopf. »Nein, nein, ihr langen Elende. Vraccas hatte etwas dagegen: uns nämlich!« Er sprang vor und schlug nach dem erstbesten Mann – als sich wie aus dem Nichts eine Zweihänderaxt in die Bahn der Beilklinge schob und sie spielend leicht abfing. Es klirrte metallisch und laut, der Ton hallte in dem kahlen Zimmer einige Lidschläge lang nach.

Zwischen den Männern hatte sich ein unglaublich kräftig gebauter Zwerg nach vorne geschoben. Sein bärtiges Gesicht war mit dunklen Runentätowierungen versehen, er trug ein zusätzlich mit Platten verstärktes Kettenhemd und einen schweren Helm, auf seinen Panzerhandschuhen glänzten Klingen. Er bleckte die Zähne und schob Ingrimmsch mit dem Axtkopf nach hinten gegen seinen Bruder.

»Ein Dritter!« Boëndal fing Ingrimmsch auf, der sich von seiner Überraschung erst erholen musste.

»Jawohl, ein Dritter«, lachte der gegnerische Zwerg und ließ die Doppelaxt rotieren. »Es freut mich, dass ich so rasch schon Blut der Zweiten vergießen darf! Mein Name ist Brandogos Langaxt aus dem Clan der Zweitenhasser.« Er wandte sich zu den Männern um, die sich nach wie vor bereithielten anzugreifen. »Ihr haltet euch zurück.«

Boëndals erster Gedanke war: Weg von hier! Nicht, weil er vor der Auseinandersetzung mit dem Dritten zurückschreckte, sondern weil die Zweiten erfahren mussten, was sich in dem Stollen abspielte.

Brandogos stieß spielerisch mit dem Axtkopf nach Ingrimmsch, und dieser wehrte ihn mit einem Schnauben ab. »Ho, was wollt ihr nun tun, ihr hässlichen Brüder? Abhauen und Alarm schlagen? Oder euch mit mir messen, auch wenn es nur ein sehr kurzes Vergnügen für mich wäre? Ich schlage schmächtige Kriegerlein wie euch schneller zu Brei, als eine Goldmünze benötigt, um vom Tisch auf den Boden zu fallen.« Er hatte Boëndals Gedanken offenbar erraten und machte einen Schritt auf sie zu. Dieses Mal hielt er die Axt angriffsbereit.

Ingrimmsch übernahm es, die Antwort zu geben. »Ich töte dich, mein Bruder kümmert sich um die ehrlosen Menschen an deiner Seite, und danach gehen wir zum König und berichten, was geschehen ist.« Er stieß ein lautes Lachen aus. »Vraccas ist mit mir!« Mit diesen Worten griff er Brandogos an und trieb ihn vor sich her durch den Raum.

Boëndal schwang den Krähenschnabel und drang auf die Menschenkämpfer ein. Die Entscheidung war – wie so oft – von der Kampfeslust gefällt worden, bevor die Vernunft Einhalt gebieten konnte.

Brandogos wehrte die wütenden, schnellen Attacken der Beile mit Axtblatt und Stiel ab und lachte Ingrimmsch dabei aus. Es machte ihm Spaß, den Krieger herauszufordern und anzustacheln.

Ingrimmsch tat ihm den Gefallen und vergrößerte seinen Eifer, bis er mit einem grimmigen Lächeln bemerkte, dass Brandogos aufgehört hatte zu grinsen. Der Dritte atmete jetzt rasch, die Anstrengung ließ ihn schweigsam werden. Es verwunderte den Zwilling, dass sein Feind noch keinen Ausfallschritt unternommen hatte, um die Angriffsserie zu unterbrechen. Lockte er ihn mit Absicht in den hinteren Teil des Raumes?

Ingrimmsch löste sich von Brandogos und hielt die Waffen gegen den Zwerg gereckt. »Was ist? Hast du keine Lust mehr, dich zu schlagen?«

Boëndal war es ein unvermutetes Leichtes, sich gegen die Überzahl durchzusetzen. Wo immer er hindrosch, die Männer wichen ihm aus. Ein schmerzender Schlag traf ihn am Oberarm, doch Schlimmeres richtete das Schwert auf den Kettengliedern nicht an. Die Seite seines Krähenschnabels mit der unterarmlangen, gebogenen Spitze dagegen würde sich durch alles bohren, was sie traf.

Aber den Gefallen, sich von ihr durchlöchern zu lassen,

taten die Gegner Boëndal nicht. Es hatte etwas von Hühnerscheuchen. Und das weckte einen Verdacht. Er sah zu seinem Bruder hinüber.

Brandogos führte die Doppelaxt jetzt zum Gegenangriff. Es war erstaunlich, mit welcher Geschwindigkeit er eine derart schwere Waffe bewegen konnte.

Sie traf Ingrimmsch einige Male am Oberkörper und an den Beinen, und als er zu Boden ging, konnte er sich im letzten Moment zur Seite rollen. Das Axtblatt fuhr eine Handbreit von seinem Kopf entfernt in den Boden, Funken sprühten, und die Platte zersprang in zahlreiche kleine Stückchen.

»Was für ein Krieger bist du? Gehörst du zu denen, die erst geholt werden, wenn alle Guten gefallen sind?«, spottete der Dritte und trat einen Schritt zurück. Schweiß perlte unter seinem Helm hervor, und er atmete heftig.

Boïndil sprang mit einem Schrei in die Höhe und warf sich gegen Brandogos. Die ersten beiden Angriffe waren nichts weiter als Finten, aber der dritte Schlag traf den Gegner oberhalb des Ohres gegen den Helm.

Brandogos taumelte und schlug instinktiv nach Ingrimmsch, um ihn sich vom Leib zu halten, aber er tauchte unter der surrenden Schneide ab und drosch die Beile mit einem Doppelschlag gegen die Brust.

Irgendwie gelang es Brandogos, den Waffenstiel als Deckung zu benutzen. Ingrimmschs Kraft warf ihn nach hinten gegen die Wand. Der rechte Fuß rutschte weg, und er stürzte auf den Boden.

»Ich weise dir den Weg ins Jenseitige Land!«, brüllte Boïndil und zielte auf den Hals. Er schlug zu – und wieder erloschen die Lampen.

Wiederum ohne das Zutun eines Zwerges oder eines Menschen.

☆

Klirrend traf das Beil gegen den Fels, Brandogos hatte sich im Schutz der Finsternis zur Seite gerollt. »Die Dritten sind zu feige, dem Tod ins Angesicht zu blicken!«, rief Ingrimmsch und duckte sich für den Fall, dass der andere Zwerg angriff.

»Es war zu dunkel, um dem Tod ins Angesicht zu blicken«, hörte er von weiter weg, Brandogos' Stimme klang gepresst. »Außerdem sollte er nicht dein Gesicht tragen, Boïndil Zweiklinge.«

»Er kennt meinen Namen! Ha, die Dritten fürchten sich bereits so sehr vor mir, dass sie meinen Namen kennen!«, rief Ingrimmsch begeistert. »Oh, das geht runter wie Felsöl ...«

»Sei still, Bruder!«, herrschte ihn Boëndal an. »Und beende deine Angriffe, sonst werden wir als diejenigen in die Geschichte der Zyklenprüfungen eingehen, die Tote hinterlassen haben.«

»Zyklenprüfung?«, wiederholte Ingrimmsch verwirrt.

»Die Schwerter der Menschen sind stumpf, und sie weichen mir aus«, erklärte er. »Wenn es Lange wären, die gekommen sind, um uns auszurauben, hätten sie alles unternommen, um uns beide zu töten und eine Entdeckung zu verhindern. Und ich glaube, ich habe gesehen, wie die Tätowierungen auf Brandogos' Stirn durch den Schweiß verlaufen sind.«

Boïndil verstand, weswegen die Axt ihm nicht mehr als ein paar blaue Flecke beschert hatte. »Dann ist Brandogos auch gar kein Dritter?«, dämmerte es ihm.

»Nein«, bestätigte der Zwerg aus der Dunkelheit. »Du schlägst eine gute, harte Klinge, Boïndil. Mein Name ist Balirgon Wuchtaxt vom Clan der Schmetterer, und der König hat mich auserwählt, einen Dritten zu mimen.«

»Es ist sehr unüblich, Menschen dazu einzuladen«, meinte Boëndal und hörte, dass sich Schritte auf den Tisch zu bewegten. Jemand suchte nach Feuerstein und Stahl, um die Lampen zu entzünden.

»Damit sollte die Täuschung perfekt sein. In den letzten Zyklen haben die meisten sehr schnell erkannt, dass es sich um ein Schauspiel handelte. Der König entschied, ein paar befreundete Händler zu bitten, die Rollen von Schurken einzunehmen, welche uns zusammen mit den Dritten das wertvolle Felsöl stehlen wollen«, erklärte Balirgon.

»Du musst mehr üben«, sagte Ingrimmsch genüsslich. »Ich hätte dich um ein Barthaar erledigt, Balirgon.«

»Du vergisst, dass ich dich ebenso traf…«

»Aber nur an Stellen, die mich nicht das Leben gekostet hätten, selbst wenn die Axt scharf gewesen wäre«, meinte er gönnerhaft. »Du wirst noch drei Umläufe lang Kopfschmerzen haben, das verspreche ich dir.«

Boëndal atmete auf. »Es war sehr weise, das Licht verlöschen zu lassen, um die Lage zu beruhigen. Mein Bruder hätte nicht eher abgelassen, bis alle Menschen und du, Balirgon, tot zu unseren Füßen gelegen hätten. Ihr wart sehr überzeugend.«

Es blieb merkwürdig still.

»Nun, wir haben die Lampen nicht gelöscht«, räumte Balirgon ein. »Es ist uns selbst schon ein paar Mal geschehen, aber wir hielten es für die Wirkung eines geruchlosen Gases.«

»Wenn ein Gas Feuer erstickt, hättet ihr das bemerkt. Das Atmen wäre euch schwergefallen.« Boïndils Anspannung kehrte zurück. »Ich habe keinen Luftzug verspürt – was war es also dann?« Ein merkwürdiger Geruch stieg ihm in die Nase: metallisch, süß und unangenehm.

»Es wäre hilfreich, wenn einer von den Langen die Lampe auf dem Tisch entzündet«, schlug Ingrimmsch vor.

Es gab kein Geräusch, die Menschen bewegten sich nicht.

»Ich verspreche, dass ich niemanden angreifen werde«, lachte Boïndil und verstaute die Beile am Gürtel. »Es war ein Teil der Zyklenprüfung, das habe ich inzwischen …«

»Still«, sagte Boëndal eindringlich. »Unsere nächste Prüfung hat begonnen.«

»Riecht es hier nach Blut?«, vernahmen sie Balirgons verwunderte Stimme. »Hat sich einer von den … Bei Vraccas!«, schrie er unvermittelt. Es klirrte mehrmals hintereinander, als würde er trotz der Schwärze, in der sie standen, Schläge erkennen und abwehren. »Nein, bei Beroïn! Geh weg! GEH WEG! Ich verfluche Tion, da er ...«

Seine Stimme brach mitten im Satz ab. Es knirschte und schmatzte laut, Knochen brachen und Flüssigkeit plätscherte auf den Boden. Danach hörten die Zwillinge einen gerüsteten Körper fallen, gleich darauf folgte die Axt.

»Tion? Was hat uns der Gott des Bösen gesandt?«, wisperte Ingrimmsch, der seine Beile wieder in den Fäusten hielt. Jemand schritt dicht an ihm vorüber, sie hörten schleifende Geräusche. »Heya!? Halt! Ist da wer?«

Boëndal tastete sich zum Tisch vor. »Gib auf mich acht«, flüsterte er seinem Bruder zu und zündete den Docht an.

Beide stöhnten vor Entsetzen auf, als sie den kleinen Raum im Schein des zitternden, schwachen Flämmchens sahen.

Rund um die Stühle waren Lachen voller Blut, es troff von den Sitzflächen und den Rückenlehnen. Auch in der Nähe von Ingrimmsch befand sich eine große Pfütze, und breite Schleifspuren führten zur zerstörten Tür hinaus. Der Krug mit dem Felsöl fehlte ebenfalls.

»Was bei allen ...« Boëndal blickte hinaus in den finsteren Gang. »Ich verstehe das nicht.«

»Albae«, war sein Bruder überzeugt. »Sie sind gekommen, um uns zu vernichten.«

»Deswegen töten sie die Langen und Balirgon, nehmen das Öl an sich und lassen uns unbehelligt, obwohl sie genau wissen, dass wir hier sind?« Er berührte das Blut und verrieb es, roch daran. Für einen Augenblick hatte er geglaubt, dass es die zweite Stufe einer Zyklenprüfung sei, die sie erklommen, aber es handelte sich einwandfrei um echten Lebenssaft. »Ich vermag es nicht, mir einen Reim darauf zu machen.« Er nahm die Lampe und entzündete alle Leuchter und Fackeln, die er finden konnte. »Wir gehen mit unseren Erkenntnissen zum König. Alles andere bringt nichts.«

Ingrimmsch hielt seinen Arm fest. »Albae laufen hier unten

herum! Ich bin mir sicher!« Er blickte ihn streng an. »Wir müssen sie finden und vernichten!«

Boëndal erkannte den auflodernden Kampfwahn. »Nein, wir verlassen die Stollen, Bruderherz. Ich verstehe nicht, was geschieht, aber jemand muss es unseren Freunden und Familien mitteilen, bevor etwas daraus erwächst, das schlimm enden kann.«

Ingrimmsch war alles andere als einverstanden. Grummelnd pflückte er sich zwei Fackeln von der Wand und band sie sich nacheinander an den Unterarm, sodass sich die brennenden Enden eine halbe Armlänge vor seinen Fäusten mit den Beilen befanden. »Es kann losgehen.«

»Sehr einfallsreich«, lobte Boëndal, der seine Laterne trug und nur eine Hand frei hatte.

Rücken an Rücken gingen sie los, in bewährter Weise und sich stets im Kreis drehend.

Sie sahen, dass die blutigen Schleifspuren den rechten Gang entlangführten, während sie selbst den Weg wählten, den sie gekommen waren.

Es war totenstill.

Gelegentlich zischte eine Fackel oder ein Kettenring klimperte, doch sonst gab es kein Geräusch. Der unbekannte Angreifer und Mörder der Menschen und des falschen Dritten blieb im Verborgenen und behelligte die Zwergenbrüder nicht weiter.

Bald erkannten sie auch den Grund dafür.

Nach vierzig Schritten endete ihre Wanderung vor einem Schutthaufen. Ein Teil des Gangs war eingebrochen, hier gab es kein Durchkommen.

Boëndal sah Ingrimmsch mürrisch an. »Wollen wir wetten?«

»Was denn?«

»Dass der einzige Weg in die Freiheit durch den Tunnel führt, in dem wir die Blutspuren gesehen haben.« Boëndal atmete tief ein. »Gut. Wenn Vraccas es so verlangt, werden wir seinem Willen folgen.«

»Und bei der Gelegenheit ein paar Albae aufschlitzen«, gluckste Boïndil mit beinahe kindlicher Freude.

Sein Bruder blickte ihn ernst an. »Beim göttlichen Schmied! Kam es dir jemals in den Sinn, dass du bei einem Kampf fallen könntest?«

»Solange du in meinem Rücken stehst, wird das niemals geschehen.« Ingrimmsch lächelte unvermittelt besonnen und zugleich voller Überzeugung. Ein lichter Moment, obwohl er sich bereits zu einem guten Teil im Kriegsrausch befand. Er wandte sich um und schritt voran. »Komm schon! Es gibt Feinde zu töten und Ruhm zu ernten!«

Boëndal verspürte bei den Worten gleichermaßen Rührung und Stolz. Er folgte seinem Bruder.

✡

Die blutigen Schleifspuren hatten den Steinboden rot gefärbt, sie glitzerten frisch. Im gesamten Gang roch es nach dem Lebenssaft der Menschen und des Zwergs.

Boëndal hatte einen Schuhabdruck entdeckt. »Zu breit für einen Alb und zu lang für einen Zwerg«, sagte er zu Ingrimmsch, der ihm Deckung gab, solange er kniete. »Aber Menschen können es auch nicht gewesen sein.« Er richtete sich auf. »Es würde keinen Sinn ergeben.«

»Folgen wir ihnen einfach«, drängte Boïndil. »Auf dass meine Beile endlich etwas zu tun bekommen.« Er sog die Luft ein. »Bäh! Wenn Schweineschnauzen das hier riechen, sind sie rasch hier.« Er öffnete den Mund und gab ein weithin hörbares *Oink, oink, oink* von sich.

»Hör auf mit dem Unsinn! Es gibt hier keine Orks.«

»Sollte es hier auch keine Menschen und Dritten geben?«, entgegnete er gut gelaunt. »Ich spüre, dass ich in diesem Umlauf noch etwas zu tun bekomme.« Er wetzte die Klingen aneinander. »Es gab schon zu lange keine Gelegenheit mehr, mich richtig auszutoben. Bevor ich mich mit anderen Kriegern während der Wache prügele, spalte ich lieber die Köpfe von ein paar …«

Ein lautes Geräusch erklang, als sei eine schwere Tür ins Schloss geworfen und gleich danach verriegelt worden.

»Dieser Stollen verwirrt mich immer mehr«, beschwerte sich Boëndal halblaut und eilte weiter, Ingrimmsch rannte neben ihm her. »Wieso bei allen Kreaturen Tions haben die Ahnen Türen eingebaut?«

»Um hinter sich absperren zu können?«, schlug Boïndil lachend vor.

Sein Bruder schüttelte den Kopf. »Einmal möchte ich dein Gemüt haben.«

Der Gang führte sie zu einem Portal, so breit und hoch wie drei Zwerge; der Durchgang war von einem eisenbeschlagenen Tor versperrt. Die Blutspuren führten über die Schwelle.

»Die Runen sagen, dass dahinter das Reich der Gebirgsgeister beginnt«, las Boëndal im Schein der Laterne vor. »Sie hätten den Arbeitern so lange qualvollen Tod durch Ersticken und Hirngespinste gesandt, bis sie den Stollen aufgegeben hätten. Das muss vor einhundert Zyklen geschehen sein.«

»Aha. Gebirgsgeister«, meinte Ingrimmsch vieldeutig. »Dann wollen wir die Geister mal wecken.«

Boëndal prüfte die Beschaffenheit des Tors. »Du glaubst der Inschrift ebenso wenig wie ich, habe ich recht?« Er wischte über die Beschläge. »Das Metall ist keine zwei Zyklen alt, und der Rost«, er kratzte mit dem Krähenschnabel über die Stelle, »wurde aufgemalt. Das Mauerwerk um die Einfassungen ist frisch. Das alles wurde geschaffen, um uns zu täuschen.« Er sah seinen Zwilling an. »Was denkst du?«

»Dass wir reingehen sollten.« Boïndil kniff das rechte Auge zu. »*Das* ist niemals im Leben eine massive Eisentür. Ein Schmu, wie alles hier.«

»Also doch die Zyklenprüfung!« Boëndal pochte behutsam gegen das Hindernis, es klang hohl. »Was soll's. Brechen wir durch und sehen nach.« Er drosch das stumpfe Ende des Krähenschnabels beidhändig gegen das Schloss, und die große Tür gab einen Spaltbreit nach.

»Wusst ich's«, schnaubte Ingrimmsch und warf sich mit seinem gesamten Gewicht dagegen, das Portal öffnete sich.

Dahinter standen die verdutzten Menschen, die Bierkrüge in den Händen hielten und mit Balirgon anstießen. Es roch kaum nach Blut, und in einer Ecke hatten sie Lederbeutel abgestellt, die vor Rot geradezu trieften. Einer der Männer war gerade damit beschäftigt, sie in eine Truhe zu packen. In einer Ecke standen ein Bierfass, Humpen und ein Tisch mit Essen, das für fünfzig hungrige Zwerge ausgereicht hätte.

»Ho, eine Feier! Erscheinen wir rechzeitig, um noch etwas abzubekommen?«, rief Boïndil fröhlich. »Ist das Schwarzbier?«

Balirgon verschluckte sich an seinem Getränk, die Tätowierungen auf seiner Stirn waren vollkommen verwischt und unkenntlich. »Ihr? Wie habt ihr denn das so schnell hinbekommen?«

Boëndal hatte im Gegensatz zu seinem Bruder schlechte Laune. »Was bei Vraccas soll diese Posse? Wir haben uns schon Sorgen gemacht, welche üblen Mächte am Werk sind, und dabei ist es nichts weiter als ...« Die Empörung verschlug ihm die Sprache.

Balirgon füllte zwei Humpen mit Bier und reichte sie ihnen. Boïndil legte die Fackeln ab und gönnte sich einen tiefen Zug. »Nur sachte, Boëndal Pinnhand. In diesem Umlauf sollte die Zyklenprüfung anspruchsvoller sein als sonst. Es sollte denjenigen, welche die Herausforderung annehmen, mehr Furcht eingeflößt werden.«

»Ha! Da seid ihr ja an die Richtigen geraten!«, lachte Ingrimmsch und rülpste. »Gut, ich erlasse euch dieses Mal einen zweiten Kampf.« Er ging grienend zum Fass, um sich ein neues Bier zu zapfen.

»Damit konnten wir nicht rechnen«, stimmte ihm Balirgon zu. »Der König wird sehr zufrieden sein, wenn er von eurer Tapferkeit erfährt.«

»Wir haben also Felsöl-Diebe verfolgt, die gemeinsame Sache mit einem Dritten machen und bereit waren, ihren geheimen Eingang ins Reich der Zweiten gegen Lohn zu verraten«, fasste Boëndal die Zyklenprüfung zusammen. »War es gut oder schlecht, dass wir versuchten, das Portal zu stürmen?«

Balirgon zwinkerte. »Es war vorgesehen, dass ihr eine kleine Streitmacht zusammentrommelt, um gemeinsam einzudringen. Der König wollte erfahren, wie rasch die Verteidiger zur Stelle wären.« Er deutete auf das Bankett. »Nun, umso mehr wird jetzt für uns bleiben.«

»Das kommt mir sehr gelegen. Ich leide ordentlich Hunger, wenn ich einige Humpen getrunken habe«, grölte Boïndil, und die Männer stimmten in das Lachen ein.

»Ich verstehe. Aber welchen Weg hätten wir nehmen sollen, wo der Stollen doch von euch zum Einsturz gebracht worden ist? Haben wir etwas übersehen?« Boëndal nippte an seinem dunklen, würzigen Bier.

Balirgon runzelte die Stirn. »Wir haben keinen Einsturz geschehen lassen. Willst du damit sagen, dass uns der Rückweg abgeschnitten ist?«

»Na, hervorragend.« Boëndal verdrehte die Augen und leerte den Becher. »Das wird ein Spaß, die ganzen Brocken zur Seite zu schieben.«

»Nicht verzagen. Wir haben genügend Vorräte«, erinnerte ihn Ingrimmsch. »Wir sollten uns gleich an die Arbeit machen.« Er tätschelte das große Fass. »Das nehmen wir mit. Damit unsere Muskeln nicht austrocknen und geschmeidig bleiben.«

Balirgon lachte und blickte seinen Bruder an. »Er verliert selten den Mut.«

»*Sehr* selten«, sagte Boëndal und grinste.

☆

Sie schwitzten und wuchteten, doch der Steinhaufen weigerte sich beharrlich, eine Lücke aufzutun, durch die sie klettern konnten.

Zwischendurch nahmen die Menschen und Zwerge stärkende Schlucke, die sie in heitere Stimmung versetzten. Der Alkohol betäubte die Schmerzen in Händen, Armen und Rücken.

Lediglich Boëndal hielt sich zurück, und als ihn Ingrimmsch darauf ansprach, erklärte er: »Angenommen, wir haben uns endlich einen Weg gebahnt und unser König steht auf der anderen Seite, um uns zu beglückwünschen: Dann möchte *ich* nicht besoffen und wankend vor ihm stehen und kaum meinen eigenen Namen über die Lippen bringen.« Er warf einen raschen Blick auf die Menschen. »Wie sie dastehen, ist mir herzlich gleich, aber ich will meine Ehre und meinen Stolz im Augenblick unseres vermutlich größten Triumphes nicht verloren wissen.«

Boïndil, die Backen voller Bier und den Humpen an den Lippen, hielt erschrocken inne. Dann spuckte er das Getränk zurück in das Gefäß. »Warum hast du das nicht gleich gesagt?«, beschwerte er sich. »Jetzt bin ich schon angetrunken.« Er sah zum Steinhaufen. »Ach, dann arbeite ich einfach zweimal so hart.«

»Kommt her!«, rief Balirgon und ließ den Felsbrocken fallen, den er in den Händen gehalten hatte. »Seht, was ich entdeckt habe!«

Die Zwillinge trabten zu ihm und erblickten eine Öffnung in der rechten Gangwand.

»Die war vorher nicht da«, versicherte Boëndal. »Sie muss sich durch den Einsturz aufgetan haben.« Er musterte Balirgon eindringlich. »Hat die Zyklenprüfung vielleicht noch einen dritten Teil für uns bereit, oder ist diese Sache wirklich so unvorbereitet wie sie scheint?«

Balirgon ließ sich eine Fackel von einem der Männer reichen und streckte sie in den Tunnel, der grob und keinesfalls von meisterhafter Zwergenhand gemeißelt worden war. Selbst der stümperhafteste Steinmetz der Zweiten hätte mit verbundenen

Augen und bloß einer Hand bessere Arbeit verrichtet. »Ich schwöre bei meinem Bart und den falschen Runen auf meiner Stirn, dass weder ich oder die Männer etwas mit diesem Gang zu schaffen haben«, flüsterte er und betrachtete die Flammen der Fackel: Sie zuckten und tanzten im starken Luftzug, als erlitten sie Schmerzen.

»Wie es aussieht«, Ingrimmsch nickte in den Gang, »müssen wir da durch, um wieder zurück zu den anderen Stollen zu kommen. Wenn der ursprüngliche Weg weithin eingebrochen ist, kann es sehr lange dauern, bis wir wieder auf ihn stoßen.« Er nahm Balirgon die Fackel aus der Hand und marschierte los. »Außerdem möchte ich wissen, wer da so verdammt elend Spitzhacke, Hammer und Meißel geschwungen hat!« Er rief es sehr laut in die Dunkelheit, sodass ihm sein Bruder einen Stoß in den Rücken gab, um eine lautlose Rüge zu erteilen.

Boëndal drängte sich an ihm vorbei, in der Linken hielt er Schild und Krähenschnabel, mit der Rechten nahm er ihm die Fackel ab. »Keinen Laut«, schärfte er ihm und den anderen ein. »Auch wenn der Tunnel alt ist, möchte ich nichts in seinem Innern aufwecken. Lieber überrasche *ich* jemanden, als umgekehrt.«

»Mein Bruder fürchtet sich vor den Geistern des Gebirges«, kicherte Boïndil. Die Wirkung des Bieres ließ sich nicht verleugnen.

Sie schritten langsam und vorsichtig durch den Gang und achteten auf Fallen und Löcher. Der Weg stieg leicht an, vollführte mehrere Knicke und verlief alsbald steiler. Wenn Boëndal nicht alles täuschte, bewegten sie sich auf das südliche Ende des Berges zu.

Gelegentlich versuchten er und Balirgon anhand der Spuren im Gestein herauszufinden, wer der Urheber des Tunnels war. Seine Höhe und Breite reichten aus, um einen gerüsteten, aufrecht gehenden Ork passieren zu lassen. Keine sehr angenehme Vorstellung für die Menschen und Zwerge – wenn man vom streitbaren Boïndil einmal absah.

»Wisst ihr, was mich am meisten ärgert?«, sagte Ingrimmsch und drehte sich zu Balirgon um. »Dass wir das Bierfass nicht mitgenommen haben.« Die Männer lachten und stimmten ihm mit leisem Gemurmel zu. »Und eines möchte ich noch wissen: Wie habt ihr das eigentlich mit unseren Fackeln und Lampen gemacht?«

»Da es kein Gas war, wie dein Bruder mir glaubhaft erklärte, waren es wohl die Berggeister«, meinte Balirgon und klang nicht, als scherze er.

Doch damit war Boïndils Frage nicht beantwortet. Ganz im Gegenteil, jetzt wollte es der Krieger erst recht wissen, und seine angeborene Sturheit wurde durch den Alkohol im Verstand zusätzlich verstärkt. Er baute sich vor Balirgon auf und stemmte die Hände in die Hüften. Ein Bild von einem Kämpfer. »Es ist genug! Wir haben die Zyklenprüfung bestanden, und alles, was ich will, ist das letzte Geheimnis erfahren. Das steht uns zu!«

»Seid leise! Da vorne wird der Gang breiter«, wisperte Boëndal beschwörend. »Verschiebt eure Streiterei auf nachher.«

Balirgon jedoch, nicht minder benebelt, nahm die Herausforderung an. »Boïndil Ingrimmsch Zweiklinge! Du glaubst, weil du mich in einem vorgetäuschten Kampf geschlagen hast, könntest du mir imponieren?« Er legte eine Hand auf den Axtkopf. »Möchtest du einen zweiten Tanz mit mir und meiner Axt vollführen? Ich verspreche dir, dass ich dich nicht noch einmal schonen werde.«

»Schonen?«, lachte er ihm ins Gesicht. »Du bist einfach nicht besser, *das* ist die Wahrheit!«

»Ihr besoffenen Kinder des Schmiedes, reißt euch zusammen!« Boëndal eilte zu ihnen, um sich zwischen die beiden Streithähne zu drängen. Er war der Einzige, der sich seinem in Kampfrausch verfallenen Zwilling in den Weg stellen durfte, ohne getötet zu werden. Wenn Ingrimmsch von dem Fluch gepackt worden war, unterschied er nicht mehr nach Freund und Feind.

Er hatte die halbe Strecke zu ihnen zurückgelegt – als seine Fackel erlosch.

Bevor irgendjemand aus der Gruppe einen Laut von sich geben konnte, erklang ein schreckliches Heulen, das ihnen das Blut in den Adern gefrieren ließ.

Alle wussten, dass es nichts Irdisches war. Und dass es irgendwo in diesem Gang hauste.

☆

Boëndal riss seinen Schild hoch und duckte sich. Dabei vernahm er die entsetzten Rufe der Männer und die Geräusche von Waffen, die gezogen wurden.

Es war wieder einmal stockfinster um sie herum, und das Heulen schwoll noch immer an. Ein eisiger Wind fegte durch den Tunnel, zerrte an ihren Kleidern und Haaren und brachte jeden Einzelnen zum Frösteln.

»Weg hier!«, schrie einer der Männer und rannte los. Er prallte gegen Boëndal und schlug aus Angst nach ihm; scheppernd traf das Schwert gegen den Schild, ohne Schaden anzurichten. Die Schritte entfernten sich rasch, verloren sich bald im Tunnel – bis der markerschütternde Schrei des Mannes erklang.

»Boïndil, zu mir«, befahl Boëndal und richtete seinen Schild nach vorne. »Wir sehen nach.«

»Wenn etwas solche Schmerzen leidet, dass es dermaßen heult und klagt, sollte man es erlösen«, entschied Ingrimmsch an seiner Seite. »Zyklenprüfung oder nicht, wir machen dem Spuk ein Ende.«

»Ein wahres Wort. Meine Geduld ist jedenfalls vorüber.« Boëndal stapfte vorwärts und ließ das untere Ende des Schildes über den Boden schleifen. Somit erkannte er früh genug, wenn sich vor ihnen ein Abgrund oder etwas Ähnliches auftat. Balirgon und die verbliebenen Männer folgten ihnen.

Der Wind hatte nicht nachgelassen und drückte gegen den

Schild des Zwergenkriegers, als wollte er ihn rückwärts aus dem Gang schieben.

»Ich rieche frische Luft«, sagte Boëndal laut. »Das sind keine Geister. Das ist ein Sturm, der draußen um die Berge pfeift!«

»Das erklärt das andauernde Gekreische. Der Wind verfängt sich an hervorstehenden steilen Felskanten«, rief Boïndil zurück, um das Toben zu übertönen. »Aber wenn es so ist, bedauere ich, dass ich deswegen jetzt niemanden mehr mit meinen Beilen kitzeln kann.«

Vor ihnen wurde ein hellgraues Rechteck erkennbar, das in die Nacht hinausführte. Dort bewegten sich zwei breit gebaute, offenbar bewaffnete Gestalten.

Boëndal hängte sich den Schild auf den Rücken und nahm den Krähenschnabel in die Rechte. »Vielleicht bekommst du doch was zu tun, Bruderherz. Wenn das da vorne keine Orks sind, verzichte ich dreißig Umläufe auf Bier.«

»Wer zuerst dort ist, darf sie ganz alleine klein hacken!« Ingrimmsch spurtete los und zog dabei seine Beile. »Hussa, ihr Schweinchen! Hier kommt der Metzger!«

»Er ist unglaublich«, sagte Balirgon, der sich nach vorne begeben hatte, neben Boëndal. »Er wird eines Umlaufs sein Leben verlieren, wenn er sich nicht ändert.«

»Deswegen weiche ich ihm nicht von der Seite.« Der Zwillingsbruder beeilte sich, den Anschluss an Boïndil nicht zu verlieren.

Waffenklirren, dumpfes Grollen und begeisterte *Oink, oink*-Rufe zeigten ihm, dass sich Ingrimmsch bereits austobte und seinem Rausch freien Lauf ließ.

Im sehr schwachen Schein der Nachtgestirne traten sie auf ein vier Schritt langes und fünf Schritt breites Plateau, auf dem der Zwergenkrieger einen Ork nach dem anderen niedermähte. Vier von ihnen hatte er bereits erschlagen, sieben weitere versuchten, den unglaublich schnellen Gegner einzukreisen und ihn von allen Seiten mit Hieben einzudecken.

Ingrimmsch hatte seinen Bruder, Balirgon und die Männer

bemerkt. »Bleibt dort und wagt es nicht, mir den Spaß zu verderben«, rief er und duckte sich unter einem langen, rostigen Schwert hindurch. Er zerteilte den Unterschenkel eines Orks und zertrat mit dem rechten Fuß die Kniescheibe eines anderen; aufheulend gingen die Monster zu Boden.

Boïndil sprang dem, dessen Schenkel er durchtrennt hatte, auf den Wanst. Die Linke zuckte nieder und traf den Hals, die Beilklinke schlitzte den Hals auf und ließ das Blut hoch in den Nachthimmel spritzen. Der rechte Arm parierte derweil einen weiteren Angriff, dann sprang Ingrimmsch von seinem getöteten Gegner geradewegs gegen den nächsten.

»Es sieht so einfach aus«, staunte Balirgon. »Aber ich kenne keinen Krieger, der kämpfen kann wie er.«

Weitere Feinde kamen heran. Drei Orks wandten sich ihnen zu, die Übrigen stürzten sich voller Zorn auf Ingrimmsch.

Boëndal sah, dass einer der Orks einen Dolch zog und zum Wurf ansetzte. Eine heimtückische Attacke.

»Balirgon, befehlige die Männer. Ich stehe meinem Bruder bei.« Mit erhobenem Krähenschnabel hetzte er auf den Ork zu und rammte ihm die lange, gekrümmte Spitze der Waffe neben dem Rückgrat in den Leib. Den Schwung nutzte er, um den sterbenden Ork weiterzuzerren und gegen einen seiner Artgenossen zu schleudern, sodass beide zu Boden gingen.

Grimmig lächelnd zog Boëndal den Krähenschnabel aus dem Fleisch und ließ das flache Ende gegen den Helm des unverletzten zweiten Feindes krachen. Selbst dieser dicke Schädel wurde durch das Metall hindurch von Boëndals Waffe geknackt.

Ingrimmsch beobachtete den Feldzug seines Bruders und wütete noch schneller unter den Scheusalen, weil er fürchtete, um seine Siege gebracht zu werden. Letztlich lagen sie alle tot zu seinen Füßen.

Während die Männer noch mit ihren drei Feinden zu kämpfen hatten, wischte sich Boïndil den Schweiß und dunkles Orkblut von der Stirn. »Das war ein Gefecht nach meinem Geschmack! Ich wäre in der Stimmung für ein weiteres Dutzend

Schnäuzlein.« Er streckte sich und sah zu, wie die Menschen ihre Gegner niederwarfen. »Sie benötigen zu lange.« Dann lachte er auf. »Ha! Das ist noch ein Grund, sie *Lange* zu nennen!«

Boëndal reinigte das scharfe Ende des Krähenschnabels mit einem Stofffetzen, den er sich von der Orkkleidung abriss. »Du hast gut gekämpft, Boïndil. Achte das nächste Mal auf deinen Rücken. Einer von denen ...«

»... hatte einen Wurfdolch, ich weiß«, ergänzte sein Bruder schelmisch. »Aber ich wusste, dass ich mich auf dich verlassen konnte.« Er rempelte ihm mit dem Ellbogen in die Seite, dann legte er ihm die Linke auf die Schulter. »Meinen Dank, Boëndal.« Ingrimmschs Augen wirkten wieder friedlicher, der Rausch des Kampfs war aus ihm herausgefahren.

Boëndal streckte sich in der frischen Luft, betrachtete die umliegenden Berge und versuchte zu ergründen, wo sie sich befanden.

Ihr Plateau erhob sich geschätzte zweihundert Schritte über einer fünfzig Schritt breiten Schlucht. Um sie herum ragten Steilhänge achthundert Schritt senkrecht nach oben. Weit über ihnen neigten sich die Ränder aufeinander zu und erlaubten den Nachtgestirnen kaum, ihren silbrigen Schein auf den Weg zu werfen. Trotz des schwachen Lichts erkannte Boëndal viel von der Umgebung, seine Zwergenaugen kamen damit gut zurecht.

Nicht weit von ihrem Plateau entfernt erstreckte sich ein tiefer, breiter Graben, und dahinter lag eine gigantische Festung: die Hohe Pforte, das südliche Bollwerk gegen die Kreaturen Tions.

»Wir sind schon jenseits der Hohen Pforte«, sprach er nachdenklich. »Wie bei Tion sind die Grünhäute unbemerkt von unseren Wachen hierher gelangt? Die Posten auf den Türmen hätten sie doch sehen müssen!«

Balirgon näherte sich ihnen. »Das habe ich mich auch gefragt. Sie hatten jedenfalls genügend Zeit, um einen Gang in den Felsen zu schlagen, also kamen sie bereits seit geraumer Zeit an diesen Ort.«

»Der Stein des Blauen Gebirges ist auf dieser Seite beinahe so hart wie ein Diamant. Es muss sie Zyklen gekostet haben, den Gang anzulegen.« Ingrimmsch trat einen der Toten. »Verfluchte Biester!«

Die Wucht eines Trittes hatte den Leichnam auf den Rücken geworfen, und sie sahen das Symbol, das auf der linken Brustpartie der schlecht geschmiedeten, fetttriefenden Eisenrüstung prangte.

»Da soll mich doch …!« Boëndal kniete sich neben den Toten. »Schnell, seht nach, ob die anderen diese Runen ebenfalls tragen.«

»Wieso? Seit wann pflegst du eine Vorliebe für schlechte Stanzkunst, Bruderherz?«

Balirgon hatte begriffen, was dem Besonnenen der Zwillinge aufgefallen war, und machte sich sogleich an die Arbeit. Er rief die Männer zu sich, die ohne Verluste, aber mit vielen Verletzungen aus dem Gefecht gegen die Orks gegangen waren; einem fehlte sogar das Ohr. Ihren geflüchteten Kameraden hatten sie jedoch nicht mehr gefunden. Er lag vermutlich zerschmettert auf dem Pfad zweihundert Schritte unter ihnen.

»Deine Schwäche war stets der Teil unserer Ausbildung, bei dem es um Wissen ging«, erklärte Boëndal.

»Ich habe mit einer Schweineschnauze noch niemals disputieren oder einen Wettstreit in Geschichte austragen müssen. Sie wollten bislang immer nur kämpfen«, grummelte sein Bruder zur Verteidigung. Er kümmerte sich liebevoll um die Reinigung seiner Beile, ohne dabei die Umgebung aus den Augen zu verlieren. »Was hast du denn gefunden? Demnach ist es wohl keine orkische Rune.«

Boëndal hob einen länglichen kleinen Stein auf und befreite das Zeichen vollständig von der Lage ranzigen Talgs. »Nein. Es ist das Zeichen derjenigen, die einst Drachen gefolgt sind.«

»Was für Drachen? Die gibt es schon seit Ewigkeiten nicht mehr.«

»Aber es *gab* sie.« Boëndal tippte auf die Rüstung. »Einige sind gegen unsere Ahnen gefallen, anderen führten Armeen gegen die Menschen, bevor sie starben, und wieder andere flogen ins Jenseitige Land, weil sie von den Magi vertrieben wurden. Das berichten die Aufzeichnungen.« Er erhob sich und betrachtete die majestätischen Berghänge. »Ich kann mir gut vorstellen, dass einer von ihnen eine Armee aus allen möglichen Kreaturen Tions versammelt hat und sie jetzt aussendet. Er hat seinen Hass auf uns und das Geborgene Land am Leben erhalten und genährt, bis sich ihm die Gelegenheit zur Rache bot.«

Ingrimmsch verstaute die Beile und sah zu Balirgon, der zu ihnen zurückkehrte. Der Zwerg bestätigte den Brüdern, dass alle Rüstungen mit dem gleichen Symbol versehen waren. »Sie buddeln also einen Tunnel, um uns hinterrücks anzugreifen? Mit den paar armseligen Gestalten, die ich im Alleingang bezwungen habe?«

»Sie werden es auf die Hohe Pforte abgesehen haben. Sie bilden eine kleine Einheit, um die Besatzung der Festung hinterrücks zu überrumpeln und das Bauwerk einem wartenden Heer zu öffnen. Wenn die Brücke zur anderen Seite des Weges ausgefahren worden wäre, hätte Furchtbares geschehen können! Uns *und* dem Geborgenen Land.« Boëndal deutete auf einen schmalen Pfad, der nach Osten führte. »Wir gehen da entlang. Es wird eine anstrengende Kletterpartie bis zur Festung, doch es geht nicht anders. Vraccas wird uns beschützen.« Er blickte zu den Männern. »Und euch auch.«

Boëndal betrat als Erster den fußbreiten Sims. Bei jedem Schritt, bei jedem Knacken und Knistern im Gestein, bei jeder noch so schwachen Bewegung unter seiner Sohle und jeder Böe betete er zu seinem Schöpfer, ihn noch nicht in die Ewige Schmiede zu rufen.

Der König musste unbedingt von den Drachenorks erfahren.

✡

Balirgon geleitete sie zu Balendilín Einarm vom Clan der Starkfinger, Berater des Königs der Zweiten und Großkönig der Zwergenstämme. Dazu begaben sie sich von der Hohen Pforte, in der sie mit Verwunderung empfangen wurden, in einem sehr langen, anstrengenden Marsch zu seinem Quartier.

Sie fanden ihn an einem Tisch, an dem Balendilín mehrere Blätter studierte und neugierig den Kopf wiegte, als Balirgon die Besucher vorstellte. Der Berater erhob sich und reichte ihnen die Hand.

Balendilín war sicherlich älter als dreihundert Zyklen, das Kettenhemd schimmerte gepflegt im Lampenschein. In seinem Gürtel steckte seine Streitaxt, und Boïndil bewunderte die steinerne Schnalle, mit welcher der Gurt geschlossen wurde. Zierspangen waren in die Strähnen seines schwarzgrauen Bartes geflochten, und ein langer Zopf baumelte auf seinen Rücken.

Über den Verlust von Balendilíns linkem Arm gab es viele Geschichten, und Ingrimmsch mochte diejenige am liebsten, in der sich der Berater gegen eine Schar von fünfzig Orks ganz alleine behauptet hatte, ehe er von einem Troll hinterrücks attackiert worden war und den Arm verlor.

Der sehr kräftige Körperbau und die breite Hand sagten jedem Gegenüber des Beraters, dass enorme Gewalt in dem Zwerg schlummerte.

Boëndal und Boïndil verneigten sich, berichteten, was sie erlebt hatten, und der Berater lauschte ihren Ausführungen, ohne sie ein einziges Mal zu unterbrechen.

»Euere Namen sind mir nicht unbekannt, wie ihr euch denken könnt«, sprach Balendilín freundlich. »Einige von uns halten euch für die größten Krieger, die der Stamm der Zweiten jemals hervorgebracht hat, und dass man eure Namen noch in Tausend Zyklen in Liedern und Gedichten preisen wird.« Er sah zu Balirgon. »Sie haben die Zyklenprüfung herausragend gemeistert?«

»Ja, Balendilín.« Balirgon deutete eine Verbeugung an. »Sie hätten es nicht besser machen können.«

»Du schuldest mir noch einen Kampf«, raunte Boïndil dem falschen Dritten zu und bekam von seinem Bruder einen Ellbogenstoß in die Seite.

»Und als Dreingabe entdeckt ihr mir nichts, dir nichts einen Gang, den Orks gegraben haben, um uns hinterrücks anzugreifen, danach stellt ihr einige von ihnen und bringt mir die Kunde, dass sie das Emblem eines Drachen auf den Rüstungen tragen?« Balendilín verzog anerkennend den Mund. »Ich muss euch lassen, dass ihr da ein ordentliches Stück Arbeit geleistet habt.«

Ingrimmsch reckte sich stolz und fuhr sich durch den schwarzen Bart, Boëndal lächelte glücklich ob des Lobs aus dem Mund des bedeutenden Zwergs.

Der Berater sah einen nach dem anderen lange an. »Ihr habt es verdient, die Geschichte Gundrabur Weißhaupt selbst zu erzählen«, entschied er und ging zwischen ihnen hindurch zur Tür. »Folgt mir.«

»Jetzt?« Boëndal war bestürzt. »Wir sind nicht gewaschen, und überhaupt gar nicht ...«

»Wir kommen sehr gerne«, entschied Boïndil und hängte sich an die Fersen des Beraters. Er packte seinen Bruder am Kettenhemdärmel. »Mach schon! Das ist eine Ehre!«

»Ja, das weiß ich doch! Aber wir sollten auch entsprechend hergerichtet sein, um ...« Boëndal gab auf und stolperte hinter Ingrimmsch her. Sein Herz klopfte bis zum Hals, er war furchtbar aufgeregt.

Balendilín brachte sie in eines der Gemächer des Königs.

Einige Lämpchen brannten, der Herrscher der Zweiten hatte es sich auf einer weichen Liege bequem gemacht.

Boëndal fiel sofort auf, dass Gundrabur Weißhaupt sehr, sehr alt geworden war und die Kraft aus ihm wich. Die Lebensessenz in seinem Inneren glomm lange nicht mehr so wie früher, doch wer mehr als fünfhundert Zyklen kommen und gehen gesehen hatte, durfte allmählich schwächer werden. Kämpfen musste er nicht mehr.

Das Weiß um die braunen Augen hatte sich gelblich gefärbt, und es fiel dem König schwer, die Besucher anzuschauen. Sein Blick verfehlte sie manchmal, als würde er durch sie hindurchführen. Der dünne Leib des Königs wurde von einem reich bestickten dunkelbraunen Stoffgewand verhüllt; Silberbart und Haupthaar reichten von der Liege beinahe bis auf den Boden.

»Mein König, ich bringe dir die Sieger im Wettstreit um die Zyklenprüfung«, sagte Balendilín ehrfürchtig und sank auf die Knie. Die Zwillinge taten es ihm gleich.

Gundrabur richtete sich auf, und sie hörten die Knochen knacken. Ingrimmsch fürchtete, dass sie jeden Augenblick zerbrachen. »Ich kenne euch, Boïndil Zweiklinge und Boëndal Pinnhand«, sprach er mit leiser Stimme. »Tapfere Krieger und vermutlich einmal die besten, die unser Stamm rühmen darf. Es schmückt euch, dass ihr in diesem Zyklus der vermeintlichen Verschwörung auf die Spur gekommen seid.« Er drehte den Kopf zu seinem Berater. »Richte das Fest der Zwerge aus und verkünde, wer gewonnen hat, mein treuer Balendilín. Es soll drei Umläufe währen.«

Der einarmige Zwerg hob den Blick. »Sie haben noch mehr als das erreicht, mein König.« Er bedeutete Boëndal, nach vorne zu treten und die Ereignisse zu wiederholen. Gespannt warteten sie, was Gundrabur zu den Erkenntnissen sagte.

Zu ihrer Überraschung entstand auf dem alten, faltigen Gesicht ein vorsichtiges Lächeln, aus dem ein Grinsen erwuchs, und schließlich lachte der Herrscher schallend und klatschte vor Freude in die Hände. »Wahre Krieger!«, rief er glücklich. »Ihr habt sogar meine kleine Zusatzaufgabe gelöst!«

»Zusatzaufgabe?« Ingrimmsch schluckte. Es war ihm gleichgültig, dass er seinen König unterbrach, aber seine Heldentat wurde durch die Offenbarung in seinen Augen deutlich geschmälert. »Die Schweineschnauzen waren …«

Gundrabur nickte. »Ganz recht, Boïndil Zweiklinge. Ohne, dass es der gute Balirgon oder sonst jemand ahnte, habe ich den Auftrag gegeben, ein paar Orks zu fangen und sie auf das Plateau schaffen zu lassen. Ihr denkt doch wohl nicht ernsthaft, dass es den Bestien gelungen sein könnte, unbemerkt von unseren Spähern an der Hohen Pforte einen Gang zu graben?«

»Dachte ich es mir doch«, murmelte Boëndal erleichtert.

Ingrimmsch verschränkte die Arme vor der Brust, er war ein wenig verstimmt. »Dann haben wir gar keinen Überfall verhindert?«

»Ihr *hättet*, wenn es einen gegeben hätte«, verbesserte ihn der König mit einem milden Lächeln. »Das wiegt ebenso schwer, mein lieber Boïndil Zweiklinge. Balendilín wird euch eine Belohnung dafür geben, die euch weiteren Ruhm einbringt. Es wird für alle anderen Zwerginnen und Zwerge Ansporn sein, die Augen im nächsten Zyklus noch offener zu halten, als sie es ohnehin bereits tun.« Er gab seinem Berater ein Zeichen, dass er sich zurückziehen sollte. »Ich bin sehr müde. Lasst mich alleine. Wir sehen uns beim Fest.«

Sie neigten ihre Häupter und verließen das Gemach des Herrschers.

Boëndal sah vor der Tür an sich herab. »Jetzt ab nach Hause, Bruder, und waschen. Damit wir beim Fest die strahlenden Helden sind.« Er fühlte die Anspannung von sich abfallen und war außerordentlich erleichtert, dass es sich bei den Drachenorks um nichts als einen Teil der Prüfung gehandelt hatte.

»Ach, verflucht!«, rief Boïndil und trat gegen die Wand.

»Was ist denn los?«

»Nichts. Es hätte mich nur gefreut, ein echtes Unheil abzuwenden.« Er kratzte sich unterm Helm am Kopf. »Wer weiß, ob wir jemals die Gelegenheit erhalten, echte Heldentaten zu vollbringen?«

✡

Bald darauf trafen sich die Clanobersten der Zweiten und ausgewählte Gäste in der großen Halle, um die Zwillinge zu feiern.

Überall im Blauen Gebirge fanden ihnen zu Ehren solche

Feste statt. Das Bier floss in Strömen, die Vorratskammern wurden geplündert und feinste Zwergengerichte zubereitet, an denen sich die Bewohner labten und die Bäuche vollschlugen. Dazu spielten Musikanten auf, überall wurde getanzt und gesungen.

Boïndil hatte seine Enttäuschung überwunden und fand sich im Mittelpunkt des Trubels. »Das ist wunderbar! Ich werde fürchterlich betrunken sein«, rief er Boëndal über die Köpfe der Umstehenden zu. »Sobald ich einen Humpen geleert habe, bringen sie mir einen gefüllten!«

Sein Bruder prostete ihm zu. »Auf die Ahnen und unseren Schöpfer Vraccas«, gab er laut zurück, und die Zwerginnen und Zwerge stimmten in den Spruch mit ein.

Gundrabur saß auf dem steinernen Thron, neben ihm ruhte der zeremonielle Schmiedehammer. In das Kopfstück waren Runen graviert, Edelsteine und Intarsien aus den verschiedensten Edelmetallen leuchteten auf und spiegelten das Licht der Lampen und Leuchter wider.

Der König betrachtete seine feiernden Untertanen und lauschte dem Gelächter, der Musik und dem Gesang, der ihm das Herz rührte. Gelegentlich hob er den Pokal, auch wenn es ihn immense Anstrengung kostete. Seine Muskeln waren müde.

Und sosehr er sich an dem Treiben erfreute, schaffte es das Fest der Zwerge nicht, seine Sorgen gänzlich zu vertreiben. Er hatte etwas Unvorstellbares getan – gelogen.

Die Orks mit dem Drachensymbol auf der Rüstung waren *nicht* seine Gefangenen gewesen. Und es gab auch keinen alten, eigens für die Zyklenprüfung hergerichteten Stollen seines Volkes, der auf die vermeintliche Aussichtsplattform geführt hatte.

Gundrabur hatte Balendilín nach der Unterredung mit den Zwillingen erklärt, dass sie errichtet worden war, um den Weg zur Hohen Pforte noch besser überwachen zu können, und in Vergessenheit geraten war.

Auch das stimmte nicht.

Und der König wusste sehr wohl, was das Emblem zu bedeuten hatte.

Es war das Zeichen von Lohasbrand, einem Drachen, der im Blauen Gebirge gehaust hatte. Gundrabur kannte die Beschreibungen der dunkelgrün geschuppten Kreatur, die einst in einem See inmitten der Berge gelebt hatte, aus den Erzählungen seines Großvaters. Lohasbrand war ein Drache gewesen, der sich sowohl aufs Fliegen als auch aufs Tauchen und Schwimmen verstanden hatte. Das Ungetüm war vor den Zwergen geflohen, und heute erinnerte sich keiner mehr an ihn.

Ausgenommen Gundrabur.

Der König hatte beschlossen, nichts von seinem Verdacht zu äußern, um das Fest nicht zu trüben.

Außerdem war nicht bewiesen, dass Lohasbrand aus dem Reich der Toten zurückkehren wollte oder gar bereits wieder in dieser Welt weilte. Orks waren schließlich dumme Kreaturen, und wenn sie eine Rune fanden, die ihnen gefiel, malten sie sich die Zeichen überall hin. Er hatte schon Orks gesehen, welche zwergische Runen auf dem Schild trugen. Sie hatten ihr eigenes Todesversprechen mit sich herumgeschleppt, was bei den Zwergen zu viel Heiterkeit geführt hatte.

Gundrabur hoffte inständig, dass die Orks das Emblem bei einem uralten Leichnam gefunden und es sich – ohne nachzudenken – als Zierrat angeeignet hatten.

Dennoch, die Hohe Pforte müsste stärker besetzt und der Gang zugeschüttet werden. Arbeiter würden die Plattform abreißen und den Pfad, der von dort aus zur Festung führte, ebenso zerschlagen. Es sollte keinen Weg mehr ins Reich der Zweiten geben.

Und dann war da noch das Rätsel der verlöschenden Fackeln und Lampen in den Stollen – bedeutete dies ebenso eine neue, noch nicht absehbare Gefahr für das Zwergenreich? Oder waren es tatsächlich nur Berggeister gewesen, die sich einen Schabernack gegönnt hatten?

Weiter kam er mit seinen Gedanken nicht, denn es war Zeit

für seine Lobrede. Gundrabur setzte sich auf, und als Gesänge und Gespräche verklungen waren, räusperte er sich. Alle wussten, es würde eine kurze Rede werden. Dafür liebten sie ihren König.

»Verehrte Freunde. In manchen Menschenreichen gibt es die Tradition, an einem besonderen Umlauf eines Zyklus zu Ehren eines ihrer Heiligen ein Fest zu feiern. Es ist ihr höchstes Fest und wird ausgelassen und reich begangen, wie wir alle wissen. Auch wenn wir nicht an ihren Heiligen glauben, so feiern wir ebenfalls unser höchstes Fest: die Heldenhaftigkeit der Tapfersten unseres Volkes. Wenn wir also heute das Fest der Zwerge zu Ehren Boïndils und Boëndals begehen, wollen wir es ebenso ausgelassen und glücklich tun. Und unsere Sorgen und Ängste wenigstens eine Zeit lang vergessen.«

Zustimmung und Applaus rauschten durch den Saal. Boïndil und Boëndal bemerkten als Einzige den verzagten Ausdruck auf seinem Gesicht, als der König sich auf den Thron sinken ließ. Doch dann wurden die Zwillinge bereits wieder von ihren feiernden Freunden mitgerissen.

Gundrabur sah zu ihnen hinab und murmelte bei sich: »Wenn jemals wieder ein Ork oder eine andere Kreatur Tions mit Lohasbrands Zeichen auf der Rüstung erscheint, werden wir gerüstet sein.« Er schwor es bei Vraccas und prostete den Zwillingen zu. »Boïndil und Boëndal werden das Unheil abwehren. Das ist gewiss.«

Samit Basu

Das Jahr des Affen

Das unvergleichlich amüsante und ständig lebensbedrohliche Gasthaus, das man unter dem Namen *Duftender Bauch* kennt, erfreute sich des stolzen Rufes, jederzeit zu den drei lautesten Lokalitäten Kols zu gehören.

Auch heute Abend bildete es keine Ausnahme: Der *Bauch* versank förmlich unter einem Geräuschteppich und hüllte sich in eine Decke exotischer Düfte. Triog, der dreiköpfige Oger, hatte den Vorsitz über den Missklang. Seine sechs Arme bewegten sich ständig; seine Köpfe – Linksog, Rechtsog und Mittelog – redeten, beobachteten und lauschten.

Es war fast Mitternacht; die Stammgäste der Taverne waren seit Stunden anwesend. Die in Drachensaft eingelegten Mitglieder der Anonymen Abstinenzler waren schon dekorativ vor Triogs Füßen ausgebreitet. Die Männer, die Abhishek hießen, hielten sich in einem albernen Haufen vor den Toiletten auf und nahmen sich gegenseitig auf den Arm. Houstarr, der schlechteste Liebhaber der Welt, saß mit der Großen Blonden Benita, einer Koryphäe des kolischen Ringerbundes, in einer Ecke, ohne zu ahnen, dass die Schönheit, deren Schenkel er scheu betatschte, in Wirklichkeit Vater zweier Kinder war.

Anders ausgedrückt: Wer annahm, dies sei ein typischer Abend für den *Duftenden Bauch*, war eindeutig schief gewickelt. Der heutige Abend war ein besonderer: Jeder Kubikzentimeter Kneipe war besetzt, und mitunter sogar von mehr als einer Person. Die Gäste drängelten sich überall und plapperten so vergnügt wie eine auf dem Fischmarkt versammelte Schar ausgelassener kleiner Vamanen, phlegmatischer Stein-Paschaner, betrunkener Menschen und anderer Lebewesen, die man mehr oder weniger unter ›Diverse‹ ablegen konnte. Dort, im schummerigen Licht, von der allgemeinen Fröhlichkeit und Yarnis einzigartigen Sicherheitspaschanern im Zaume gehalten, waren alle entschlossen und unaufhaltbar zu einem Fest versammelt, das ein König nicht besser hätte ausrichten können: Triogs am letzten Jahrestag zelebriertes Iss-so-viel-wie-du-kannst-Büffet.

Heute war der letzte Tag des 199. Jahres Neuer Zeitrechnung; das Jahr des Schweins. Im Morgengrauen begann das neue Jahr, das des Storchs; ein Jahr, vor dem es der ganzen Welt graute. Denn das 200. Jahr Neuer Zeitrechung sollte das Jahr der Simoqin-Prophezeiungen werden; das Jahr, in dem der große und schreckliche Rakshasfürst Danh-Gem auferstehen und erneut danach trachten würde, die Welt zu erobern oder zu vernichten, da dies großen und schrecklichen Rakshas sozusagen im Blute lag. Allerdings wirkte die riesige im *Duftenden Bauch* versammelte Menge deswegen keinesfalls verängstigt.

Triogs Jahresendfeiern genossen einen legendären Ruf. Einige Jahre zuvor hatten die ehrenwerten Gäste des *Duftenden Bauchs* so viel gegessen, dass sie beschließen mussten, der traditionellen Neujahrsprügelei zu entsagen. Der Gratistumult fing gegen ein Uhr morgens an und dauerte, bis sämtliche Möbelstücke sowie etwa die Hälfte der Teilnehmer zerlegt und in den Boden gestampft worden waren.

Triog erwartete auch diesmal einen ziemlich gewaltfreien Jahresanfang. Schließlich hatte er alles getan, um dafür zu sorgen, dass seine Gäste sich irgendwann nicht mehr bewegen (geschweige denn prügeln) konnten. Seine Paschaner waren den ganzen Tag über treppauf, treppab gelaufen, um riesige Teller mit allen möglichen Lebensmitteln aus allen Teilen der Welt herbeizuschleppen, während die Gäste herumgesessen und sie fast wortlos mit manischer Miene verzehrt hatten: Braten,

Biryani, diverse Dessert-Zwischengänge, Ozeane starken Alkohols, Berge von Brot, Teigwaren, Reis und Nudeln; ganze Herden essbarer Tiere und mehrere Hektar Pflanzen waren im Nu verschwunden, als hätte Kol während des ganzen Jahres gehungert, um sich für die kulinarische Orgie im *Duftenden Bauch* zu wappnen. Die meisten auf das neue Jahr wartenden Personen zeigten eine leicht erschreckte Miene, als sie darüber nachdachten, wie viel sie gegessen hatten. Einige Gäste lagen auf dem Boden, umklammerten ihren prallen Wanst, stöhnten leise und warteten auf die Morgendämmerung. Dann würden Yarnis Sicherheitspaschaner sie in Schubkarren stapeln und nach Hause fahren, wo sie die ersten Tage des Storchenjahrs gern verschliefen.

In einer stillen Ecke des *Duftenden Bauchs* saß, mit einem Kapuzenumhang bekleidet, ein junger Mann namens Kirin, der Spielzeug und verschiedenerlei Kuriositäten herstellte. Er war ein freundlicher Mensch, doch recht geheimnisvoll. Niemand wusste, woher er kam, und meist wurde er – trotz der hier herrschenden lässigen »He-wie-geht's-altes-Haus-oje-jetzt-hab-ich-dir-versehentlich-aufs-Maul-gehauen«-Atmosphäre – in Ruhe gelassen, da ihn eine gefährliche Aura umgab: eine Aura, die fast gänzlich von seinem besten Freund Stachel ausging, einem eigenartigen paschanerähnlichen Geschöpf von üblem Naturell und noch schlechterem Ruf, das momentan hinter Kirins Stuhl stand. Es gelang ihm, sich mit undurchsichtiger Miene in der Taverne umzuschauen und dabei grenzenlose Bedrohung auszustrahlen, obwohl er an allem, was ihn umgab, absolut desinteressiert war. Neben Kirin saß Maya, eine klug wirkende, kurzhaarige junge Hexe von der Universität Enki. Die gutmütigen Seelen im *Duftenden Bauch* hatten schon oft gewettet, wann Kirin und Maya wohl endlich bemerkten, dass sie ein Paar werden würden. Jahre waren vergangen, doch die beiden blieben weiterhin hartnäckig ungebunden.

»Ich bin zu Hause«, verkündete Maya fröhlich verwirrt. »Ich geh nach blau, Kirin.«

»Ich weiß nicht, warum du mehr trinkst, als du vertragen kannst«, sagte Kirin verärgert. »Willst du wirklich jetzt schon gehen? Dann verpasst du doch die Schlägerei, das Mitternachtsfummeln und die andere Schlägerei, die danach losgeht.«

»Ich weiß, warum du nicht gehst, dass ich will«, sagte Maya, schloss ein Auge und lächelte friedlich. »Du willst mich in der zwölften Küsse stunden.«

Kirin lächelte. Er streichelte ihre Wange, und sie lächelte ihn fragend an. Dann versetzte er ihr einen sanften Schubs, und sie sackte nach vorn auf den Tisch und fing an zu schnarchen.

»Tust du mir den Gefallen und bringst sie nach Hause, Stachel?«, fragte Kirin. »Hier geht's bald rund, und sie könnte sich verletzen.«

Stachel nickte. Er warf Maya über seine Schulter und ging. Dabei sorgte er ungewollt für den Untergang von Triogs neuen Möbeln: Er trat beim Hinausgehen auf den Fuß eines Vamanen. Der rechtschaffen erzürnte Vamane erhob sich wie ein Rachegeist, um Vergeltung zu verlangen, schaute Stachel an, beschloss, keinen Selbstmord zu begehen, und verpasste lieber einem vorbeikommenden Seemann eine Ohrfeige.

Der Seemann entpuppte sich bei näherem Hinsehen als der Gefürchtete Pirat Fuchsrotbart. Er ließ seine mit einem Haken versehene Hand auf den Tisch des Vamanen krachen und warf die Getränke der dort sitzenden Gäste um.

Dies war eine Kriegserklärung. Triog stöhnte auf. Der Rest des *Bauchs* jubelte, zückte bisher verborgene Waffen, krempelte die Ärmel hoch und legte los.

Kirin zog sich in den Schatten seiner Ecke zurück, verharrte dort und rührte sich nur, um jenen einen vorausschauenden Stoß oder Tritt zu versetzen, die ihm in ihrer Freundlichkeit zu nahe kamen. Die Luft war voll von saftigen Kraftausdrücken, fettem Essen und wirklich fetten fliegenden Vamanen. Yarnis Paschaner traten und droschen wild um sich und gingen gelegentlich unter dem Ansturm der in Leder gekleideten tretenden, beißenden und krakeelenden Brummer-Banditen zu Boden.

Triog stand hinter dem Tresen, beobachtete das Geschehen mit stiller Resignation, entbot seinen zerbrechlicheren Kundinnen Asyl und warf Houstarr hin und wieder ins Kampfgetümmel zurück.

Die Schlägerei tobte schon eine ganze Weile, als jemand »Frohes Neues Jahr!« rief.

Wie ein Blitz trat im *Duftenden Bauch* Frieden ein. Die Gäste warfen ihre Waffen weg, schnappten sich den, der ihnen gerade am nächsten war, drückten ihn an sich und wünschten ihm Liebe, Glück, Frieden und körperliche Zuneigung in reichlicher Menge. Dann weinte man Freuden- und Zusammengehörigkeitstränen. Bei anderen waren es vielleicht auch Schmerzenstränen. Überall im *Bauch* stampften Kolifüße fröhlich über die vom Alkohol benommenen Leiber der Gäste und wateten durch Pfützen von Alkohol, Körperflüssigkeiten und Lebensmittel in den verschiedensten Verdauungsstadien. Hysterische Fremdlinge versicherten ihren neuen Freunden unsterbliche Liebe. Alle Frauen im *Duftenden Bauch* wurden mindestens hundertmal geküsst; sogar Houstarr erhielt von der Großen Blonden Benita einen ermutigenden Klaps auf den Po.

Dann schrie jemand »Los!«, und die Schlägerei wurde mit fröhlichem Gebrüll wieder aufgenommen – diesmal ohne jeden Vorwand, dass es etwa Seiten gäbe, auf denen man stünde, oder dass man um etwas stritte. Dieses Handgemenge brauchte keinen Grund. Die Neujahrsschlägerei dauerte ungefähr noch einmal zwei Stunden, nach denen die Zauberer von Enki, die im fast völlig schlägerfreien Magierabschnitt ungestört getrunken hatten, pfeifende Warnfeuerbälle durch den Raum schickten und Yarnis Paschaner systematisch jeden niederschlugen, der noch auf den Beinen war und den Eindruck erweckte, weitermachen zu wollen. Um drei Uhr war der *Duftende Bauch*, wenn man von einigen Putzpaschanern sowie Triog, Stachel und Kirin absah, leer.

Kirin knuffte Triog liebevoll in die Rippen. »Es war eine

großartige Feier, wie immer«, sagte er. »Wenn ich noch was für dich tun kann, sag's mir, sonst geh ich jetzt schlafen.«

»Gute Nacht«, sagte Mittelog.

»Hinaus mit dir«, fauchte Linksog.

»Warte«, sagte Rechtsog. »Die richtige Feier hat doch noch gar nicht angefangen.«

Seine beiden anderen Köpfe wandten sich um. Sie wirkten finster, doch Rechtsog ließ sich nicht einschüchtern. »Du bist schon eine ganze Weile hier, Kirin«, sagte er. »Es ist jetzt an der Zeit, dass du die Geheimnisse des *Duftenden Bauchs* kennenlernst. In diesem Jahr wird sich die Welt für immer verändern. Falls mir etwas zustoßen sollte, muss jemand dafür sorgen, dass ein paar Feuer weiterbrennen.«

Kirin nickte. Auf Triogs Zeichen hin schleppten einige Paschaner einen großen kreisförmigen Tisch aus dem Keller heran. Andere Paschaner, in makellose weiße Schürzen gekleidet, kamen mit Tabletts aus dem obigen Restaurant zu ihnen hinunter.

Am Tisch wurde für fünf Personen gedeckt. Kirin nahm Platz. Er war recht verblüfft, als drei andere Menschen den *Duftenden Bauch* betraten und an dem Tisch Platz nahmen. Einen kannte er vage: Amloki der Khudran war der Page der Obersten Zivilistin. Er verbrachte seine Abende meist so, dass er sich auf einem Hocker am Tresen mit vollbusigen Frauen unterhielt. Die anderen (ein uralter bärtiger Mann mit gewaltigen buschigen weißen Brauen, der aussah, als käme er aus Xi'en oder einem Land, das noch weiter im Osten lag, und eine verblüffend attraktive, piratenhaft gekleidete junge Frau) waren ihm fremd. Er hatte sie zuvor noch nie im *Bauch* gesehen, doch er spürte, dass beide sehr gefährlich waren, besonders der Alte.

»Willkommen zur *echten* Neujahrsfeier dieses Hauses«, verkündete Rechtsog lächelnd. »Kirin ist mein Lehrling. Das gut aussehende Geschöpf dort drüben ist Stachel, meine letzte Verteidigungslinie. Meine Herren, ich möchte Ihnen Amloki vorstellen, den Pagen der Obersten Zivilistin – sowie Kapitän Fujen von der *Glückspilzin* und Goldsplitter, den Jahreshüter.«

»Freut mich, Ihre Bekanntschaft zu machen«, sagte Fujen. »Unterhalten können wir uns aber später. Wo bleibt das Essen, Triog?«

Es gab jede Menge zu essen. Sie bekamen die beste Mahlzeit, die sie je verzehrt hatten: eine betörende Folge von Gerichten, von denen keines sensationeller war als eins, das Triog »Verstecktes Schweinefleisch« nannte, eine würzige, auf der Zunge zergehende Gaumenfreude, die jeden, der sie verzehrte, in ekstatisches Schweigen verfallen ließ. Als alles verschlungen war und die fünf Tafelnden sich zurücklehnten und einander anschauten – überrascht, weil niemand explodiert war –, hob Triog sein Weinglas, und Rechtsog erklärte: »Auf die Zeitgärtner, die Schattenbrigade des Silbernen Dolchs, die Wächter der Meere und alle, die im Geheimen für uns arbeiten und sich abrackern, ohne eine Belohnung oder Ablösung zu erwarten – damit wir unbekümmert und unbehindert weiterleben können!« Er trank einen großen Schluck.

Leicht überrascht, da Triog bisher nie als Freund langer Reden aufgefallen war, leerte auch Kirin sein Glas.

»Diese Feier bedeutet mehr als nur, dass der Hausherr das Beste auftischt, nachdem die Gäste gegangen sind, Kirin«, sagte Mittelog. »Dies ist der einzig wirklich bedeutungsvolle Teil der Neujahrsfeier. Weil wir uns hier versammelt haben, um jenen zu danken, die das neue Jahr wirklich einschalten. Ohne sie würde es vielleicht gar kein neues Jahr geben.«

Die drei anderen Gäste wirkten geziemend beschämt.

»Nun, das stimmt nicht ganz«, meinte Amloki. »Ich gehörte nicht zu denen, die die Welt in jenem Jahr gerettet haben. Ich bin nur hier, weil die Oberste Zivilistin und der Silberne Dolch – ihre Ordnungsmacht – heute Abend nicht hier sein konnten. Die Art ihrer Tätigkeit bedingt leider, dass sie zu beschäftigt sind, um Feste zu feiern. Wüssten sie jedoch um die Herrlichkeit des Essens, hätten sie die Staatsoberhäupter, die sie momentan ängstigen oder umbringen, gewiss in Ruhe gelassen, um bei uns zu sein.«

»Mir schwant, hier steht eine Geschichte an«, sagte Kirin. »Ich möchte sie hören.«

»Manche Dinge sollten lieber geheim bleiben«, warf Linksog knurrig ein.

»Na los, erzähl sie ihm«, drängte Fujen. »Du kannst ihn doch nicht zu dieser Feier einladen und ihm verschweigen, um was es eigentlich geht. Außerdem bin ich zu voll, um mich zu bewegen, und lausche selbst gern einer guten Geschichte. Besonders dann, wenn ich ihre Heldin bin.«

»Vielleicht sollte Amloki sie erzählen«, sagte Mittelog. »Er war doch dabei, als sie passierte. Außerdem ist er ein viel besserer Geschichtenerzähler als ich.«

»Na schön«, begann der Khudraner schnell, bevor jemand einen anderen Vorschlag machen konnte. »Es geschah vor ungefähr fünf Jahren, Kirin. An einem Silvesterabend, wie heute. Nur eins war anders: Damals sah es so aus, als würde es kein neues Jahr geben. Das alte hatte nämlich nicht die Absicht abzutreten.«

»Und warum nicht?«

»Weil der Affe ausgebrochen war und die Gärtner ohne ihn das neue Jahr nicht beginnen konnten.«

»Das verstehe ich nicht.«

»Natürlich verstehst du es nicht«, sagte der Khudran lächelnd. »Deswegen solltest du nun zuhören und mich nicht unterbrechen.«

Du musst wissen, Kirin (sagte Amloki), dass das neue Jahr in anderen Kulturen an anderen Tagen anfängt. Die Pahr-Virtaner in West-Elaken glauben, dass ein neues Jahr immer dann anfängt, wenn man einen unanständig geformten Kaktus entdeckt. Bei den weniger Exzentrischen signalisieren Sonne, Mond, Sterne, die Sonnenwende, der Frühlingsanfang und viele andere Zeichen den Völkern, dass ein neues Jahr angebrochen ist und man nun die gleichen Fehler noch einmal machen kann – freilich mit weniger Ausreden als beim letzten Mal. Kaum jemand weiß jedoch, dass die Welt selbst das Ende und den Anfang eines neuen Jahres kennzeichnet; dass der Planet ein Herz besitzt, das in eigentümlicher Weise schlägt.

In Xi'en benennt man jedes Jahr nach einem Tier; nach einem der zwölf Tiere ihres Tierkreises. Ich weiß nicht, ob sich dieser Brauch aus dem Tal, in dem die Geschichte beginnt, über die Welt verbreitet, doch wenn, kann er nur ein blasser Abklatsch der Wahrheit sein. Denn tatsächlich gibt es tausendundachtzig Tiere, nach denen man die Jahre benennen sollte; Tiere, die auf einer Liste stehen, die sich im Besitz der Obersten Zivilistin befindet. Diese Liste ist ein Geschenk Goldsplitters. In Kol hält man die Benennung der Jahre nach Tieren für eine willkürliche Sitte, einen Witz ohne Tiefgang, den sich jemand ausgedacht hat. Man hält sie dafür, weil nur wenige Menschen lange genug existieren, um zu erleben, wie der Zyklus sich wiederholt.

In einem vollkommenen Tal, in den niedrigen Ausläufern der Berge der Harmonie zwischen Avranti und Xi'en, existiert ein Park. Dort leben fünf oder sechs Mönche. Sie sind die Jahreshüter. Goldsplitter ist einer von ihnen. Womit befassen sich Jahreshüter? Sie hüten die Jahre und wachen über sie von der Geburt bis zum Tod. Sie verrichten geheime Zeremonien, die bewirken, dass jedes neue Jahr rechtzeitig geboren wird. Würden die Hüter versagen, bedeutete dies mit ziemlicher Sicherheit das Ende der Welt – weswegen sie nicht versagen wollen. In jedem Jahr kümmern sich die Hüter um das Tier des Jahres. Aufgrund der Dynamik ihrer Riten dauert das Leben dieses Tiers von Mitternacht zu Mitternacht genau ein Jahr. Es verbringt sein gesamtes Leben von der Kindheit bis zum Greisenalter, vom Frühjahr bis zum Winter, in diesem Zeitraum. Dies ist gut für jene Tiere, deren natürliche Lebensspanne weniger als ein Jahr beträgt, doch schrecklich für Schildkröten und andere langlebige Geschöpfe. In manchen Jahren – wie etwa jüngst dem Jahr des Moskitos oder davor dem der Unsichtbaren Kröte – liegt unser Mitgefühl bei den Hütern, nicht bei den ihrer Obhut anvertrauten Viechern. Wie dem auch sei: Vor fünf Jahren hielten die Hüter um Mitternacht einen winzigen Gorillasäugling in den Händen. Es war, wie ihr vielleicht noch wisst, das Jahr des Affen. Sie nannten den Gorilla Gigantix. Wie sich zeigte, war dies eine prophetische Entscheidung.

Gigantix war ein außergewöhnlich kluger und liebenswerter Gorilla. Am Ende seiner Frühlingsmonate waren die Hüter ihm überaus zugetan. Er war kein gewöhnlicher Affe – dies nicht nur wegen seiner Rolle als Jahresmaskottchen –; er war außerordentlich intelligent. Er beherrschte siebzehn Schriftsprachen, konnte seine Hüter perfekt nachahmen und war in jeder Hinsicht ein entzückender und beliebter Primat. Die Hüter ließen ihn in ihre Hütten, wo er zuschaute, wenn sie über Landkarten und astrologischen Diagrammen hockten. Eine Hüterpflicht besteht darin, das Tier des nächsten Jahres vor der Neujahrsmitternacht zu beschaffen. Da sie dazu oft in entlegene Ecken der Welt reisen müssen, sind ihre Hütten voller Landkarten, Reiseandenken und Briefe von Herrschern aus aller Welt, die ihnen freies Geleit zusichern. All dies war für einen geselligen jungen Gorilla eine Schatztruhe des Lernens. Als das Frühjahr zum Sommer heranreifte, belauschte Gigantix – inzwischen ein prächtiger zottiger Geselle mit klugen, glitzernd schwarzen Augen – die Mönche und erfuhr den wahren Grund für seine ihm bis dahin völlig unbekannte Gefangenschaft. Da war er verständlicherweise traurig. Er war ein äußerst anziehender und kluger Gorilla in den besten Jahren, der sich nach Abenteuern und Romantik sehnte – doch nun würde er in wenigen Monaten alt sein und sterben und nie erfahren, wie es war, wenn man lebte und liebte!

So kam es, dass Gigantix im ersten Wintermonat entfleuchte, denn er hatte keinesfalls die Absicht, zu sterben, ohne zuvor die Welt gesehen zu haben.

Natürlich war den Hütern zuvor auch schon mal ein Mündel entwischt: Zugvögel, Fische und kleine Nager sind nicht leicht festzuhalten, und viele Tiere von Natur aus Herumtreiber. Doch in ihrem Park beschäftigten die Hüter gut ausgebildete Wächter: mächtige Adler am Himmel, Schnappschildkröten und Wasserschlangen in den Bergseen und Flüssen. Und dazu Hunde, Bergziegen und Maulwürfe, die Flüchtlinge stets innerhalb weniger Tage in den Park zurücktrieben. Gigantix' Flucht war jedoch ganz anders gelagert: Sie war glänzend geplant und ausgeführt worden. Der Gorilla war spurlos verschwunden und hatte weder Fußspuren noch Witterung hinterlassen. Ich weiß, es klingt unglaublich, dass ein Tier solcher Größe irgendetwas tun kann, ohne dass die Öffentlichkeit davon erfährt, aber genau das war ihm gelungen.

Nun hielt ich mich zufällig in dieser Region auf, denn ich musste einem in diesem Gebiet lebenden Parteigänger aus Kol ein Schreiben der Obersten Zivilistin überbringen. Stellt euch meine Verblüffung vor, als ich Goldsplitter auf der Suche nach dem Gorilla in den Bergen herumspringen sah. Ich hielt ihn natürlich für verrückt und setzte meinen Botengang fort, doch ein glücklicher Instinkt rief mich einige Tage später zurück, und ich entdeckte den Park der Hüter und freundete mich mit ihnen an.

Die Hüter waren natürlich verzweifelt – ohne Gigantix konnte das alte Jahr schließlich nicht enden und das neue nicht beginnen. Dies war, um es vorsichtig auszudrücken, kein sekundäres Problem. Ihre Besorgnis ließ sie ihre Diskretion vergessen. Ich entdeckte bald ihre Geheimnisse und eilte nach Kol zurück, um der Zivilistin zu berichten, was passiert war. Dort endet mein Teil der Geschichte; den Rest sollte Fujen erzählen.

Na schön. Hört zu, ich bin keine große Geschichtenerzählerin. Also mache ich es kurz. Einverstanden? Ich saß also in meiner Hütte und steckte meine Nase nicht in anderer Leute Angelegenheiten (sagte Fujen), als ausgerechnet mein alter Freund bei mir hereinplatzte, der Spion der Spione, der Meuchler der Meuchler, der Silberne Dolch höchstpersönlich.

Nun bin ich zwar Piratin von Beruf, doch von Zeit zu Zeit helfe ich dem Dolch und seiner Silbernen Phalanx – die Bezahlung ist gut, und das Abenteuer noch besser.

Dies war in der Tat ein außergewöhnlicher Fall. Ein Gorilla war aus einer Art Bergkloster entlaufen und hatte sich dabei einer Art Transportzauberspruch bedient. Außerdem war er sehr klug. Anhand gewisser Briefe, die der Affe gestohlen hatte, wusste der Dolch, wohin er gehen wollte: Es waren Freibriefe zum Betreten einer gewissen geheimen Insel, die die Marine von Xi'en schwer bewachte. Uns wurde schlagartig klar, warum sie für einen intelligenten Gorilla das Paradies sein musste.

Gigantix war mittels eines Zauberspruchs und später per Schiff – wie war ihm dies überhaupt gelungen? – zur Insel Minimi gereist, die zum Xi'en-Territorium gehört. Minimi war die Heimat der Futlonen, eines sehr kleinwüchsigen Volkes. Der größte Futlone war gerade mal einen Fuß groß. Gigantix hatte die Welt studiert, in Erfahrung gebracht, dass er am liebsten als riesiger Gorillakönig auf Minimi leben würde, und sich nach dorthin aufgemacht. Nun weiß ich eigentlich kaum etwas über Gorillas, aber ich habe den Eindruck, dass sie sich immer, wenn sie sich unter Menschen befinden, die kleiner sind als sie, gezwungen sehen, einen solchen – meist eine ausnehmend hübsche Frau – hochzuheben und den höchsten Punkt der näheren Umgebung zu erklettern. Es ist praktisch ein Naturgesetz. Warum es so ist, weiß ich nicht – es macht ihnen aber wohl ebenso viel Freude wie Schokolade oder das Herumfummeln an einem menschlichen Ohr. Also warf er sich, kaum dass er auf Minimi angekommen war, die Prinzessin der Futlonen, ein reizendes kleines Ding namens Xinia, über die Schulter und nahm sie mit auf den höchsten Berg der Insel, der etwa so hoch ist wie dieses Gebäude.

Die Xi'ener sind zwar arge Bürokraten, doch da Gigantix alle nötigen Freibriefe hatte, ließen sie ihn einwandern. Ihre Regierung hatte es ja gebilligt. Uns hingegen ließ man nicht mal in die Nähe der Insel – offenbar wachsen dort viele geheime

Kräuter, die es anderswo nicht gibt und die für die Magier des Herrschers so wichtig sind, dass sich niemand, der einer anderen Nation angehört, in ihre Nähe wagen darf, ohne dass man deswegen einen Krieg erklärt.

Um es kurz zu machen: Ich nahm den Silbernen Dolch auf meinem Schiff mit. Neben der *Glückspilzin* hatten wir noch ein anderes, eine Trireme, die verfügbar war. Wir schwammen unter den Schiffen der Xi'en her um Minimi herum und zündeten ein paar Feuerwerkskörper, die für ordentliche Verwirrung sorgten. Dann ließen wir die Trireme auf die Insel zufahren, und die Schiffe der Xi'ener nahmen die Verfolgung auf. Inzwischen fuhren wir mit der *Glückspilzin* dicht an die Insel heran, sprangen an Land und wurden von den Futlonen gefangen, wobei wir uns bemühten, sie nicht zu zertreten. Nach einigen vergnüglichen Einlagen entkamen wir und scheuchten den Gorilla von seinem Hügel herunter, woraufhin er die erstbeste Erhöhung bestieg, die er erblickte – es war zufällig der Mast der *Glückspilzin*. Der Rest war einfach: Während Gigantix sich mit einer Hand an den Mast klammerte und Klein-Xinia mit der anderen festhielt, stachen wir einfach in See. Es gab einigen Ärger mit etwa fünfzehn xi'enischen Kriegsschiffen, aber wir entwischten ihnen. Dann reisten wir einen Monat übers Land – Gigantix in einem erhöhten Käfig mit Massen von Rollen und Vamanen-Karren. Unterwegs mussten wir uns Banditen und xi'enische Gardisten vom Halse halten, doch wir brachten Gigantix gerade noch rechtzeitig zum neuen Jahr nach Hause. So endete das Jahr des Affen. Wir waren, wie man so sagt, aus dem Schneider. Es tat mir wirklich leid, dass er sterben musste, denn für einen Affen war er doch recht nett.

»Eine großartige Geschichte«, sagte Kirin. »Ihr werdet mir natürlich vergeben, wenn ich kein Wort davon glaube.«

Fujen lächelte. Sie hob etwas hoch, das auf ihrem Schoß lag, und legte es auf den Tisch. Kirin schaute es sich genau an und schnappte nach Luft: Es war eine winzige Frau. Die Gestalt lächelte, machte einen Knicks, schnappte sich ein Stückchen Verstecktes Schweinefleisch, schob es sich in den Mund und sprang von der Tischplatte auf Fujens Schoß zurück.

»Du musst Xinia verzeihen, dass sie sich nicht auf der Stelle für dich erwärmen kann«, sagte Fujen. »Sie ist etwas schüchtern.«

Kirin rieb sich ungläubig die Augen. Er schaute in die Runde und sah fünf Gesichter, die ihn schmunzelnd betrachteten. Was für ein Abenteuer! Sie hatten ein Rennen gegen die Zeit veranstaltet und die Zeit an sich und die Welt gerettet! Wie schnell und patent sie die Geschichte erzählt hatten. Dabei hatten sie nur die wirklich wichtigen Dinge erwähnt, die ihnen widerfahren waren, und alle richtig spannenden Teile ausgelassen!

Er sah es nun vor seinem geistigen Auge: Fujen, die mit einem Messer zwischen den perlweißen Zähnen unter Wasser schwamm. Klein-Amloki, der verblüfft sah, wie Goldsplitter Baumwipfel durchsuchte. Der riesige Gorilla, der auf seinem Hügel brüllte und auf seinen Brustkorb trommelte – und die in seiner mächtigen Pranke kreischende Prinzessin. Und der geheimnisvolle Silberne Dolch, der unbarmherzig von einem Abenteuer zum nächsten eilende Haudegen, in dessen Kielwasser Legenden und Leichen zurückblieben. Dann erst begriff Kirin, dass er mit wirklichen Abenteurern am Tisch saß; mit Menschen, für die Kampf, Verschwörung und der lässige Umgang mit großen und wichtigen Ereignissen etwas Alltägliches war.

Kirin gefiel sein meist stilles Dasein. Ihn verlangte zwar nicht danach, ein Held zu sein, doch er hatte sich immer gefragt … Wie war es wohl, wenn man *wirklich* wichtig war, wenn man *wirklich* auf großem Fuße lebte?

Zum Glück, dachte er, *muss ich es nicht unbedingt in Erfahrung bringen.*

Es gab aber noch einige Fragen, die ihm auf der Seele brannten. »Seither feiert ihr zum Gedenken an diesen Sieg in den frühen Morgenstunden jedes Neujahrsmorgens. Doch warum gerade hier – im *Duftenden Bauch*?«

»Nun ja, die Oberste Zivilistin war nicht allzu glücklich darüber, dass die Jahre in einem ziemlich ungeschützten Bergtal von Xi'en von Mönchen gehegt werden, die sich möglicherweise als Einzige nicht in der Kriegskunst auskennen«, erklärte Rechtsog. »Sie hat gesagt, es wird Ärger geben, und es stimmt: Man muss sich nur vorstellen, dass Danh-Gem aufersteht und beschließt, ein wenig mit dem Zeitgefüge herumzuspielen, um zuzusehen, wie die Welt untergeht... Deswegen hat sie beschlossen, die Jahreshüter und ihren Park nach Kol zu verlegen. Ich weiß, dass der Plan undurchführbar klingt, aber sie hat schließlich das Sagen. Und warum im *Duftenden Bauch*? Tja, einfach deswegen, weil unsere drei Helden unsere Küche mögen. Und Umbilica, eine unserer Köchinnen, ist zufällig die beste Hebamme der Welt.«

»Und so ...?«

»Das wirst du bald erfahren. Außerdem haben wir uns – weil das neue Jahr uns wahrscheinlich jede Menge Ärger bringt – vorgenommen, das Jahr des Schweins im großen Stil zu verabschieden. Die Feier musste in den frühen Morgenstunden abgehalten werden, weil die Zubereitung von Verstecktem Schweinefleisch einige Stunden dauert und wir das dazu erforderliche Schwein erst um Mitternacht bekamen.«

»Moment mal«, sagte Kirin. »Wir haben gerade das alte Jahr verzehrt? Das ist das Geheimnis des Versteckten Schweinefleisches?«

Die Anwesenden lächelten. »Es war ein gutes Jahr, nicht wahr?«, sagte Rechtsog. »Amloki muss morgen nach Avranti, deswegen sollten wir die Nacht nun beenden. Doch eins müssen wir zuvor noch tun.«

»Umbilica!«, rief er.

Eine freundliche, oberschwesterhaft wirkende Frau trat ein. Sie trug einen Korb bei sich. Darin lag in einem improvisierten Nest ein krächzendes neugeborenes Vögelchen. Seine Augen waren geschlossen und rosa; sein Leib von graurosa geäderter Haut und weichen schwarzweißen Daunen bedeckt. Es stieß leise heisere und zornig klingende Laute aus.

»Ich möchte euch Adebar vorstellen«, sagte Umbilica. »Und willkommen im Jahr des Storchs.«

Die Anwesenden erhoben ihre Gläser und tranken auf den Neuankömmling.

»Frohes neues Jahr«, sagte Amloki.

Monika Felten

Zwölfnächte

»Lanaar?«

»Hm?«

»Lanaar!«

»Hmmmm!« Mit einer unwilligen Bewegung verschwand der ergraute Haarschopf des Mannes, mit dem Myriah nun schon seit Jahren das Schlafgemach teilte, unter der gewebten Bettdecke.

»Lanaar, wach auf!« Myriah rüttelte ihren Gemahl an der Schulter. »Hörst du das nicht?«

»Ich höre nur dich.«

Myriah setzte sich auf und lauschte. Da war es wieder. Ein Rauschen wie von einer Windböe, Wolfsgeheul und ein Donnern wie von Pferdehufen erfüllten die Luft.

»Jetzt musst du das aber auch gehört haben.«

»Nein.«

»Lanaar!« Mit einem Ruck schlug Myriah die Decke zurück. »Das ist kein Scherz.«

»Bei den Göttern, warum lässt du mich nicht schlafen?« Ärgerlich raffte Lanaar den wärmenden Bezug an sich. »Es ist mitten in der Nacht! Warum machst du so einen Aufstand?«

»Da ist etwas! Da draußen.« Myriah starrte zum Fenster. Silbernes Mondlicht ließ die knorrige Eiche vor der Hütte wie einen Riesen erscheinen, der seine schneebedeckten Arme dem Himmel entgegenstreckte.

»Das sind sicher die Wölfe«, murmelte Lanaar schlaftrunken. »Der Hunger treibt sie aus den Wäldern zu den Gehöften.« Er gähnte. »Mach dir keine Sorgen, sie werden hier nichts finden. Ich habe alles gut verriegelt.« Damit war die Sache für ihn erledigt. Seufzend rollte er sich auf die Seite und wandte ihr den Rücken zu.

Myriah bedachte den geliebten Mann an ihrer Seite mit einem langen, traurigen Blick. Er war früh ergraut. Sie wusste, dass er um die Mundwinkel selbst im Schlaf einen verbitterten Zug trug, auch wenn sie sein Gesicht jetzt nicht sah, denn sie war nicht ganz unschuldig an dem Kummer, der ihn plagte. Sein Leben war hart, die Arbeit auf den Feldern und im Stall zermürbend. Ihre Liebe war nicht mehr so jung wie einst, die anfängliche Unbekümmertheit verflogen. Je mehr Jahre verstrichen waren, ohne dass sie ihm ein Kind gebar, desto mürrischer war er geworden.

Myriah sog die Luft scharf durch die Zähne und biss sich auf die Unterlippe. Sie hatte alles versucht, aber kein Kräuterweib und keine Heilerin hatte ihr helfen können. Bald würde sie zu alt sein, um Lanaar den ersehnten Erben zu schenken. Was würde er dann tun? Würde er sich eine Jüngere ins Haus holen, so wie es die anderen Männer taten? Würde er sie verstoßen und sie zwingen, den Rest ihres Lebens bettelnd am Brunnen in der Stadt oder als Fürbitterin in der Abtei der Gütigen Ordensfrauen zu verbringen? So wie die anderen Frauen, deren Schoß leer geblieben war? Fröstelnd zog sich Myriah die Decke enger um die Schultern. Wie viele Jahre mochten ihr noch bleiben, das zu verhindern?

Draußen rauschte, heulte und donnerte es erneut.

Myriah lauschte. Es schien, als brause etwas mit lautem Getöse über ihr Haus hinweg. Wie eine Herde fliegender Pferde, die von Wölfen gejagt wurde. Pferde können nicht fliegen, versuchte Myriah sich in Gedanken zu beruhigen. Und es gibt auch keine Wölfe, die über den Himmel … Sie stutzte.

Die Wilde Jagd.

Der Gedanke jagte ihr einen eisigen Schauer über den Rücken. Hastig zählte sie an den Fingern die Tage ab, rechnete nach und erschrak. Es war die Nacht zum 6. Jenner. Die letzte und gefährlichste Nacht der Zwölfnächte. Das unheimliche Rauschen und Heulen konnte durchaus von Wuotan stammen, der sein gefürchtetes Heer aus Geistern, Dämonen und Wölfen auf dem Rücken seines achtbeinigen Pferdes ein letztes Mal über den Himmel trieb.

Myriah saß ganz still. Sie kannte die Legende der Wilden Jagd noch aus Kindertagen. Ihre Mutter hatte immer streng darauf geachtet, in diesen Nächten keine Wäsche auf die Leine zu hängen, und nachdrücklich darauf bestanden, dass Myriah und ihre Geschwister vor Einbruch der Dunkelheit im Haus waren. Drinnen durfte keine Unordnung herrschen, und vor dem Einschlafen wurden besondere Gebete gesprochen.

Myriah erinnerte sich noch gut daran, wie sehr sie die Zwölfnächte nach der Wintersonnenwende als Kind gefürchtet hatte. Oft hatte sie bis in die Morgendämmerung hinein wach gelegen und auf das Rauschen gewartet, das dem Nahen des Geisterheeres vorauseilte. Stets vergeblich. Sie war älter geworden und zu der Überzeugung gelangt, dass die Legende um die Wilde Jagd nichts weiter war als eine Mär, die Kinder das Fürchten lehren sollte. Anders als ihre Mutter wusch sie auch in den Tagen nach der Wintersonnenwende Wäsche und ging im Dunkeln hinaus, um im Stall nach dem Rechten zu sehen. Nie war ihr etwas geschehen. Nie war sie einem Geschöpf aus dem Totenreich begegnet und nie hatte sie auch nur ein Anzeichen für die Wilde Jagd am Himmel ausgemacht.

Bis heute.

Über dem Dach des Hauses schwoll das Heulen, Rauschen und Donnern wieder an. Offenbar hatte sich Wuotan entschieden, direkt über ihrer Hütte sein wildes Treiben abzuhalten. Und wirklich. Als sie erneut einen Blick aus dem Fenster wagte, sah sie es: das Heer Wuotans. Die Armada des Schreckens, an die sie nicht mehr geglaubt hatte. Ein gewaltiger Zug aus Unholden verdunkelte das Mondlicht, als er am Vollmond vorüberzog, und hüllte die verschneite Landschaft für endlose Herzschläge in Schatten. Zitternd, die Decke fest an sich gepresst, verfolgte Myriah, wie sich vor dem Hintergrund der schneebedeckten Büsche formlose Schatten im Halbdunkeln über den Hof bewegten. Einige kamen dicht an die Hütte heran und starrten durch die mit Eisblumen umrandeten Fenster hinein. Düstere, stumme Geister, die nur noch entfernt an Menschen erinnerten.

Habe ich die Wäsche abgenommen?, schoss es Myriah durch den Kopf. Plötzlich war sie sich nicht mehr sicher, ob sie alle Stücke am Abend hereingeholt hatte. Ist es im Haus auch ordentlich genug? Die Sorge drängte sie aufzustehen und nachzusehen, aber die Furcht war stärker. Sie konnte sich nicht bewegen und nur noch mühsam atmen. Jetzt wusste sie, dass die Sorge ihrer Mutter wohlbegründet und die Legende der Wilden Jagd keine Mär gewesen war.

Die Zeit verstrich unter Lanaars unregelmäßig grunzenden Atemzügen. Er schien nichts von dem Grauen zu bemerken, das das kleine Gehöft in dieser Nacht heimsuchte. Als die Wilde Jagd zum vierten Mal über das Dach der Hütte hinwegpreschte, erhoben sich die Dämonen und Geister vom Hof und schlossen sich wieder dem Heer an.

Myriah atmete auf. Eine Weile saß sie noch aufrecht im Bett und lauschte in die Nacht hinaus, aber das Lärmen war verstummt. Die Wilde Jagd war weitergezogen. Sie legte sich wieder hin, aber der Schlaf wollte nicht kommen. Zu sehr steckte ihr der Schrecken noch in den Gliedern, zu aufgewühlt waren ihre Gedanken. Wenn es die Wilde Jagd wirklich gab, überlegte sie, dann waren vielleicht auch alle anderen Legenden wahr, die sich um die Zwölfnächte rankten. Der Gedanke ließ ihr keine Ruhe. Sie spürte, dass da etwas in ihrer Erinnerung verborgen war. Etwas sehr Wichtiges, das sie einst gewusst, aber wieder vergessen hatte.

Je länger sie darüber nachgrübelte, desto unruhiger wurde

sie. Schließlich schlüpfte sie aus dem Bett, warf sich zum Schutz gegen die Kälte im Haus ihren Mantel über und schlich auf bloßen Füßen zu der Truhe, in der sie ihre Habseligkeiten aufbewahrte. Sie musste Gewissheit haben.

Der schwere Deckel knarrte, als sie ihn anhob. Erschrocken hielt sie inne und lauschte, aber Lanaar schien es nicht gehört zu haben. Grunzend drehte er sich auf die andere Seite und schnarchte weiter.

Myriah öffnete die Truhe und tastete im Innern nach dem einzig Wertvollen, das sie besaß. Einem dicken, ledergebundenen Buch voller Legenden, eines der wenigen Erbstücke, die sie von ihrer Mutter erhalten hatte.

Mit dem Buch in der Hand ging sie zum Fenster. Den Truhendeckel ließ sie offen, weil sie fürchtete, Lanaar könne erwachen, wenn dieser noch einmal knarrte. Im Mondlicht waren die Schriftzeichen im Buch kaum zu erkennen. Myriah entzündete eine Kerze an der Glut im Kamin, trug das Talglicht zum Tisch und begann zu lesen. Die meisten Seiten überflog sie nur. Aber als sie auf die Legenden der Zwölfnächte stieß, widmete sie sich diesem Teil genauer. Da gab es Unheimliches von Wuotan und der Wilden Jagd zu lesen, von Dämonen und Geistern, die in dieser Zeit umgingen, von Menschen, die sich in den Zwölfnächten in Werwölfe verwandelten. Aber auch Versöhnliches: von Frauen, denen in diesen Nächten an einem Kreuzweg ihr künftiger Bräutigam begegnet sein sollte, und von Kindern, die geboren wurden und denen man magische Fähigkeiten nachsagte.

Doch all das war es nicht, wonach sie suchte. Erst als sie weiterblätterte, fand sie es. Das Buch war alt und die Schrift an dieser Stelle besonders abgegriffen. Myriah musste die Kerze dicht an das Papier halten, um sie lesen zu können. In einem kurzen Abschnitt ganz unten auf der rechten Seite stand:

Die Tiere im Stalle, so saget man, sollen um Mitternachte die menschliche Sprache sprechen und sich über die Zukunft erzählen.

Das war es. Myriahs Herz begann vor Aufregung drängend zu pochen. Ihre Erinnerung hatte sie nicht getäuscht. Dass die Tiere in den Ställen zu bestimmten Zeiten sprechen könnten, hatte sie bisher auch immer für ein Märchen gehalten. Nun aber war sie entschlossen, die Wahrheit herauszufinden. Sie musste Gewissheit haben, was die Zukunft für sie bereithielt, und darüber, ob sie Lanaar wirklich nie ein Kind gebären würde. Dafür blieb ihr jedoch nicht mehr viel Zeit. Mitternacht war nahe und der Stall noch viele Schritte entfernt. Mit dem Taglicht in der Hand schlich Myriah zur Haustür, schlüpfte in die geschnitzten Holzschuhe und trat hinaus.

Das Taglicht flackerte im Wind und erlosch, als sie die Tür leise hinter sich schloss. Sie erschrak, aber der Mond spendete genug Licht. Ein Blick über den Hof zeigte ihr, dass die Schatten wirklich fort waren. Die Wilde Jagd war nicht zurückgekehrt. Die Nacht war frostklar und still. Nichts rührte sich in den Büschen und Bäumen, die das kleine Gehöft umgaben. Dennoch musste Myriah allen Mut zusammennehmen, um die vierzig Schritte von der Hütte bis zum Stall zu wagen. Die eisige Luft kroch unter ihren Mantel und ließ sie frösteln. Schnee und Nässe drangen in ihre Schuhe, aber sie kümmerte sich nicht darum. Ihre Gedanken waren bei den Tieren und bei dem Wunder, dem sie in dieser Nacht beizuwohnen hoffte.

Im Stall war es warm. Er roch nach Stroh und Mist und nach den vertrauten Ausdünstungen der Tiere. Mondlicht fiel durch das marode Strohdach. Im fahlen Licht sah Myriah Tyr und Sif, die beiden gescheckten Kaltblüter, ruhig in ihren Boxen stehen. Unweit davon dösten vier Ziegen im Stroh. Auf der anderen Seite stand in einem Verschlag die junge Kuh, die Lanaar erst im Sommer auf dem Markt erworben hatte und deren Milch so köstlich schmeckte. Gegenüber hatte sich die kleine sechsköpfige Schafherde ins Stroh gekuschelt. Die fünf Zibben waren bereits trächtig und würden in wenigen Wochen süße Lämmer zur Welt bringen. Auf den Stangen im Gebälk schliefen die Hühner.

Myriah suchte sich einem Platz nahe der Tür, wo das frische Stroh lagerte, und wartete.

Im Stall war es ruhig. Die Tiere schienen sie nicht bemerkt zu haben. Hin und wieder raschelte es im Stroh, manchmal schnaubte eines der Pferde. Myriah spürte, wie sie schläfrig wurde. Doch gerade als ihr die Augen zufielen, hörte sie die Glocken der fernen Dorfkirche Mitternacht schlagen. In der windstillen, frostklaren Nacht waren die zwölf Glockenschläge deutlich zu hören.

Die Tiere im Stall begannen sich zu regen. Myriah hielt den Atem an. Würden sie wirklich sprechen? Würde sie von ihnen etwas über die Zukunft erfahren?

»Es ist so weit. Es ist so weit«, krähte es in diesem Augenblick oben auf dem Dachbalken. Der Hahn kam heruntergeflogen, landete auf dem Boden der Stallgasse zwischen den Verschlägen und stolzierte umher. »Wacht auf! Wacht auf!«, rief er. »Unsere Zeit ist kostbar. Wir können endlich wieder über die Zukunft sprechen!«

»Ich möchte aber nicht an die Zukunft denken.« Gackernd kam ein Huhn herangeflogen und landete neben dem Hahn. »Denn dann müsste ich berichten, dass ich im Frühjahr geschlachtet werde.«

»Sie hat recht«, meckerte eine der Ziegen. »Du hast es gut getroffen, Hahn, dich wird der Bauer noch lange behalten. Mich aber wird er verkaufen, weil ich ihm keine Zicklein schenke.«

»Warum sollte es dir besser ergehen als der Bäuerin«, blökte eines der Schafe. »Die wird auch nicht mehr lange hier auf dem Hof verweilen. Und Menschlein bringt sie auch nicht zur Welt.«

Die Tiere gackerten, wieherten, muhten, meckerten und blökten, als hätte das Schaf einen besonders guten Scherz gemacht. Myriah überlief es eiskalt. Ihr wurde schwindelig, und das Atmen fiel ihr schwer. Sie hatte sich also nicht getäuscht. Lanaar würde sie verstoßen. Dass es aber so bald geschehen würde, damit hätte sie nicht gerechnet.

Vielleicht hat er im Dorf bereits ein Liebchen, schoss es ihr durch den Kopf. Vielleicht trägt eines dieser jungen Dinger schon jetzt sein Kind unter dem Herzen. Der Gedanke schnürte ihr die Kehle zu. Plötzlich bedauerte sie, den Stall betreten zu haben. Die Wahrheit war grausam, bitter und unerträglich. Hinter ihrer Stirn wirbelten die Gedanken. Was konnte sie tun, um das Unausweichliche zu verhindern? Konnte sie überhaupt noch etwas tun?

Sie hörte nicht mehr zu, was die Tiere sprachen, ihre Gedanken kreisten nur noch um das, was die Zukunft ihr bringen würde. Erst als die Turmglocken die Mitternachtsstunde beendeten und die Tiere verstummten, wurde sie sich wieder ihrer Umgebung bewusst. Der Mond hatte sein Antlitz hinter Wolken verborgen und das Licht mit sich fort genommen. Im Stall war es finster. Finster und still. Die Tiere dösten wieder, als sei nichts geschehen.

Myriah wusste, dass sie zurück ins Haus gehen musste. Sie hatte erfahren was sie wissen wollte, und wenn die Wahrheit auch ein einziger Albtraum war, so war es vielleicht doch besser so. Nun würde das Ende wenigstens nicht überraschend kommen.

Sie erhob sich mit steifen Gliedern und ging zur Tür. Ihre Muskeln schmerzten. Sie fühlte sich um Jahre gealtert, gebrechlich und leer. Die Zukunft lag grau und trostlos vor ihr. Es gab keine Hoffnung.

Als sie die Stalltür öffnete, wirbelten ihr dicke Schneeflocken entgegen. Die Spuren, die sie auf dem Weg zum Stall im Schnee hinterlassen hatte, waren nicht mehr zu sehen. Myriah trat in den Flockenwirbel hinaus, schloss die Tür sorgfältig hinter sich und machte sich langsam auf den Weg zum Haus. Er erschien ihr länger als zuvor, jeder Schritt wog schwerer als der vorige.

Die Schatten, die lautlos aus der Dunkelheit näher glitten, sah sie nicht. Das leise Knurren, das sie wie die Ahnung nahenden Unheils in die Nacht woben, verhallte ungehört. Die Luft vibrierte vor Gefahr, aber Myriah war so von Kummer erfüllt, dass sie es nicht bemerkte.

Erst als ihr ein Wolf knurrend und mit gebleckten Zähnen den Weg versperrte, blieb sie stehen. Als sie aufblickte, sah sie das Rudel, das den Ring um sie immer enger zog. Myriah stand da wie erstarrt. Eine namenlose Furcht lähmte sie und schnürte ihr die Kehle zu. Mit schreckgeweiteten Augen starrte sie die Wölfe an, die geifernd näher kamen. Mordlust und Blutgier im Blick …

Als Lanaar erwachte, war es hell. Er spürte sofort, dass etwas nicht stimmte. Er war allein. Der Platz neben ihm war leer, das Bett kalt. Myriah musste bereits früh aufgestanden sein. Sie schlief schlecht, seit es sich abzeichnete, dass sie ihm keine Kinder mehr gebären würde.

Lanaar seufzte. Er liebte Myriah über alles, auch ohne Kinder, aber er konnte ihr in ihrem Kummer nicht helfen. Sie war verbohrt und fast schon verrückt von dem unerfüllten Sehnen nach einem Kind. In jedem unbedachten Wort von ihm glaubte sie einen Hinweis darauf zu finden, dass er sie nicht mehr liebte. Schon oft hatte er versucht, sie davon abzubringen, aber sie hatte es nicht hören wollen.

»Myriah?« Lanaar setzte sich auf und lauschte, erhielt aber keine Antwort. Als er sich erhob, fiel sein Blick auf die Truhe. Der Deckel war geöffnet, der Inhalt durchwühlt. Was mochte sie dort gesucht haben? Kopfschüttelnd schloss er die Truhe wieder und trat ans Fenster. In der Nacht hatte es geschneit. Dick und weich ruhte der Schnee auf Bäumen und Sträuchern. Lanaar rieb sich die Augen und ließ den Blick über den Hof und die kleine Schneewehe schweifen, die sich mitten auf dem Hof gebildet hatte. Er glaubte, Myriah sei in den Stall gegangen, doch es waren keine Spuren zu sehen.

»Seltsam.« Lanaar und kratzte sich am Hinterkopf, während er die Schneewehe betrachtete.

Als er sich umwandte, entdeckte er das Buch. Es lag aufgeschlagen auf dem Tisch vor dem Fenster. Frische Wachsflecken auf den Seiten kündeten davon, dass Myriah in der Nacht darin gelesen hatte. Neugierig geworden, begann er die Zeilen zu lesen, auf denen die meisten Wachstropfen zu sehen waren.

Die Tiere im Stalle, so saget man, sollen um Mitternachte die menschliche Sprache sprechen und sich über die Zukunft erzählen.

Lanaar stockte der Atem. Er kannte die Legenden gut, die sich um die Zwölfnächte rankten, und erinnerte sich nun auch wieder daran, dass Myriah ihn in der Nacht geweckt hatte, weil sie glaubte, etwas gehört zu haben. Sie würde doch nicht …?

»Nein!« Lanaar keuchte auf.

Das konnte nicht sein.

Das *durfte* nicht sein!

Hastig blätterte er weiter.

Hier waren keine Wachsflecken mehr zu sehen.

Wer die Tiere allerdings sprechen höret, der sterbe unmittelbar danach …

»Bei den Göttern!« Lanaar spürte, wie seine Kehle eng wurde. Myriah hatte nur die vorherige Seite gelesen.

»Myriaaah!« Tränen verschleierten seinen Blick, als er barfuß aus der Hütte stürmte, zu der Schneewehe lief und wie von Sinnen zu graben begann.

Dan Simmons

Gequält vom Albtraum in der schaukelnden Wiege

Bruder Jimmy-Joe Billy-Bob verkündete den New Yorkern am Heiligen Abend das Wort; er paddelte mit seinem langen Einbaum-Kanu nach Osten den Zufluss der Forty-second Street hinauf und dann nach Norden, gegen die Strömung durch die Fifth Avenue und an der Stelle vorbei, wo das Dach der öffentlichen Bibliothek grünlich unter der dunklen Wasseroberfläche schimmerte. Es war ein kalter, aber friedlicher Abend. Der Sonnenuntergang war rot und wunderschön – das waren alle Sonnenuntergänge seit dem *Großen Fehler* – Lagerfeuer waren in vielen Etagen und auf vielen Dächern von zerschmetterten Wolkenkratzern entfacht worden, die aus dem dunklen Meer ragten wie die verbrannten Zypressenstümpfe aus den Sümpfen, an die sich Bruder aus seiner Kindheit erinnerte.

Bruder paddelte vorsichtig, weil er um die Schwierigkeit wusste, das lange Kanu zu steuern, aber noch mehr wegen der kostbaren Fracht, die er von so weit hergebracht hatte. Hinter ihm, auf den Ruderbänken, lag wie ein übergroßer Kochtopf die Heilige Schüssel, deren Gottesohr zum brennenden Himmel hinaufgerichtet worden war, als verharrte sie bereits, um die ersten Signale des Heiligen Senders zu empfangen, den Bruder Jimmy-Joe Billy-Bob vor vierzehn Monaten in Dothan, Alabama, hatte errichten lassen. Hinter der Heiligen Schüssel lag, verpackt und sicher verschnürt, die Heilige Glotze, und dahinter wiederum, in durchsichtige Plastikfolie verpackt, das

Fahrrad des Herrn. Der Coleman-Generator befand sich beim Bug, er nahm Bruder teilweise die Sicht, bildete aber das Gegengewicht der gesegneten Reliquien achtern.

Bruder Jimmy-Joe Billy-Bob paddelte nach Norden zu den vergitterten Überresten des Rockefeller Center und dem bröckelnden Turm von St. Patrick's. In diesem Abschnitt der Rimwall Bay gab es Dutzende bewohnter Türme, Hunderte von Feuern leuchteten in den von Ranken zugewucherten und rostigen Ruinen über ihm, aber Bruder schenkte ihnen keine Beachtung, sondern ruderte zielstrebig weiter nordwestwärts Richtung 666 Fifth Avenue.

Das Gebäude stand noch – zumindest fünfunddreißig Stockwerke, achtundzwanzig davon über der Wasseroberfläche –, und Bruder ließ den langen Einbaum zur Basis treiben. Er stand auf – hielt sorgfältig das Gleichgewicht, rückte das Gewicht der halbautomatischen Heckler & Koch-HK-91-Flinte des Christlichen Überlebensnetzes auf seinem Rücken zurecht – und hob die Arme mit offenen Handflächen in die Höhe. Schemenhafte Gestalten sahen aus Lücken in den dunklen Glasscheiben auf ihn herab. Irgendwo schrie ein Baby, wurde aber sofort zum Schweigen gebracht.

»Ich bringe euch die frohe Botschaft der Auferstehung Christi!«, rief Bruder Jimmy-Joe Billy-Bob. Seine Stimme hallte von Wasser und Stahl wider. »Gute Nachrichten von eurer bevorstehenden Erlösung von Drangsal und Leid!«

Schweigen, dann rief eine Stimme herunter. »Wen suchst du?«

»Ich suche den ältesten Klan. Den mit dem stärksten Totem, damit ich Geschenke und das Wort des Herrn von der Wahren Kirche des Beschwichtigten Christus überbringen kann.«

Die Echos hielten mehrere Stunden an, das Schweigen noch länger. Dann rief eine Frauenstimme von weiter oben. »Das wäre der Klan vom Roten Zwerghuhn. Sei willkommen, Fremder, und wisse, dass wir das Wort Gottes bereits hier haben. Komm zu uns. Sei Gast an unserem Feuer und nimm teil an unseren Vorbereitungen für den heiligen Tag.«

Bruder Jimmy-Joe Billy-Bob nickte und band das Kanu an einem rostigen Träger fest. Der Heilige Geist hatte noch nicht zu ihm gesprochen. Er wusste nicht, wie der Weg bereitet werden sollte. Er wusste nur, binnen achtundvierzig Stunden würden sie bereit sein, ihn zu ermorden oder ihn anzubeten. Beides würde er nicht zulassen.

Den ganzen Heiligabend arbeiteten sie daran, das Geschenk der Heiligen Schüssel auf dem Dach zu montieren. Die Treppen waren zu eng, die Fahrstuhlschächte zu sehr mit Strickleitern, Flaschenzügen, Körben und Ranken verhangen. Bruder überwachte persönlich die Konstruktion des Flaschenzugs, um die Schüssel die achtzig Meter zum Dache des Gebäudes hochzuziehen. Die drei Treppenfluchten über dem bewohnten fünfundzwanzigsten Stock waren selbst für die Freikletterer des Klans vom Roten Zwerghuhn gefährlich. Bruder hatte darauf bestanden, dass sie den Weg über die mit Schutt bedeckte Treppe hinauf sicherer machten. »Wir werden oft hier hochkommen, wenn der heilige Sender euch mit dem Wort verbindet«, sagte er. »Und ebenso die anderen Klans der Hanse von Rimwall. Der Weg muss frei sein, damit ihn die Jüngsten wie die Ältesten gefahrlos passieren können.«

Die alte McCarthy, die runzlige Matriarchin des Klans vom Roten Zwerghuhn, hatte mit den Schultern gezuckt und einer Gruppe Frauen Anweisungen gegeben, die Treppe zu reinigen, während die Männer die Heilige Schüssel aufstellten.

Als der Sonnenuntergang den Himmel rot färbte, war alles an Ort und Stelle: die Heilige Schüssel fest auf der höchsten Spitze des Dachs verschraubt, das Gotteswort so genau justiert, wie es Bruders Geschick und sein rostiger Sextant zuließen; den Resopalaltar hatte man unter der Schüssel aufgebaut, Kabel liefen zum Gemeinschaftsraum des Klans im fünfundzwanzigsten Stock hinunter. Dort war der Generator aufgestellt worden, und die kräftigsten Jägerinnen des Klans hatten Anweisung bekommen, sich für den Gottesdienst bei Sonnenuntergang am Fahrrad des Herrn abzulösen. Tara, die Fünfjährige mit dem Engelsgesicht, zupfte an Bruders Mantel, als er seine Plastikeimer wegstellte. »Es ist fast dunkel«, sagte sie. »Möchtest du mit uns kommen, den Baum ansehen und die Geschenke auspacken?«

»Ja«, sagte Bruder Jimmy-Joe Billy-Bob und betrachtete die rot gefärbte Tätowierung eines Zwerghuhns auf dem Handrücken des Kindes. »Und ich werde die Predigt halten.«

Der Raum war sehr groß, die Wände schwarz vom Ruß der Lagerfeuer, und die verrotteten Teppiche hatte man mit Bastmatten zugedeckt. Die siebzehn Mitglieder des Klans vom Roten Zwerghuhn versammelten sich um die Heilige Glotze und den kleinen Weihnachtsbaum aus Aluminium beim Herd. Kerzen brannten. Der Papierstern eines Kindes zierte die Spitze des Baums. Bruder betrachtete die wenigen, behelfsmäßig verpackten Geschenke unter dem Baum und machte die Augen zu.

Die alte McCarthy räusperte sich, wobei die winzige Zwerghuhntätowierung auf ihrer Stirn im Kerzenlicht zu glühen schien. »Geliebter Klan«, sagte sie, »es ist unser alter Brauch, Gott in dieser heiligsten aller Nächte zu danken und danach die Geschenke auszupacken, die der Weihnachtsmann uns gebracht hat. Aber in diesem Jahr ist unser Bruder von der Wahren Kirche in Dothan eingetroffen …« Sie machte eine Pause, schluckte, als würde sie etwas Bitteres schmecken, und fuhr fort: »Der uns jetzt von der morgigen Feier berichten und aus dem Wort Gottes lesen wird.«

Bruder Jimmy-Joe Billy-Bob betrat den freien Raum vor dem Raum und stellte die HK 91 in Reichweite an den Tisch. Er holte die abgegriffene CÜN-Bibel aus dem Rucksack und legte sie auf die Heilige Glotze. »Brüder und Schwestern in Christus«, sagte er. »Morgen früh, wenn die Sonne aufgeht und der Weg rein ist, wird der heilige Sender sein Licht in der Dunkelheit erstrahlen lassen, und ihr werdet wieder das Wort vernehmen und Teil der Wahren Kirche des Beschwichtigten Jesus Christus werden. Meine Reise hierher ist nicht leicht gewesen. Der Feind ruhte nicht. Fünf meiner Brüder in Christus sind gestorben, damit ich es bis hierher schaffen konnte.« Bruder verstummte und betrachtete die Gesichter vor sich. Die alte McCarthy runzelte die Stirn, die Männer betrachteten ihn interessiert oder gleichgültig, viele Frauen und Kinder sahen ihn mit einer Bewunderung an, die an Ehrfurcht grenzte.

»Die Zeit der Prüfung ist über uns gekommen und war lang und schwer«, sagte Bruder schließlich. »Aber von diesem auserwählten Ort wird das Wahre Wort – wie es unser Erlöser durch die acht Apostel verkündet hat – wieder gehört und im ganzen Land verbreitet werden.« Er machte wieder eine Pause und studierte die Gesichter im Kerzenschein. Ein paar der Kinder ließen die Blicke zu den Geschenken schweifen.

»Hört, was geschrieben steht«, sagte Bruder und schlug die Bibel auf. »Offenbarung dreizehn, Verse sechzehn bis siebzehn: ›Und es macht, dass sie allesamt, die Kleinen und Großen, die Reichen und Armen, die Freien und Knechte, sich ein Malzeichen geben an ihre rechte Hand oder an ihre Stirn, das niemand kaufen oder verkaufen kann, er habe denn das Malzeichen, nämlich den Namen des Tieres oder die Zahl seines Namens; denn es ist eines Menschen Zahl, und seine Zahl ist sechshundertsechsundsechzig.‹«

Ein leises Raunen lief durch die Menge. Bruder blätterte die Seite um und las wieder laut, ohne auf den Text zu sehen. »Offenbarung vierzehn, Verse neun bis elf«, sagte er. »›So jemand das Tier anbetet und sein Bild und nimmt das Malzeichen an seine Stirn oder an seine Hand, der soll von dem Wein des Zornes Gottes trinken, der unvermischt eingeschenkt ist in seines Zornes Kelch, und wird gequält werden mit Feuer und Schwefel von den heiligen Engeln und von dem Lamm. Und der Rauch ihrer Qual wird aufsteigen von Ewigkeit zu Ewigkeit; und sie haben keine Ruhe Tag und Nacht, die das Tier anbeten und sein Bild, und wer das Malzeichen seines Namens annimmt.‹«

Bruder Jimmy-Joe Billy-Bob schloss die Augen und lächelte. »Aber ich lese euch auch aus dem Johannesevangelium drei,

Verse sechzehn bis siebzehn vor«, sagte er. »›Denn Gott hat seinen Sohn nicht gesandt in die Welt, dass er die Welt richte, sondern dass die Welt durch ihn gerettet werde.‹« Bruder schlug die Augen auf und endete: »Amen«

»Amen«, sagte die alte McCarthy. »Und nun lasst uns sehen, was der Weihnachtsmann uns dieses Jahr gebracht hat.«

Gespräche und Gelächter ertönten wieder. Tara kuschelte sich an Bruder, während sich der Klan um den Weihnachtsbaum versammelte. »Ich fürchte, für dich wird kein Geschenk dabei sein«, sagte Tara. Tränen traten ihr in die Augen. »Der Weihnachtsmann hat die Geschenke schon am zweiten Advent gebracht. Ich glaube, da wusste er noch nicht, dass du kommst.«

»Das ist nicht wichtig«, sagte Bruder. »Baum und Geschenke sind heidnische Brauchtümer. Es gibt keinen Weihnachtsmann.«

Das Mädchen blinzelte, aber ihr neun Jahre alter Bruder Sean stimmte zu. »Er hat recht, Tarie. Onkel Lou und die Jägerinnen holen die Sachen, wenn sie im November ihren Ausflug zum Warenhaus machen. Sie verstecken sie im siebenundzwanzigsten Stock. Ich habe es gesehen.«

Tara blinzelte wieder und sagte mit leiser Stimme: »Der Weihnachtsmann hat mir die Puppe gebracht, die ich gerade bekommen habe. Manchmal kommt er an Heiligabend zurück und bringt uns Dosenfrüchte. Vielleicht bringt er dir dann was mit. Bis dahin kannst du mit meiner Puppe spielen, wenn du willst.«

Bruder schüttelte den Kopf.

»He, seht mal!«, rief Sean. »Da ist doch ein zusätzliches Geschenk.« Er kroch unter den Baum und brachte ein in blaues Papier verpacktes Päckchen zum Vorschein. »Wahrscheinlich ist es übrig, weil Onkel Henry letzten Monat gestorben ist und sie vergessen haben, es wegzunehmen.«

Bruder Jimmy-Joe Billy-Bob wollte das Geschenk wieder an seinen Platz stellen, aber da sprach der Heilige Geist zu ihm, und er fing heftig an zu zittern. Schweigen senkte sich über die

Gruppe, und der Klan sah zu, wie sich Bruder beruhigte, das Einpackpapier wegriss, eine Scheide aus Leder aus dem Karton holte und eine lange Messerklinge ins Licht hielt.

»Mann!«, hauchte Sean. Er zog ein vergilbtes Beiblatt aus der Verpackung und las laut vor: »›Herzlichen Glückwunsch! Sie sind jetzt stolzer Besitzer eines LINAL-M-20-Kampfmessers des Christlichen Überlebensnetzes. Jedes LINAL M-20 ist ganze zwölf Zoll lang und dennoch so perfekt ausbalanciert, dass es wie eine Ver… Verläng… *Verlängerung* Ihrer eigenen Hand schneidet. Die Klinge des LINAL M-20 ist ausschließlich aus mo… molekularem rostfreien Edelstahl gefertigt und so scharf, dass sie durch Holz oder Knochen schneidet. Im Knauf Ihres LINAL M-20 befindet sich ein hydraulikgefederter Präzisionskompass RX-360. Schrauben Sie den Kompass ab, und sie finden ein vollständiges Überlebensnetz-Set mit einem Päckchen wasserdicht verpackter Streichhölzer, einem halben Dutzend Angelhaken, Blinkern, reißfester Nylon-Angelschnur, einem Nähzeug, einer Achtzehn-Zoll-Schnursäge, mit der man einen kleinen Baum durchsägen kann, und selbstverständliche einer Ausgabe der CÜN-Miniaturbibel.‹« Der Junge schüttelte den Kopf und atmete aus. »Mann«, sagte er wieder.

Die alte McCarthy schüttelte ebenfalls den Kopf und sah Lou an, die älteste der Jägerinnen. »Ich kann mich nicht erinnern, dass das bei der Lieferung aus dem Warenhaus dabei gewesen ist«, sagte sie schneidend. Die Jägerin zuckte stumm mit den Schultern.

Bruder Jimmy-Joe Billy-Bob steckte das Messer in die Scheide und befestigte sie an seinem Gürtel. Er lauschte, bis das letzte Flüstern des Heiligen Geistes verstummte, und lächelte der Gruppe zu. »Ich werde jetzt auf das Dach gehen, um den Weg zu bereiten«, sagte er leise. »Am Morgen werden wir uns versammeln, um das Wort zu hören.«

Er hatte sich schon abgewandt, um zu gehen, als er spürte, wie Taras winzige Händchen an seinem Hosenbein zupften. »Kommst du vorher und bringst uns ins Bett?«, fragte sie.

Bruder sah Rita an, die Mutter des Mädchens. Die junge Frau nahm ihr Kind an der Hand und nickte schüchtern. Bruder Jimmy-Joe Billy-Bob folgte ihnen in den dunklen Flur.

Das Kinderzimmer war ein Buchlager des Verlags gewesen, der seine Büros einst auf diesem Stockwerk gehabt hatte. Während die Kinder in ihre Schlafsäcke schlüpften, betrachtete Bruder die Reihen der verfallenden Bücher, die samt und sonders mit dem Symbol des roten Zwerghuhns versehen worden waren.

Rita gab ihren Kindern einen Gutenachtkuss und ging auf den Flur hinaus.

»Wirst du die ganze Nacht auf dem Dach sein?«, wandte sich Tara an Bruder. Das Kind drückte in dem Durcheinander von Lumpen, die ihr Bett bildeten, ihre neue Puppe an sich.

»Ja«, sagte Bruder.

»Dann wirst du den Weihnachtsmann und seine Rentiere landen sehen, wenn er zurückkommt«, meinte sie aufgeregt.

»Ja«, sagte er. »Ich denke, das werde ich.«

»Aber du hast gesagt ...«, begann Sean.

»Jeder, der heute Nacht auf dem Dach ist, würde den Weihnachtsmann und seine Rentiere sehen«, bekräftigte Bruder Jimmy-Joe Billy-Bob.

»Sprechen wir jetzt unser Gebet«, sagte die Mutter der Kinder, die wieder hereingekommen war.

Tara nickte mit großen Augen und senkte den Kopf. »Gott segne Mommy und die alte Em und die Geister von Daddy und Onkel Henry«, sagte sie.

»Amen«, wiederholte Sean.

»Nein«, sagte Bruder. »Es gibt ein neues Gebet.«

»Sag es uns«, antworteten beide Kinder.

»Matthäus, Markus, Lukas, Johannes«, sagte er, »gebt uns euren Segen für alles.« Er wartete, bis die beiden den Vers wiederholt hatten, dann fuhr er fort. »Jim und Tammy, Jan und Klaus, treibt uns die Dämonen aus.«

Die Kinder rezitierten fehlerlos, und Tara fragte nochmals: »Wirst du wirklich den Weihnachtsmann sehen?«

»Ja«, sagte Bruder Jimmy-Joe Billy-Bob. »Gute Nacht.«

Bruder sah nach dem Klan, bevor er auf das Dach hinaufstieg. Eine kleine Gruppe hatte sich vor dem Baum zusammengedrängt, sie murmelten und lauschten der alten McCarthy, aber unter Bruders Blick zerstreuten sich die Jägerinnen und verkrochen sich in ihren Schlafsäcken. Die Matriarchin erhob sich und erwiderte den Blick von Bruder Jimmy-Joe Billy-Bob einen Moment, aber dann senkte auch sie den Kopf und entfernte sich, nur eine alte Frau, die ins Bett schlurfte.

Auf dem Dach kniete Bruder vor dem Resopalaltar und betete mehrere Minuten lang laut. Schließlich stand er auf und zog sich nackt aus. Es war sehr kalt. Mondlicht spiegelte sich auf seiner bloßen Haut und der Wölbung der Heiligen Schüssel. Bruder holte die Plastikeimer heraus und stellte sie unter die vier Ecken des Altars. Dann nahm er das lange Messer aus der Scheide, hielt es mit beiden Händen hoch, dass das Licht auf der Edelstahlklinge blitzte, und klemmte es zwischen die Zähne.

Bruder schlich lautlos über das Dach, bis er mit den Schatten am Treppenaufgang verschmolz. Dort kniete er nieder und spürte erst den Kies des Dachs an den nackten Knien, dann schmeckte er den kalten Stahl in seinem Mund; dann spürte er gar nichts mehr, außer seiner zunehmenden Erregung.

Es dauerte nicht lange. Zuerst waren leise Geräusche von der Treppe zu hören, dann tauchte eine schemenhafte Gestalt aus der Dunkelheit auf, und zuletzt fragte eine leise Stimme: »Bruder Jimmy-Joe?«

Also sollte es nicht die alte Frau sein, dachte Bruder. So sei es.

»Bruder Jimmy-Joe?« Die kleine Gestalt ging auf den Altar zu. Mondlicht fiel auf die dunklen Zöpfe des Puppenhaars. »Weihnachtsmann?«

Bruder Jimmy-Joe Billy-Bob sprach ein stummes Gebet, nahm das Messer aus dem Mund und bewegte sich behände und rasch vorwärts, um den kommenden Tag zu feiern.

Tobias O. Meißner

Der letzte Weinaxtmann

Nur noch vierundzwanzig von ihnen waren übrig geblieben.

Schnee lag über allem und tanzte noch weiter von oben herab.

Von unten aus dem Tal zitterten die falschen Choräle. Gescheitelte Knaben sangen mit lieblichen Stimmen verzerrte Versionen der überlieferten Hymnen. Ganze Waldhornorchester hupten und tuteten, rotbackig weißen Dunst aus Schalltrichtern blähend, um selbst den Schlotterndsten noch Mut zu machen. Unablässig rußten die Fackeln des riesigen Heerlagers.

Die Wucherer und Schacherer hatten ein gewaltiges Aufgebot zusammengetrommelt. Es mochten zehntausend Uniformierte dort unten sein, vielleicht sogar hundertundzehntausend. Krawattentragende Söldner aus allen Teilen der Welt. Festlich herausgeputzte Kriegerinnenschulen, die die Leitsätze ihrer Lehrer zu jeder vollen Stunde wie Gedichte artig aufsagten. Geflügelköche mit ihren Kloßknetergesellen und Rotkohlsensenmännern. Verdauungsschnapsbrenner mit ihren zum Trinken ermutigenden Witzchen und Weisheiten. Hausfrauen, die in Kittelschürzen ihren Männern folgten in Wüsten oder unendliches Eis. Könige und Präsidenten samt Gefolgschaften, Bannerfarben, Mätressen und anderen Eigentümlichkeiten. Es wurde geprasst und gelacht. Käufliche Männer und Frauen, mit Strass behängt, torkelten klirrend von Zelt zu Zelt. Spiele wurden gespielt, Wertpapiere gehandelt, Ländererträge prognostiziert, um Beute und Gegenden gefeilscht, die noch gar nicht errungen waren. Es gab auch den einen oder anderen Skandal, und Köpfe rollten, aber natürlich nicht in echt, sondern mit Abfindung.

Die vierundzwanzig, die noch übrig geblieben waren, blickten hinunter in das schneetiefe Tal, sahen sich dann gegenseitig in die Augen und schüttelten fast unmerklich die Köpfe. Einige schnäuzten in bestickte Taschentücher. Es war nicht vorstellbar, sich denen da unten zu ergeben. Es war einfach nicht möglich. Zwei von ihnen waren noch Kinder, die meisten anderen Frauen, aber sie alle waren zum Kampf entschlossen. Ihre Äxte, silbern glänzend wie der Mond, würden sich wieder rot färben müssen wie in alter, ehrenvoller Zeit; die Farbe von frisch gekeltertem Wein annehmen, Schmerzen verschütten und Leben vergießen. So würden die letzten vierundzwanzig Weinaxtmenschen zu Tal reiten auf ihren lichterbehangenen Kampfrentieren in einer Lawine aus Schneefall und Schutt, um den Wucherern und Schacherern ein weiteres Mal die alten Werte zu lehren.

Horch, wie der Wind singt …

Der Konflikt war ein alter.

Die Weinaxtmenschen hatte es schon gegeben, als noch keine Wucherer und Schacherer auf Erden herumwimmelten. Die Weinaxtmenschen waren ein schweigsames Volk, nie mehr als fünftausend, sechstausend Köpfe zählend. Ihre Körper waren klein und untersetzt, stämmig vor gebändigter Kraft. Die Nasen zur Breite und Himmelfahrt neigend, die Wangen rot, die Augenbrauen buschig. Sie kleideten sich in Rot, sogar mit roten Mützen, um in der weißen Umgebung ihrer nördlichen Heimat nie der Feigheit bezichtigt werden zu können. Die Männer trugen wallende Rauschebärte zur Zierde, die Frauen dünne, gepflegte Schnurrbärte. Sie lebten in malerischen Grotten, in denen es Krippen gab und Vieh, Salzkristallsäulen und Kalksteinkerzen.

Die Weinaxtmenschen waren friedliebend und handelten mit Rentierhorn, Rentierfleisch, Rentierleder und Rentierfellen. Ihren kriegerischen Namen trugen sie, weil sie gerne erzählten von früheren Schlachten aus alter, ehrenvoller Zeit, als die Welt noch von Dämonen und Geistern bevölkert war. In dieser alten ehrenvollen Zeit hatten es die Weinaxtmenschen als die ihnen anvertraute Aufgabe angesehen, die wimmelnden Schattenhorden aus eierlegenden Hasen, leicht entflammbaren Truthähnen, riesigen Feuerwerkskarpfen und irrlichternden Kürbisköpfen mit bluttriefenden Kriegsäxten zurückzutreiben über den nördlichen Rand der Welt, wo das Hinterlistige und Ungeordnete dann ins Vergessen stürzte, trudelnd und quäkend, jahrtausendelang. Die Weinaxtmenschen verstanden sich als Hüter einer lichtdurchfluteten, geradlinigen Gerechtigkeit, und keines der Völker, mit denen sie Handel trieben und anderweitig verkehrten, zweifelte daran, denn die Weinaxtmenschen waren berühmt für ihr ausgleichendes Wesen, ihre Großzügigkeit und ihr tiefes, rollendes Gelächter.

Doch dann kamen die Wucherer und Schacherer aus dem Süden, errichteten Stadt an Stadt und Turm an Turm, parzellierten die Länder, überbrückten Schluchten mit Geländerwegen, umzäunten Weiden zu Bauflächen und ließen den Weinaxtmenschen keinen Raum mehr, ihre Herden zu treiben. Wie Ungeziefer breiteten sich die Wucherer und Schacherer aus, wie ein Fraßbrand, und überzogen und durchtrennten die Ebenen mit ihren Stolper-, Stachel- und Singdrähten, ihren Hartstraßen, Blankschienen, Schnellwagen, Funkenzäunen und Gebietsverordnungen. Die Weinaxtmenschen wurden zuerst geschoben, dann gedrängt, dann bekämpft, dann wieder setzten sich ein paar langhaarige Wucherer und Schacherer entschuldigend und stellvertretend für sie ein. Man versprach ihnen Land, man überwachte ihre Umsiedlung in den höchsten Norden nahe den Abgründen der Dämonen, man vergaß ihre Lebensmittelzuteilungen, brach um gefundenen Goldes willen in die ihnen zugeteilten Gebiete ein, man untersagte ihren Frauen das Schnurrbarttragen und den Männern das Rentierzüchten. Letzteres, weil es nun auch unter den Wucherern und Schacherern plötzlich Rentierzüchter gab, die schließlich von etwas leben mussten. Man verdächtigte die Weinaxtmenschen aufgrund ihrer roten Kleidung seltsamer und staatszersetzender Gesinnungen, man verbannte die Beschäftigung mit ihren Anliegen auf die hintersten Tage des Jahres.

Die Weinaxtmenschen blieben duldsam, denn sie waren ein schweigsames Volk.

Sie ertrugen die Kälte des neuen Landes. Lernten, in der Kargheit Lebkuchen und Mandelmarzipan herzustellen, sich davon zu ernähren und Überschüsse sogar noch gewinnbringend zu verkaufen. Sie hielten sich an die Rentiergesetze. Sie nahmen sogar ihren Frauen die Bärte ab, auch wenn dies zu einem deutlichen Rückgang ihrer Geburten führte.

Aber dann wurde es zu viel. Die Weinaxtmenschen, die einstmals Krieger gewesen waren, wurden für freundliche, harmlose Witzfiguren gehalten, als »Läusenickel« – oder »Nickelläuse« – und Grußonkel diffamiert, als urige Originale bei ihren Tänzen und Bräuchen begafft und schließlich sogar als Einnahmequelle zum Wuchern und Schachern entdeckt und vermarktet. Es gab Werbefeldzüge für braunes, klebriges Zuckerwasser mit dem Konterfei eines allesempfehlenden Weinaxtmannes, es gab Weinaxtmänner aus Schokolade zum Nacktausziehen, Zertrümmern und Verschlingen, und es gab als Weinaxtmänner verkleidete Scharlatane, die an zugigen Straßenecken für Großkaufläden Reklame machten.

Sie wurden *Kleinaxtmänner* genannt und *Keinaxtmänner.*

Ihre Frauen nannte man *unrasiert.*

Die jüngeren Weinaxtmenschen hielten es nicht mehr aus. Es gab Abspaltungen. Es gab jugendliche, beinahe bartlose Weinaxtbanden, die die Grenzstädte der Wucherer und Schacherer unsicher machten, voller Sehnsucht nach einem neuartigen Wahrgenommenwerden oder einem ehrenhaften Ende. Dann, nach den ersten Straf- und Vergeltungsaktionen der Wucherer und Schacherer gegen die Weinaxtmenschen als solche, erklärte das ganze Volk der weinroten Axt dem Rest der Welt den Krieg.

Horch, wie der Wind singt,
in sonst stiller und heiliger Nacht …

Dieser Krieg währte nun schon seit einer langen, langen Zeit.

Es hatte zweitausendundsieben Scharmützel gegeben.

Auch Verhandlungen, auch Phasen des Friedens, der Müdigkeit, des Austausches.

Doch der Konflikt war nicht endgültig beizulegen.

Zu viele alte Weinaxtmenschen waren in den Wintern des hohen Nordens umgekommen.

Zu viele junge dem Alkohol und den ständigen Versuchungen der Freudenstädte verfallen.

Zu viele Rentiere auf den Hartstraßen von Schnellwagen gerammt und einfach liegen gelassen worden.

Der schleichende Krieg nahm kein Ende und höhlte alle aus.

Schließlich hatten die um Frieden bemühten langhaarigen Wucherer und Schacherer eine Idee: Sie widmeten den Weinaxtmenschen einen Gedenktag, weit hinten gegen Ende des Jahres, wenn der Winter auch die südlichen Ländereien gefangen hielt. Ursprünglich war dieser Tag das besinnliche Geburtstagsfest eines wichtigen Heiligen gewesen, doch nun sollte ein großer Tag der Verständigung und des Miteinanders daraus werden. Es sollte ein Tag des Schenkens sein. Jeder beschenkte jeden, anders als beim Wiegenfest, wo immer nur ein Einziger beschenkt wurde. Die Wucherer und Schacherer beschenkten die Weinaxtmenschen und erwarteten Geschenke als Entgegnung. Doch die verstanden den Sinn dieses Gedenktages nicht. Wenn jeder jeden beschenkte, konnten es genauso gut alle bleiben lassen. Außerdem waren sie nie Verschenker gewesen, sondern Händler. Großherzige, wohlmeinende Händler zwar, aber sie fühlten sich missverstanden, wenn man sie mit Geschenken in Verbindung brachte, denn es gab einen gravierenden Unterschied zwischen *Großzügigkeit* und *Freigiebigkeit*.

Und überall prangten die bunten, geschmacklos mit Flitter bestreuten Konterfeis der rauschebärtigen, ältlichen Weinaxtmänner. Überall brachte man die alten Lieder dar, mit neuen und falschen Worten versehen, sodass jedermann nun glaubte, alles verstehen zu können. Man rodete ganze Tannenwälder, nur um unabsichtlich Behausungen mittels kerzenüberladener Bäume in Brand zu setzen. Man schlachtete Federvieh in unüberschaubaren Mengen, aß und trank zu viel und stritt sich über all das, was sich im Laufe des Jahres aufgestaut hatte. Man wucherte und schacherte mit Geschenken herum, die gar nicht von Herzen kamen, sondern durch die Pflicht dieses Gedenktages verordnet und aufgebürdet waren. Man schenkte sich Anlässe zum Neid und zum Groll. Der Gedenktag war ein Schrecken.

Die Weinaxtmenschen wollten, dass dies aufhörte. Sie legten sich mit den Verordnern an, zerbrachen das dargebotene Friedenssymbol der Glühweinaxt und schulten ihre Kinder für die Schlacht. Der Krieg ging in seine heftigste und letzte Phase, und auf den Schlachtfeldern des Nordens wie auch den Kampfgebieten der Turmstädte blühte der rote Mohn des Untergangs.

Die Weinaxtfrauen ließen sich wieder stattliche Schnurrbärte stehen. Die Männer färbten ihre Bärte mit Asche zu feierlichem Weiß und pflegten die Schneiden ihrer Äxte mit dunklem Kräutersud, Hirschhornsalz, Koriander und Öl.

Sie fielen wie die Schneeflocken.

Und nun waren nur noch vierundzwanzig übrig geblieben.

Horch, wie der Wind singt,
in sonst stiller und heiliger Nacht.
Hat schon so manchem Geschenke …

Vierzehn Frauen, acht Männer und zwei Kinder.

Sie blickten hinab auf das Heer der Wucherer und Schacherer, das sich am Belagern glaubte. Weidende Schafe, ihre falschen Choräle blökend, in denen die Nacht still war und heilig und nicht durchdrungen vom Funkenlärm eines Sturmangriffs.

Die letzten Weinaxtmenschen wandten dem Heerlager den Rücken und gingen zu ihren Rentieren. Langsam und bedächtig behängten sie die Hornschaufeln mit bunten Kugeln, goldfarbenen Bändern, Glöckchen und kleinen Figürchen, welche die Ahnen darstellten. Die Sättel und Zaumgurte wurden mit blinkenden Kristallen, Edelsteinen und auch Früchten verziert, bis jedes einzelne Rentier ein Schmuckwerk war, das vom Auge kaum erfasst werden konnte.

Dann knieten sie sich hin, in einem großen Kreis.

Tieftönig sangen sie einen der echten Choräle. Es war, als würde der Wind mit einstimmen, der den Schnee über die Flanken der Berge fegte und die großen Bäume beugte, als wären auch sie im Gebet begriffen.

Die letzten Weinaxtmenschen sahen sich in die Augen und falteten zum letzten Mal ihre Taschentücher. Die Äxte, silbern glänzend wie der Mond, würden sich wieder rot färben müssen wie in alter, ehrenvoller Zeit, die Farbe von frisch gekeltertem Wein annehmen, Schmerzen verschütten und Leben vergießen. So stiegen sie denn auf ihre Rentiere und ritten zu Tal in funkelndem Gebimmel, in einer Lawine aus Schneefall und Schutt, um den Wucherern und Schacherern ein weiteres Mal die alten Werte zu lehren, bis diese sie endlich begreifen würden.

Die Gegner waren träge vom vielen Fressen. Jede hastige Bewegung ging über in brackiges Rülpsen. Aber sie waren gut aufgestellt, die Katapulte waren bemannt, die Papierbataillone geduldig und gefasst.

Die Weinaxtmenschen stießen ihren Kriegsruf aus. Weithin hallte es über das Heer:

»Hoooooooohhhh! Hoooooooooohhhhh! Hoooooooooooooohhhhhh!«

Dann fielen die ersten fünf von ihnen im ohrenbetäubenden Speerbeschuss der Nadelbaumkatapulte. Gliedmaßen und Zweige gischteten in Schnee. Das Gebrüll der Schützen war noch lauter als das der Getroffenen.

Vier weitere glitten aus auf den Lagen bunt bedruckten Papiers, die das Heer der Feinde begrenzte, wurden von den hurtigen Bataillonen umwickelt, verschnürt, in Pappe gestaucht, getragen, sortiert, gestapelt, verschickt und erst am anderen Ende der Welt wieder ausgepackt.

Zwei wurden mit billigen Duftwässern besprüht, geblendet und überdosiert.

Zwei dermaßen mit klebrigen, goldenen und silbernen Metallfäden beschmissen, dass sie unter der Last zu Boden gingen und von den unablässig krähenden Kinderchören in Stücke getobt werden konnten.

Einer wurde von einem Söldner mit einer geschmacklos gemusterten Würgekrawatte erwischt und erdrosselt.

Einer fiel in Kerzenwachs und brannte lichterloh.

Die übrigen neun feierten die Nacht und den Morgen der weinroten Äxte, bis ihre Waffen satt waren und sich nicht mehr heben ließen. Die Wucherer und Schacherer setzten ihre halb automatischen Auspreiser ein, bis die Weinaxtmenschen im Gebrüll der Sonderangebote erst immer weniger wert wurden und schließlich zu existieren aufhörten.

Im Heer wurde es still, bis das blecherne Singen und das allgegenwärtige Klingeln der Münzen wieder einsetzten.

Von den vier in aller Herren Länder verschickten Weinaxtmenschen überlebte nur ein Einziger.

Einer verschwand in dem unüberschaubar bürokratisierten Auffanglager einer Poststelle und wurde trotz einer späteren Nachforschung nie wieder aufgefunden.

Einer zerbrach unterwegs beim ruppigen Be- und Entladen.

Einer kippte aus einem Postsegler ins Meer und versank.

Ein Einziger jedoch rettete sich aus dem Karton, indem er mit der Klinge seiner Axt Fesselschnüre, braunes Klebepapier und Pappe durchwetzte und sich in einer Wolke aus Füllmaterial ins Freie sprengte. Er rollte von der Ladefläche eines Postwagens in Neuschnee und beobachtete, wie die kleiner werdenden rotglühenden Rücklampen ihn mit der Nacht alleine ließen.

Dann machte der letzte Weinaxtmann sich auf zu den stillen Behausungen der Wucherer und Schacherer.

Er trug noch immer sein kriegerisches, stolzes Rot.

Seine Axt trank noch immer den Wein, den die Leiber der Lieben ihm spendeten.

Sein Bart war bald nicht mehr nur weiß vor feierlicher Asche, sondern auch vor Gram und Grimm.

Die Wucherer und Schacherer, die von seinen nächtlichen Rachefeldzügen Legenden hörten, bekamen es mit der Furcht zu tun. Sie verriegelten ihre Türen und verrammelten ihre Fenster.

Aber sie unterschätzten, wie schmal der letzte Weinaxtmann in den Entbehrungen seines einsamen Feldzuges geworden war, und vergaßen die Kamine.

Horch, wie der Wind singt,
in sonst stiller und heiliger Nacht.
Hat schon so manchem Geschenke,
doch vielen nur Kälte gebracht.

Richard Schwartz

Der Besuch

Wie wir alle wissen, ist Weihnachten eine Zeit der Liebe und der Freude. Und so weiter. Friede, Freude, Eierkuchen. In einer weihnachtlichen Geschichte sollte man also etwas ›Nettes‹ lesen. Etwas Aufbauendes, das einem den Geist von Weihnachten vermittelt … ›lieb‹ muss es sein.

Wisst ihr was? Ich habe schon solche Geschichten geschrieben. Vielleicht lese ich sie eines Tages jemandem vor … Aber jetzt, wo ich hier sitze, finde ich, dass ›nett‹ und ›brav‹ mir einfach zu nett und zu brav sind.

Daher erwartet euch hier eine kleine Weihnachtgeschichte, die ich schrieb, als ich fünfzehn war, in Deutsch, als Aufsatz. Ich bekam natürlich eine Sechs! Setzen! Thema verfehlt!

Die Geschichte, rein fiktiv, und irgendwelche Ähnlichkeiten mit lebenden, toten oder übernatürlichen Wesen wäre rein zufällig, beginnt an einem kalten 24. Dezember, und (ich weiß nicht mehr warum) sie spielt in England, während des Krieges, in einer kleinen Hütte irgendwo an der Küste Cornwalls.

Genau dort kommen wir jetzt an.

Bei Maria.

Wie jeder von uns, hat auch Maria Magdalena Smith ihr Schicksal zu tragen, aber sie trägt schwerer an ihm als andere, denn sie ist blind. Sie ist nicht blind geboren. Nein, es geschah diesen Sommer, gerade mal vor fünf Monaten, als sie eine Tante in

London besuchte und so eine verdammte V2 direkt vor ihr auf der Straße einschlug.

Im Vergleich war es nicht weiter schlimm. Es gab ohnehin schon keine ganzen Fensterscheiben mehr in der Gegend, Löcher hatte die Straße auch schon vorher, und außer Maria Magdalena war niemand anders auf der Straße gewesen, als das Ding herunterkam. Sie kann ihn heute auch noch sehen, diesen grauen Schatten, der vor ihr in den Boden rast. Dann der Blitz, der Knall, dann nichts mehr.

Die Ärzte sagten, sie habe Glück gehabt. Der Explosionsdruck hatte sie quer durch ein Haus geschleudert, durch zwei offene Fenster hindurch. Auf der anderen Seite landete sie in einem Misthaufen.

Es war ihr nichts weiter geschehen. Ein Wunder, zweifelsohne.

Nur … Sie war blind. Die Ärzte verstanden es nicht. Sie konnten keine Schädigung irgendeiner Art feststellen, es fehlte ihr nichts.

Sie konnte nur nicht mehr sehen.

Das wird schon wieder, beruhigte man sie und entließ sie aus dem Lazarett. Man hatte anderes zu tun, ernsthafte Fälle zu behandeln. Sie solle sich Ruhe gönnen.

Nur – es wurde nicht wieder.

Heute, fünf Monate später, hat Maria ihr Leben wieder einigermaßen im Griff. Sie gönnt sich auch die verordnete Ruhe, ehrlich gesagt mehr Ruhe, als ihr lieb ist. Sie hat sich eine kleine Kate kaufen können, gut vierhundert Jahre ist das Haus nun schon alt, unten gibt es eine Küche, klein genug, um sich darin dreimal umzudrehen, noch ein Zimmer mit Kamin und dann einen Dachboden. Dort steht ihr Bett. Die Stiege nach oben ist sehr steil, und anfänglich ist Maria hin und wieder gestürzt, jetzt aber kennt sie jede Stufe auswendig.

Maria ist nicht glücklich, sagt sich aber, dass sie auch nicht unglücklich sein sollte, denn ihr ist doch vieles geblieben. Sie hat ein Dach über dem Kopf, genug zu Essen, sie ist gesund und jung, noch keine vierundzwanzig. Obwohl sie blind ist, interessieren sich die Männer für sie. Aber sie will niemandem zur Last fallen.

Sie hat auch eine Aufgabe, hat einen neuen Sinn in ihrem Leben gefunden. Denn sie besitzt immer noch ein gutes Gehör. Wenn die deutschen Bomber kommen, hört sie die Hunnen früher, als die meisten anderen sie sehen können. Deshalb besitzt sie auch ein Telefon. Sie ruft an und gibt ihre Meldung durch. Das Telefon ist ihre Nabelschnur in die große weite Welt, nur dass sie selbst kaum angerufen wird.

Eigentlich nie.

Das liegt daran, dass sie keine Familie hat. Maria ist eine Waise, wuchs in einem Waisenhaus auf. Sie hat nur ihre Tante, und die ist eher ehrenhalber, der Verwandtschaftsgrad so dünn, dass man ihn vernachlässigen kann. Freunde hat sie auch nur wenige, denn sie war immer fleißig und züchtig, ging selten aus, und wenn man sie einlud, hatte sie Hausaufgaben zu erledigen, musste lernen, wollte lieber ein Buch lesen. Nicht einmal die entfernte Tante hat angerufen, seit Maria hier wohnt. Sonst auch niemand.

Aber Maria hat noch etwas anderes. Ein Radio. Es ist ihre geheime Leidenschaft, es ist ihre Welt. Ihr bequemer Stuhl steht direkt daneben, und mittlerweile kann sie es so fein einstellen, dass sie damit sogar ganz weit entfernte Sender empfangen kann. Wenn sie vor dem Radio sitzt und der Musik lauscht oder den Nachrichten aus der großen Welt, dann kann sie sich alles vorstellen. Kann Monty in der Wüste gegen die Deutschen anfeuern oder förmlich sehen, wie Glenn Miller in der Carnegy Hall aufspielt. Manchmal summt sie mit. Leise, sie traut sich nicht laut zu singen, sie könnte damit ja jemanden stören. Sie wohnt ein paar Minuten vom Dorf entfernt, niemand hört sie, aber so ist Maria eben.

Manch einer könnte nun zu dem Schluss kommen, dass das Schicksal von Maria Magdalena Smith ein hartes sei, und vielleicht würde sie zustimmen. Aber sie hat noch etwas, das vielen Menschen verloren gegangen ist.

Sie hat ihren Glauben.

Sie weiß, dass der Herr sie liebt, sie weiß, dass sein Sohn für sie starb und ihre Sünden auf sich genommen hat … Maria geht häufig in dem Bewusstsein zu Bett, dass es SEINE Entscheidung war, sie so zu prüfen. Und dass ER schon weiß, was ER tut.

An diesem Tag, die Zehnuhrnachrichten sind gerade vorbei, vernimmt sie ein lautes Pfeifen, ganz ähnlich dem, das sie hörte, bevor die verdammte V2 einschlug. Daher zuckt sie erst einmal zusammen. Aber das Pfeifen verwandelt sich zu einem Heulen, schlägt um in ein Rauschen, als fege ein Sturm über ihre kleine Kate, und schließlich endet es mit einem dumpfen Schlag, den sie durch die Sohlen ihrer Schuhe spürt.

Auch dieses Geräusch kommt ihr bekannt vor. Einen Monat zuvor war unweit ihres Hauses eine Spitfire abgestürzt, das gab am Ende auch so einen Schlag … Nur scheint es diesmal viel näher. Das hier hat sich angehört, als wäre das Flugzeug geradewegs in ihren Gemüsegarten eingeschlagen.

Für einen Moment sitzt sie nur da, weiß nicht, was sie tun soll. Soll sie rausrennen und zu helfen versuchen? Aber wem, und wie, sie kann ja nicht mal etwas sehen. Sie greift zum Telefon, lässt den Hörer aber wieder sinken … denn nun vernimmt sie ein neues Geräusch. Eine Stimme. Eine laut fluchende männliche Stimme. Eine lästerlich fluchende, sich nähernde männliche Stimme.

»Diese verdammten Idioten, sie wissen nicht einmal, auf was sie da schießen, diese gottverdammten hirnlosen Tunichtgute! Verflucht sollen sie sein … Das hat mir gerade noch gefehlt! Hornochsen allesamt, gottverdammte!«

Und dann ist es zu spät, um zum Telefon zu greifen, denn mit den letzten Worten donnert es bereits an der Türe. Wer auch immer es ist, begehrt nun Einlass in ihre Kate. Wenigstens kein Deutscher, denkt sie, denn sie versteht das Gefluche nur zu gut. Aber auch wenn es kein Deutscher ist, der Schreck sitzt ihr tief in den Knochen, und sie kann sich beim besten Willen nicht bewegen, fühlt sich außerstande, auch nur einen Pieps von sich zu geben.

»Verdammt, ich weiß, dass da jemand drin ist, ich sehe doch den Rauch … Aufmachen, es ist arschkalt hier draußen!«, ruft es von draußen. Wieder hämmert es gegen die Türe. Und dann springt sie auf. Mit panischem Entsetzen stellt Maria fest, dass sie vergessen hat, den Riegel vorzulegen, und nun diesem Eindringling hilflos ausgeliefert ist!

Sie hört Schritte, nur zwei, denn man braucht nur zwei Schritte, um den kleinen Raum zu durchqueren, und sie sitzt da regungslos wie eine Maus, die hofft, dass man sie übersieht. Sie spürt den kalten Luftzug und riecht den Schnee, den der Fremde mit hineinträgt.

Die Tür schließt sich mit einem Klicken. Stille. Sie wagt nicht, sich zu bewegen, obwohl er sie ohnehin sehen muss, zusammengekauert in einem Wollkleid, mit dem Schal um den Hals, vor dem Radio, aus dem leise Musik zu hören ist.

»Sieh mal an, ein Frauenzimmer«, beginnt die raue Stimme. »Ganz alleine hier, was? Die Hütte ist ja nicht mal groß genug, um einen Hund zu verstecken. Einen Hund solltest du aber haben, er würde auf dich aufpassen und bellen und die Füße und das Bett wärmen … Warum hast du keinen Hund, so alleine hier draußen?«

Noch immer kann sie sich nicht bewegen, kann keine Antwort geben.

»Hey, was ist mit dir, Frauenzimmer, bist du taub?«, sagt die Stimme von direkt neben ihr, sie riecht etwas wie heißes Kupfer, Moschus und … einen winzigen Hauch Schwefel. Spürt sogar seine Wärme an ihrer Wange, kurz bevor er sie an der Schulter berührt.

Mit einem Schrei springt sie auf, stolpert und fällt gegen ihn, spürt warmes, nein, fast heißes Leder und kräftige Hände, die sie mühelos auffangen, wieder in den Stuhl pressen.

»Na, wir wollen doch nicht in Panik verfallen, Frauenzimmer«, sagt die tiefe Stimme amüsiert. »Ich bin harmlos. Mir ist nur mein … Fluggerät unterm Arsch weggeschossen worden, und ich will nicht erfrieren. Also, dachte ich, ich geh zu dieser Hütte und sage freundlich guten Morgen. Siehst du? Kein Grund zur Panik.«

»Das haben sie noch nicht gesagt«, meint Maria … Es ist das Erste, was ihr einfällt, und es hört sich auch in ihren Ohren nicht besonders clever an.

»Was?«

»Guten Morgen.«

Er lacht.

»Das ist wahr, nur zu wahr. Also dann, guten Morgen, Frauenzimmer. Hast du schon gefrühstückt?«

»Ja«, antwortet sie. »Und nennen Sie mich nicht immer Frauenzimmer!«

»Aber du hast sicherlich nichts dagegen, wenn ich mir Frühstück mache, nicht wahr? Ich sehe da zwei Eier, die mich anlächeln. Und das ist wohl Schinken und Speck … Ich brate dir auch eine Portion, ich bin ein guter Koch. Ach ja, und ich zahle auch dafür.«

Sie hört seine schweren Schritte, als er in die Küche geht. Reiß dich zusammen, herrscht sie sich an. Sie steht auf und geht unsicher zur Küchentüre, taumelt fast, ihre Finger finden den Türrahmen, und dort verharrt sie.

»Sie können hier nicht einfach eindringen und sich Frühstück machen!«, ruft sie empört, wenigstens war das die Absicht, doch so empört kam es gar nicht heraus, eher … zitternd.

»Nicht? Sie wollen mir die Gastfreundschaft verwehren, obwohl es da draußen so frostig ist wie im Herz eines Steuereintreibers? Wenn Sie mich da rausschicken, friert mir noch was ab!«

Sie hört seine Stimme nun direkt vor ihr, spürt den warmen Hauch seines Atems. Im ersten Moment will sie zurückweichen, aber irgendwoher nimmt sie die Kraft, die Schultern zu straffen und das Kinn stolz zu erheben.

»Wenn Sie nicht auf der Stelle aufhören, so zu fluchen, dann, ja, werde ich Sie wieder hinausschicken!« Auch wenn sie noch nicht weiß, wie sie das anstellen sollte. Er muss deutlich größer und stärker als sie sein.

»Verdammt noch mal«, entgegnet er. »Wissen Sie, wie arschkalt das da draußen ist!«

»Sie fluchen ja schon wieder!«, ruft sie empört.

»Wenn ich damit aufhöre, werfen Sie mich nicht hinaus?«, fragt er offenbar amüsiert.

»Ja«, erwidert sie schließlich. »Dann können Sie bleiben. Es ist schließlich Weihnachten.«

»Aha. Sonst würden Sie mich so oder so in die Kälte schicken?«, hakt er nach.

»Nein! Das meine ich nicht!«, ruft sie und stampft vor Empörung mit dem Fuß aus. »Nur, es ist eben Weihnachten!«

»Ja, richtig«, gibt er zu. »Da war was. Mögen Sie Ihren Speck auch kross? Egal, ich habe Ihnen etwas mitgemacht. So, schon fertig.«

Sie riecht bereits den wunderbaren Duft von Eiern und den Speck, ein Mahl so würzig und verlockend, wie es ihr noch nie gelungen ist. Und wie hat er das überhaupt so schnell geschafft? Maria wird zum Tisch geschoben, der andere führt sie an den Stuhl heran, sie setzt sich.

»Teller vor Ihnen, Messer rechts, Gabel links, Glas Milch rechts über dem Teller«, erklärt er.

»Danke«, ist ihre Antwort. »Sie wissen also, dass ich blind bin.«

»Ist ja nicht zu übersehen. Sie schauen mich mit diesen hübschen Augen an und sehen mich doch nicht. Na dann, guten Appetit. Essen Sie ruhig, es tut Ihnen gut … Sie sind ohnehin zu dünn. Bildhübsch, aber zu dürr.«

»Lassen Sie das!«, sagt sie, wieder empört.

»Was denn nun schon wieder?«, fragt er unschuldig.

»Hören Sie auf, mir Komplimente zu machen, es schickt sich nicht! Und dürr bin ich auch nicht.«

»Nun, ich mag meine Frauenzimmer mit etwas mehr dran!«

»Hören Sie sofort auf!«, fährt sie ihm über den Mund. Irgendwie hat sie auch die Angst vor ihrem Besucher verloren.

»In Ordnung. Nicht fluchen. Keine Komplimente. Ich nehme an, ich darf auch nicht auf den Boden spucken?«

»Nein!«

»Rülpsen und anzügliche Witze erzählen?«

»NEIN!«

»Dachte ich mir. Wie langweilig. Aber ich füge mich. Indianerehrenwort. Essen Sie, sonst wird es kalt.«

Sie verspürt tatsächlich Hunger, und sie hat gelernt, dass man Essen nicht verkommen lässt. Gerade in diesen Zeiten. Also isst sie. Es schmeckt gut. Ungewöhnlich, aber gut. Sie isst viel. Sie wird satt. Sie weiß gar nicht, wann sie das letzte Mal richtig satt war. Sie hat zuvor gelogen, sie hat gar nicht gefrühstückt. Eine kleine Notlüge nur. Gott verzeiht ihr sicherlich. Sie war einfach nur zu müde und zu traurig gewesen, um sich Frühstück zu machen.

»Der alte Knochen verzeiht es immer. Aber er mag es nicht, wenn man lügt. Doch mal ehrlich, wo kämen wir hin, wenn jeder die Wahrheit sagen würde? Das gäbe Mord und Totschlag. Wieder so ein Ding, das er nicht zu Ende gedacht hat.«

»Was?«, fragt sie überrascht.

»Gott. Der ist stur in dieser Beziehung. Immer alles gerade und ordentlich. Schwarz und weiß sauber getrennt. Immer treu und redlich.«

»Wie reden Sie da nur?«, fragt sie erstaunt. »So soll doch alles sein. Die Menschen brauchen Regeln, an die sie sich halten können. Um sich vor dem Teufel zu schützen.«

»Warum?«, fragt ihr Gast. »Warum schützen?«

»Weil der Teufel uns sonst verführt!«

»Ach ja, tut er das?«, fragt er und lacht. »Ich muss zugeben, Gott verfügt über eine gute Propagandaabteilung. Sag mal, hast du die Bibel überhaupt gelesen?«

»Natürlich!« Sie hat Feiern und Sommertage und Freundschaften verpasst, um die Bibel wieder und wieder zu lesen.

»Und die Geschichte vom Garten Eden?«

»Natürlich.«

»Die mit der Schlange und dem Apfel und Eva?«

»Ja. Genau das meine ich, die erste Verführung!«, ruft sie. »Damit fing alles an!«

»Genau richtig«, lacht er. »Gott hat den Garten Eden erschaffen, ja?«

»Hhm hhm«, nickt sie vorsichtig.

»Alles darin?«

»Ja. Natürlich.«

»Also auch die Schlange …«

»Natür…«

Sie hält verblüfft inne.

»Und du glaubst wirklich, es wäre gegen Gottes Willen gewesen, dass Eva in den Apfel biss? Warum diesen Apfel erschaffen, und obendrein die Schlange, wenn er es doch einfach hätte lassen können?«

»Es war der Teufel, der sich eingeschlichen hatte!«, begehrt sie auf.

»Klar. Der Bösewicht. Dabei war der Typ einst der Stellvertreter vom Boss! Wie konnte er das nur tun!« Sie hört, wie er sich im Stuhl zurücklehnt, das Holz knarzt unter seinem Gewicht. »Schlimme Sache, das mit der Erkenntnis. Aber das ist noch gar nichts gegen die freie Entscheidung! Gar freien Willen! Gott schuf die Menschen nach seinem Ebenbild, und der Teufel verführt sie einfach … ganz und gar ungehörig! So eine Schweinerei! Gott ist allmächtig, aber der Teufel schafft es, den Alten reinzulegen? Dass ich nicht lache! Der Alte hat das alles so geplant. Stell dir vor, Eva hätte nicht hineingebissen? In den Apfel, meine ich, nicht in den Alten. Wo wärt ihr dann? Immer noch im Garten Eden und kein Stück weiser. Aber fürchterlich gelangweilt. Dich gäbe es übrigens auch nicht, Fortpflanzung war ja nicht erlaubt! Komisch nur, dass es funktioniert und auch noch Freude macht, obwohl er das alles gar nicht wollte!«

»Das ist Blasphemie«, flüstert sie. »So ist Gott nicht.«

»Nicht? Wieso bist du dann blind? Zeigt es nicht, dass Gott schlecht aufgepasst hat? Oder es gar zugelassen hat? Ist das nicht ebenfalls böse?«

»Es war eine Rakete der Deutschen. Und Hitler ist wohl unzweifelhaft ein Werkzeug des Bösen! Gott war das nicht!«

»Hitler ist des Teufels?«

Sie nickt. »Ja, das ist er. Er ist böse durch und durch!«

»Hhm. Ich möchte fast wetten, dass Hitler sich nicht für böse hält. Aber er ist ein Mensch, er darf sich halten, für was er will. Wie auch du. Es ist deine freie Entscheidung. Der Teufel ist nicht dran schuld … Wenn einer schuld ist, ist es dieser Hitler selbst. Und diejenigen, die ihm erlaubt haben, das zu tun, was er tut. Gott hätte etwas gegen ihn unternehmen sollen, nicht wahr?«

»Richtig«, stottert sie. »Aber er wird seine Gründe haben, es nicht zu tun.«

»Klar hat er die. Einer könnte sein, dass die Menschen ja bereits etwas gegen Hitler unternehmen. Ich denke, sie werden es auch schaffen, ihn aus dem Weg zu räumen. Hübsches Radio übrigens.«

»Bitte?«, fragt sie, sie hat die Kurve nicht ganz genommen.

»Das Radio. Ein Röhrengerät. Kann ich es haben? Mit den Bauteilen bekomme ich meine Kiste wieder flott und könnte weiterfliegen. Hab noch einiges zu tun heute.«

»Auf keinen Fall!«

»Warum nicht?«, fragt er.

»Weil ich es brauche!«

»Nun, ich brauche es ebenfalls.«

»Aber es ist meins.«

»Deshalb nehme ich es mir ja auch nicht einfach, sondern frage höflich, ob du es mir schenken willst«, antwortet er. Sie könnte schwören, dass er lächelt.

»Warum sollte ich einem ungehobeltem Burschen wie Ihnen mein Radio schenken!«, ruft sie empört. »Sie dringen in mein Haus ein. Sie beleidigen mich, Sie fluchen, lästern über unseren Herrn, und jetzt wollen Sie auch noch mein Radio!?«

»Es ist Weihnachten. Da schenkt man sich doch etwas, oder?«

»Wenn man sich liebt!«

»Ach, nur dann? Also, ich liebe die Menschen. Ich kümmere mich mehr um sie als der Alte, das ist mal sicher. Denn der unternimmt rein gar nichts, während ich dafür sorge, dass sie erkennen, was sie tun können … Doch was ist der Dank? Sie setzen Veränderung mit dem Bösen gleich, für das sie ganz alleine verantwortlich sind. Und sie verteufeln mich auch noch.« Er lacht, und sie spürt seine Hand auf ihrer Wange. Seine Hand fühlt sich warm an, fast schon zu heiß.

»Also, ich liebe dich, Maria Magdalena Smith. Für das, was du bist. Ein Mensch, der frei entscheiden kann, der Gut und Böse erkennt und dann für eine Seite einsteht!«

»Für die gute!«, entscheidet sie und wundert sich, dass er ihren Namen kennt. Richtig, der steht draußen auf dem Briefkasten.

»Ja, natürlich. Nur weiß nicht immer jeder, was das ist. Manch einer tut Böses, wenn er Gutes tun will. Wäre auch mal interessant zu diskutieren, ob das dann böse ist, wenn einer es gut meint. Gibt es subjektiv Böses? Oder objektiv Böses? Aber das führt wohl zu weit. Ich sinne selbst schon zu lange darüber nach. Krieg ich das Radio?«

»Ich …«

»Büüüütte. Ich brauche es wirklich. Ich habe gerade heute noch viel zu tun.« Er lacht. »Und es gäbe keinen Zweifel daran, dass es eine gute Tat wäre. Geradezu christlich.«

»Jesus …«

»Jesus hätte mir sein Radio schon gegeben. Der Kerl hat ja sogar seine Unterwäsche verschenkt.«

»So können Sie nicht von Jesus sprechen. Er hat unsere Seelen erlöst!«

»Genau genommen wäre das auch die Entscheidung eines jeden Menschen gewesen, oder? Aber, ja, der Kerl war beeindruckend. Sogar richtig in Ordnung. Wenn die Leute auf ihn hören würden, wäre das schon besser für die Welt. Aber sie tun es nicht. Auch wieder ihre Entscheidung. Als Jesus starb, hat der Alte wohl auch aufgegeben. Sendepause, seit zweitausend Jahren. Er meinte wohl, genug sei genug. Ich verstehe ihn nicht, er sollte die Menschen doch am besten kennen. Er hat sie schließlich erschaffen. Aber vielleicht hat er recht. Ihr habt ihn immerhin noch nicht vergessen. Jesus, meine ich. Und jetzt feiert ihr seine Geburt, indem ihr lieb, nett und freundlich seid. Nur eines ist den meisten Menschen unklar: Jesus war nicht nur an seinem Geburtstag nett und freundlich, sondern auch an jedem anderen Tag. Weihnachten ist nicht nur ein Datum. Es ist eine Entscheidung. Die Entscheidung, anderen zu helfen, sich des Guten und des Richtigen zu besinnen, die richtige Entscheidung auch für andere zu treffen. Sich selbst und anderen zu verzeihen, zu vergeben. Das ist Weihnachten … und dafür braucht man kein Kalenderblatt. Weihnachten kann man jeden Tag feiern, man muss es nur wollen. Gut sein, zuvorkommend sein, anderen helfen. Funktioniert jeden Tag. Leuchtet ein? Gut. Wie wäre es jetzt mit dem Radio?«

»Es ist alles, was ich besitze«, sagt sie. »Ohne das Radio bin ich so alleine.«

»Hhm. Auch wieder eine Entscheidung! Das Dorf ist vier Minuten zu Fuß entfernt. Dort wohnen andere Menschen, die auch Weihnachten feiern … Also geh hin und klopf an eine Tür, es wird dir aufgetan. Wenigstens heute. Wer weiß schon, was morgen ist? Vielleicht sieht man dich gerne dort, und die Türe bleibt für dich geöffnet!«

»Wer will denn schon eine blinde Frau als Gast empfangen?«

»Ein guter Mensch«, antwortet er sofort. »Es wäre die Entscheidung des Hausherrn. Seine freie Entscheidung, und du solltest nicht vorwegnehmen, dass er falsch entscheidet. Es gibt

Menschen, die sich richtig entscheiden. Richtig wäre es, dir die Türe zu öffnen und dich zum Fest einzuladen.« Er lacht. »Ich würde dich reinlassen.«

Sie seufzt. Schön, wenn es so wäre.

»Sie brauchen das Radio also wirklich?«, fragt sie dann.

Er erwidert nichts.

»Hallo?«, fragt sie.

»Verdammt! Oh, Verzeihung. Ich soll ja nicht fluchen. Ich habe genickt, das konntest du nicht sehen. Ja, ich brauche es.«

»Gut«, erwidert sie leise. »Nehmen Sie es. Denn man soll auch Geben können, wenn es einem schwerfällt. Und es ist Weihnachten. Die Menschen sollten sich untereinander lieben.«

»Sollten sie, ja.« Sie hört das Lächeln in seiner Stimme, sie ist plötzlich sanft und weich geworden. Sie hört, wie der Stuhl geschoben wird, dann Schritte, ein Knacken, als das Radio ausgeschaltet wird, das Geräusch, als er den Stecker herauszieht.

Stille. Keine Musik mehr.

Sie fröstelt, bereut es jetzt schon, aber sie sagt nichts.

»Danke. Ich breche dann mal auf. Frohe Weihnachten.«

»Sie gehen jetzt schon? So plötzlich? Sie haben, was Sie wollen, und gehen?«

»Tja, so ist das eben. Der ungehobelte Bursche macht sich vom Acker. Mit seinem Weihnachtgeschenk.« Aber die Stimme ist immer noch weich, fast zärtlich. »Ich habe auch etwas für dich. Meinen Dank.«

Sie spürt seine Lippen auf ihrer Stirn.

»Auf Wiedersehen«, schließt er. »Lebe einfach, Maria. Entscheide und lebe. Denn nur du bist dein Richter, und nur du kannst dir vergeben. Das ist Gottes Gnade, die Gabe zu sehen und zu vergeben. Jesus hat noch eine Menge mehr gesagt, aber auch das. Und damit hatte er verdammt recht. Entscheide gut und lebe. Frohe Weihnachten.«

Die Tür fällt ins Schloss.

Und plötzlich wird es hell für Maria, ihre Augen brennen und schmerzen, tränen, aber sie sieht die Tür … Sie kann sehen! Sie rennt hinaus, und da ist ihr Gast, er winkt ihr zu, öffnet eine Tür in der Luft … steigt hindurch und verschwindet. Schnee wirbelt auf. Ein leises Pfeifen. Dann ein Flimmern in der Luft, nur noch der Schnee ist zu sehen.

Langsam hebt sie die Hand vor ihre Augen, es ist ihre Hand, sie kann sie sehen, ganz deutlich. Genauso deutlich wie sie ihn sah. Ein großer Mann, in rotes Leder gekleidet, mit langen Haaren, kupferfarbener Haut und Hörnern auf der Stirn. Und Hufen anstelle von Füßen, die Spuren sind immer noch deutlich im Schnee zu sehen.

Nun, wie ihr seht, ich bekam die passende Note, hatte wohl eindeutig das Thema verfehlt.

Aber ich denke immer noch, dass es wahr ist: Weihnachten ist kein Datum, sondern eine Entscheidung. Eine Entscheidung für die richtige Seite. Gott gab uns Jesus. Seine Geburt feiern wir zu Weihnachten.

Aber Gott gab uns auch die Gabe, in uns hineinzuhören und zu fühlen, was richtig und was falsch ist, was gut und was böse. Halten wir uns daran, brauchen wir uns nicht einmal vor dem Teufel selbst zu fürchten … Denn er kann uns nichts tun. Er kann uns nur verführen. Doch wir entscheiden selbst.

Entscheiden wir uns doch einfach für … Frohe Weihnachten.

Karl-Heinz Witzko

Dicke, rote Männer

Leise rieselte der Schnee und setzte Pfosten und Balken weiße Hütchen auf. Lange Eiszapfen hingen von der Dachkante herab. Es schneite nicht zum ersten Mal in diesem Winter, und bestimmt auch nicht zum letzten Mal. Brams blickte hoch zu dem rot gekleideten, dicken Mann mit dem stattlichen weißen Bart. Er hing an einem Seil, dessen eines Ende um seinen Hals und dessen anderes um eine der Stützstreben des Daches geknotet war. Träge drehte er sich im Nachtwind an dem knarrenden Tau. Zuerst linksherum, dann rechtsherum, dann wieder zurück.

»Au Backe!«, flüsterte der Kobold. »Au Backe!«

☆

Einige Stunden zuvor …

Die Schneedecke war makellos. Sie verbarg schroffe Felsen unter sanften Rundungen und ebnete Mulden, Schründe und Risse ein, sodass der Hang alles in allem als gleichmäßig abfallende Ebene erschien. Der Wald begann erst ganz unten. Er hatte die schwarze Farbe der Stämme und die weiße des Schnees, der die Äste der Bäume mit seinem Gewicht krümmte und im Licht der untergehenden Sonne dieses viel zu kurzen Tages glitzerte. Spuren menschlichen Wirkens waren weit und breit nicht zu erkennen, sodass ein unbelasteter Betrachter leicht hätten denken können: Das ist die Welt, wie sie einst war – leer und menschenlos.

Wenigstens eine der beiden Aussagen stimmte nicht, denn die Tür öffnete sich.

Sie gehörte nicht zu einem Haus oder einem Turm. Tatsächlich hatte sie erst vor einem winzigen Augenblick ihre Position im oberen Drittel des Hangs eingenommen. Aufrecht stand sie im nach wie vor unberührten Schnee. Woher war sie so plötzlich gekommen? Darauf gab es nur zwei mögliche Antworten: aus dem Nichts oder von ziemlich bedenklich anderswo!

Eigentlich bestand die Tür nur aus einem Türblatt ohne Rahmen und Scharniere. Dennoch schwang sie auf. Wer immer durch sie treten würde, kam aus einem Dahinter, das sich nicht hinter der Tür auf dem Hang befand.

Vier Gestalten stürmten nacheinander aus der Türöffnung: Brams, Hutzel, Riette und Rempel Stilz. Sie waren etwa so groß wie zweijährige Kinder – Menschenkinder wohlgemerkt! – und in weiße Kapuzenmäntel gekleidet. Allerdings keine reinweißen. Eher von einer Farbe, als habe jemand in einen kochenden Kessel voller weißer Umhänge eine einzelne rote, blaue oder grüne Socke geworfen. Kurzum: Man sah den Kobolden an, dass jemand peinlich genau darauf geachtet hatte, dass nicht zwei von ihnen den gleichen Umhang trugen.

Brams war als Erster auf den Hang getreten.

»Puh! Ist das kalt«, rief er aus und blies den Atem in seine Hände. Damit war auch bereits das Ende jeder geregelten Unterhaltung erreicht. Denn nun sprachen alle durcheinander.

»Was singt er eigentlich?«

»Wahrscheinlich das, was sie immer singen: Balladen von blutigen Schlachten, einem düsteren Feind im Osten, vielleicht auch Westen, Norden oder Süden und von bösen Streichen, an denen viele von ihnen sterben und über die nun wirklich niemand lachen kann.«

»Also Lieder, in denen irgendetwas zerbrochen und nicht

mehr heile gemacht wird, wiewohl es bestimmt keine große Mühe wäre?«

»So ist es! Als richteten sie nicht schon selbst genug Schaden an, lauschen sie auch noch gerne Geschichten von zerstörten Städten, Häusern, Gemäuern ...«

»Vor allem von Gemäuern!«

Schlagartig herrschte Stille. Die vier nickten sich ernst zu. Menschen waren ganz anders als Kobolde!

»Toll! Schnee!«, rief eine neue Stimme. Sie klang kräftig wie ein junger Birkentrieb und gehörte der Tür, dem fünften Bandenmitglied. »Schnell! Werft mich um! Bitte, bitte!«

Riette erfüllte ihren Wunsch. Die Tür schlug auf dem Schnee auf und setzte sich umgehend in Bewegung. »Alle aufgesessen!«, rief sie vergnügt.

Brams schüttelte den Kopf. Birke war nicht die erste Tür, mit der er geschäftlich zu tun hatte. Er hatte im Laufe seines Lebens etliche kennengelernt: hochnäsige, eingebildete, mürrische, besonnene und selbst verlogene und verräterische Türen, doch niemals eine so junge und quirlige.

»Brams, willst du zu Fuß gehen?«, ermahnte ihn Rempel Stilz.

Das riss den Kobold aus seinen Gedanken. Seine drei Begleiter saßen auf der Tür und glitten den Abhang hinab. Sie hatten bereits einen Vorsprung! Brams begann zu rennen. Oh, war das mühsam! Seine Füße sanken tief im Schnee ein und waren nur schwer wieder zu befreien. Hoch, runter, hoch, runter.

Eine Hand griff nach ihm und zog ihn auf die Tür.

»Brams ist manchmal ein richtiger Tagträumer«, behauptete Riette. Wie so oft seit einiger Zeit, ahmte sie beim Sprechen Rempel Stilz nach. Der hatte längst aufgegeben, sich dagegen zu wehren, und antwortete daher mit gleich klingender Stimme: »So ist es!« Im Zwiegespräch hörten sich die beiden recht seltsam an.

Immer schneller schoss die Tür den Abhang hinab. Brams spürte den Fahrtwind und den aufgewirbelten Schnee auf der

Haut. Die Tür juchzte »Hui!«, Riette rief »Hiu!« und Hutzel imitierte den scharfen Schrei eines Reihers.

»Jemand sollte jetzt bremsen!«, schlug die Tür vor.

»Was?«, meinte Hutzel.

»Was?«, wiederholte Rempel Stilz.

Brams kam nicht mehr dazu, eine äußerst ähnliche Frage zu formulieren, bevor sich Birke jäh aufbäumte und ihre Koboldfracht schwungvoll abwarf.

Zwischen schneeverhangenen Tannen fand er sich wieder. Brams erhob sich verwirrt und klopfte die weiße Pracht ab. Unerwartet wurde er umgestoßen. Er sah einen Fuchs davoneilen. Irgendetwas trug das Tier im Maul.

»So etwas!«, murmelte Brams und suchte seine Gefährten. Sie waren alle wohlauf.

»Toll!«, juchzte die Tür verträumt.

»Wurdet ihr je von einem Fuchs angerempelt?«, fragte Brams in die Runde.

»Vermutlich war es kein Fuchs, sondern ein Dachs!«, belehrte ihn Riette. »Füchse und Dachse – die beiden verwechselt man leicht. Meistens ist es ein Dachs!«

»Er trug etwas im Maul«, wandte Brams zweifelnd ein.

»Das war bestimmt ein Frosch!«, entschied Rempel Stilz.

✡

Tollwart war erleichtert, sein Zuhause rechtzeitig vor Einbruch der Dunkelheit erreicht zu haben. Er machte einen Abstecher zum Gänsestall, vergewisserte sich, dass die Vögel sicher verwahrt waren, und betrat das Haus. Wie die meisten Roten Sänger lebte er als Einsiedler und Eigenbrötler. Er legte den schweren Pelzmantel ab, trat zum Kamin und schürte die Glut, die unter einer grauen Asche- und Schlackeschicht verborgen war. Einige frische Scheite ließen das Feuer auflodern.

Es war noch nicht spät, doch heute war die längste Nacht des Jahres. Vielleicht würde sie eine helle Nacht werden, in der

Monderlach Mensch und Tier seine Allgegenwart zeigte, vielleicht aber auch eine dunkle, wolkenverhangene, in der sich das Neue und Ungewisse anbahnte und womöglich die ruchlosen Geschöpfe des Schinderschlundes über die Welt stapften. Noch war nichts abzusehen.

Tollwart hatte soeben den zweiten Teller Suppe geleert, als er sein Federvieh aufgeregt schnattern hörte. Er schlüpfte geschwind in seine Stiefel und rannte zur Tür. Erst im Freien fiel ihm ein, dass er gut beraten gewesen wäre, nach seinem langen Schwert zu greifen. Denn wenn nicht in dieser Nacht, wann war dann Vorsicht geboten?

Die Ursache der Aufregung war offenbar. Doch bedurfte es eines erfahrenen Auges, um zu erkennen, dass das rot bepelzte Tier mit den großen Ohren, das Tollwart ertappt anstarrte, kein Fuchs war, sondern ein Wolf. Die kleinwüchsigen Räuber waren erst neuerdings in der Gegend anzutreffen. Sie waren Fremde hier. Scheue, furchtsame Tiere, selbst im Rudel noch.

Tollwart drohte dem Wölfchen mit dem Finger und lachte, als es flüchtete.

Er wollte gerade wieder ins Haus zurück, als er im Schnee einen Beutel entdeckte. Neugierig hob er ihn auf. Wer mochte ihn verloren haben? Der Wolf würde es wohl nicht gewesen sein.

Wieder im Warmen, schaute sich Tollwart den Beutel genauer an. Er war prall gefüllt und mochte vielleicht ein Altes Pfund wiegen. Sein Inhalt fühlte sich weich und formlos an, wie Brei oder Mus. Doch wer würde einen so hübschen Beutel mit Mus füllen? Er war aus Leder, dem weichsten, das Tollwart je gefühlt hatte. Bewundernd hob er den Beutel in Augenhöhe … und war sich plötzlich keineswegs mehr sicher, dass er überhaupt aus Leder war. Dann fiel sein Blick auf die Nähte: so winzig, so völlig gleichmäßig … Tollwart legte den Beutel rasch auf den Tisch. Das war kein Menschenwerk! Aber was war es dann? Ein Geschenk oder ein Fluch? Nachdenklich ließ er die Finger durch den weißen Bart gleiten. Besser warten und gründlichen nachdenken, als sich auf etwas einzulassen, dessen Folgen er nicht kannte!

Erneut meldeten sich die Gänse. Anscheinend hatte sich das Wölfchen zurückgewagt. Tollwart war nicht eben unglücklich über diese Ablenkung, doch eine deutlichere Sprache war nun angemessen! Er nahm den Schürhaken und ging nach draußen. Dort stutzte er. Mit diesem Besuch hatte er nicht gerechnet! Grimmig blickte er zu dem Reiter auf, auf dessen Helm und Umhang sich der Schnee sammelte.

»Herr Chlodekrieg, was wollt Ihr? Alles ist gesagt! Ich habe keine einzige Silbe hinzuzufügen. Die Bauern des Furchentals sind frei. Das ist altes Recht!«

»Wie schade«, antwortete der Ritter leise. »Dabei höre ich deine Stimme doch ach so gerne, Rotsänger!«

»So Ihr es wünscht, will ich sie Euch gleich lauter hören lassen!«, schnaubte Tollwart und begann trotzig zu singen. »Für immer frei, mein Furchental, so wie es einst geschworen, und jedem Tyrannen getrotzt …«

Er brach sein Lied ab, als er entdeckte, dass der Ritter mit Begleitern gekommen war. Fest umklammerte Tollwart das Schüreisen. Er hatte die falsche Wahl getroffen.

✡

Aus sicherer Deckung beobachteten die Kobolde Tollwarts Haus.

»Es ist kalt!«, stellte Hutzel fest.

»Es ist lausig kalt!«, stimmte Rempel Stilz zu.

»Es ist kackpuhlausig kalt!«, bekräftigte Riette.

Brams liebte keine Komplikationen. Der Mensch hätte längst schlafen sollen! Das tat er nicht. Stattdessen empfing er Besucher. »Du bist nicht der Erste und auch nicht der Letzte«, behauptete einer von ihnen gerade lautstark. Hoffentlich verschwanden sie bald!

»Es ist besucherkackpuhlausig kalt!«, stieß Brams grimmig aus.

Wenig später wurde sein Wunsch erfüllt. Die Besucher entfernten sich. Nun lag das Haus im Dunkeln. Das war gut. Offenbar war sein Bewohner sogleich schlafen gegangen.

Die Kobolde warteten noch kurze Zeit, dann gab Brams das Zeichen: »Ohne zu zählen, los!«

Jeder ergriff eine Kante der Tür, und dann huschten die vier zum Haus. Dort stellten sie sie gegen die Hauswand. Binnen weniger Augenblicke war sie mit ihr verschmolzen und erschien nun wie jede andere Tür des Hauses. »Toll!«, flüsterte Birke begeistert.

Brams drückte ihre Klinke, und ein Kobold nach dem anderen schlich ins Haus. Doch wo war der Bewohner?

»Zielperson nicht anwesend!«, verkündetet Riette nach einer Weile. Das rhythmische Knarren eines Bettes verriet, dass sie darauf herumhüpfte.

»Ausschwärmen!«, flüsterte Brams besorgt. Das Knarren hörte auf. Doch nur wenig später ertönte von draußen Rempel Stilz' über Gebühr laute Stimme: »Brams, das solltest du dir unbedingt ansehen!«

»Psst!«, zischte Brams erregt, doch Riette und Hutzel waren die Einzigen, die ihn hören konnten, und die hatten nichts gesagt.

Auf der Rückseite des Hauses hing der Hausbewohner an einem Balken. Sein verfärbtes Gesicht und die herausgequollenen Augen ließen keinen Zweifel an seinem Befinden.

»Dem haben sie aber einen ganz üblen Streich gespielt«, meinte Rempel Stilz.

»Au Backe!«, stieß Brams aus. »Was machen wir denn jetzt? Moin-Moin wird uns kein Wort glauben. Wenn wir mit leeren Händen zurückkommen, so wird er behaupten, wir hätten uns nicht bemüht, weil es uns zu kalt gewesen sei.«

»Wir fahren fort wie geplant«, schlug Riette vor. »Was, Hutzelmann?«

»Du meinst, wir sollen den toten Menschen durch einen toten Wechselbalg ersetzen?«, antwortete der Angesprochene bedächtig. »Ich weiß gar nicht, ob das geht. Es erscheint auch etwas sinnlos.«

»Vielleicht haben wir keine Wahl«, meinte Brams, tastete nach seinem Gürtel und erschrak. Der Beutel mit dem Wechselta.(lg), dem Stoff, aus dem Wechselbälger entstanden, war fort! Fieberhaft versuchte er sich zu erinnern, wann er ihn zuletzt gespürt hatte, doch es fiel ihm nicht ein. Er konnte ihn überall verloren haben. Widerwillig gestand er das Missgeschick seinen Gefährten.

»Dann nehmen wir ihn eben mit, ohne einen Ersatz zurückzulassen«, sprach Riette leichthin.

Hutzel hatte noch immer Einwände: »Wenn diejenigen, die ihn bestellt haben, einen dicken, toten Mann mit Stiefeln, rotem Gewand und langem, weißen Bart hätten haben wollen, der nicht mehr singt, so hätten sie ihn auch einfacher bekommen können. Bestimmt gibt es in unserem Vertrag einen Passus, der Moin-Moin die absolute Gewalt über uns gibt, wenn wir ihm keinen lebendigen roten Dicken liefern!«

Dagegen wagte niemand Einspruch zu erheben. Ratlos standen die vier Kobolde beieinander. Der Schnee fiel in dicken Flocken, und der Wind strich an den Eiszapfen entlang, die von der Dachkante herabhingen. Er brachte sie zum Singen und Klingen in sphärischen Klängen und himmlischen Melodeien. Inmitten dieser Idylle erinnerte sich Brams: »Ich hörte jemanden sagen, dass unsere Zielperson zwar nicht der Erste, aber auch nicht der Letzte sei. Anscheinend gibt es mehrere dicke, rote Sänger. Wir werden der Fährte dieser unfreundlichen Gäste folgen und Moin-Moin einfach einen anderen besorgen. Das merkt er nie!«

Seine Gefährten klopften ihm auf die Schultern und lobten ihn ob des schlauen Plans. Dann informierten sie die Tür über den verlängerten Aufenthalt im Menschenland. Sie war hocherfreut: »Reisen, Exkursionen, Entdeckungen! Toll!«

✡

Chlodekrieg wusste, dass ihn seine Männer für diese Nacht hassten. Das konnte er ihnen nicht verdenken. Die Umhänge bis zu den Augen übers Gesicht gezogen, die Lanzen an den Körper gepresst, kämpften sie mühsam gegen das stärker gewordene Schneetreiben an. Schildwart schloss zu ihm auf und ließ sein Pferd neben seinem schreiten.

»Wirklich alle?«, fragte der jüngere Ritter besorgt.

»Alle sechs!«, bestätigte Chlodekrieg. »Wenn nicht heute, wann dann? Nach keiner anderen Nacht wird es so leicht sein, jemandem die Schuld für ihr Ableben in die Schuhe zu schieben. Macht Euch keine Sorgen, mein guter Schildwart! Der Graf hat nie ein Hehl daraus gemacht, wie sehr ihm die Roten Sänger und die freien Bauern ein Dorn im Auge sind. Und auch dem König wird es nicht den Schlaf rauben, wenn er erfährt, dass die Voraussetzungen, unter denen sein Ahn einst sein Versprechen geben musste, nicht mehr erfüllt sind.«

»Das klingt einsichtig und vielleicht auch vorteilhaft«, erwiderte Schildwart. »Doch was treibt Euch, Chlodekrieg? Was ist Euer Nutzen dabei?«

»Es gibt eine Weissagung, die mein Geschick mit dem ihren verbindet. Ein törichtes altes Weib sprach sie aus. Ich ließ ihr dafür das Fleisch von den Knochen peitschen, denn solch Geschwätz ist Verbreiten üblen Aberglaubens und bringt Unruhe. Doch das ist nicht Euer Belang!«, erklärte Chlodekrieg unfreundlich. »Überhaupt müssten wir gleich den nächsten erreicht haben.«

Schildwart verstand, dass die Unterhaltung beendet war, und ließ sich zurückfallen.

»Was hast du da, Bursche?«, sprach Gottkrieg zu einem seiner Waffenknechte.

»Einen Beutel«, antwortete der Mann widerwillig. »Ich fand ihn im Haus des Sängers.«

»Her damit!«, verlangte Chlodekrieg und betrachtete das Säckchen neugierig. Edelstes Material und hervorragend verarbeitet, urteilte er, auch wenn sich der Inhalt anfühlte wie aufgeweichte Dörrpflaumen. Viel zu gut für einen einfachen Soldaten! Wie mochte der Rotsänger darangeraten sein? Vielleicht ein Geschenk eines reichen Kaufmanns?

»Ich werde ihn behalten«, eröffnete Chlodekrieg dem Waffenknecht, der solches schon hatte kommen sehen. »Dieser Beutel mag der fehlende Beweis sein, dass die Roten Sänger Gold von den Feinden des Königs nahmen.«

✡

Dieses Mal sahen die Kobolde sofort hinter dem Haus nach. »Au Backe!«, schimpfte Brams angesichts der baumelnden, roten Gestalt. »Schon wieder zu spät!«

»Wie beim letzten und vorletzten Mal«, rief Rempel Stilz völlig unnötig in Erinnerung. »Solange wir den Besuchern nur hinterher laufen, kann das nicht gelingen, Brams.«

»Wir könnten ihren Anführer fragen, wen er als Nächsten aufhängen will. Dann müssten wir nur noch schneller sein als er«, schlug Riette vor.

»Guter Plan«, heuchelte Hutzel. »Doch wie wollen wir ihn dazu bewegen, es uns zu sagen?«

Riettes Augen blitzten. »Da gibt es zwei Möglichkeiten, Hutzelkopf. Erstens: Wir verhauen ihn, zweitens: ganz fest!«

Plötzlich leuchtete im Haus ein Licht auf. Nicht lange, dann war es wieder verloschen. Die Kobolde blickten einander an: Bisher hatten alle Roten Männer allein gelebt. Wieso war das hier anders?

Sie huschten zum nächsten Fenster und stemmten Riette hoch bis zur Fensterbank, damit sie ins Haus schauen und berichten konnte. »Das Beobachtungsobjekt ist ein Riesenkind. Weiblich, blond, dünn und ohne Bart. Ungeeignet zum Austausch.«

»Wollen wir ja auch nicht«, erklärte Brams. »Aber vielleicht weiß sie, wo andere Rote Männer wohnen, so dass wir den Besuchern zuvorkommen können.«

Sie rannten zur nächsten Tür und betraten das Haus. Mit einem Schreckensschrei sprang seine überlebende Bewohnerin auf. Sie trug ein dünnes Kleidchen und war tatsächlich ziemlich groß, mindestes drei Köpfe größer als die Kobolde. Brams schätzte ihr Alter auf gut acht bis zehn Jahre.

»Wir kommen in Frieden, Riesenkind«, sprach er sie an. Hinter sich hörte er Riette flüstern: »Wenn sie feindselig wird, dann schlag sofort zu!«

»Ich bin kein Riesenkind, sondern ein Kirstenkind«, beteuerte sein Gegenüber verängstigt. »Wer seid ihr denn?«

»Interessierte Durchreisende«, antwortete Brams ausweichend.

Das Mädchen schien beruhigt. »Ich dachte schon, ihr wärt Kobolde.«

»Sind wir aber nicht!«, antworteten alle vier Kobolde gleichzeitig.

»Hast du denn schon einmal einen Kobold getroffen?«, erkundigte sich Hutzel herablassend.

»Nein«, gestand das Kirstenkind kleinlaut. »Aber ich stellte sie mir immer wie euch vor.«

»Sind wir aber nicht!«, schmetterte ihr der Koboldchor erneut entgegen.

»Wer ist der Tote hinter dem Haus?«, fragte Brams.

»Mein Onkel. Ich kenne … kannte ihn erst seit gestern. Eigentlich sollte er auf mich aufpassen, bis meine Eltern wieder zurückkommen.«

»Onkel? Eltern? Verwandte?« Riette wurde hellhörig. »Tragen sie Bärte? Wann sind sie zurück?«

»Keine Bärte«, erwiderte das Kirstenkind unsicher. »Im Frühling sind sie wieder da.«

»Ungeeignet, völlig ungeeignet«, murmelte Riette unzufrieden. Brams bedeutete ihr zu schweigen.

»Es gibt doch sicher andere dicke, rote …« Er stutzte und würgte fassungslos hervor. »Diese Pantoffel!«

Voller Abscheu deutete er auf Kirstenkinds Füße, die in viel zu großen Schuhen steckten. Sie mussten ihrem Onkel gehört haben.

»Welche Unvernunft!«, schrie Brams außer sich. »Wie leicht könntest du stolpern und dir die Knochen brechen. Er hätte sich längst darum kümmern können!«

»Aber ich bin doch erst gestern hierhergekommen.«

Das ließ Brams nicht gelten. »Schnickschnack! *Du* hättest dich darum kümmern können! Viel Ablenkung gab es in den letzten Stunden hier sowieso nicht. Her mit den Pantoffeln, und geh irgendwohin, wo du nicht im Wege stehst!«

Das Mädchen überließ ihm eingeschüchtert ihr Schuhwerk. Brams packte sein Werkzeug aus und machte sich an die Arbeit. Wenige Augenblicke später hörte er ein Zischen. Das Kirstenkind kniete nun neben dem offenen Kamin. Aus einem Schächtelchen entnahm es Schwefelhölzer, entzündete sie und wärmte sich die klammen Finger an der kleinen Flamme. War ein Hölzchen abgebrannt, so griff das Mädchen nach einem neuen. Unversehens stand Rempel Stilz bei ihr. »Her damit!«, forderte er grimmig. »Diese Verschwendung ist unerträglich!«

»Aber es ist so kalt!«, klagte das Kirstenkind.

»Wenn in einer halben Stunde alle Hölzer verbrannt sind, so wird dir noch kälter sein«, versprach Rempel Stilz mitleidlos. »Nun geh irgendwohin, wo du mir nicht im Wege bist!«

Brams wunderte sich nicht, als Hutzel und Riette kurz danach fast gleichlautende Worte sprachen.

Im Nu hatte er die Pantoffeln gerichtet, neu vernäht, verziert und mit nützlichen Extras versehen. Er packte sein Werkzeug ein und ging zu dem Mädchen. Hutzel schritt inzwischen auf einem Tisch hin und her und verkündete stolz: »Wackelt nicht mehr!« Derweil öffnete und schloss Riette begeistert eine Schranktür. »Kein Quietschen! Außerdem kann man jetzt auch endlich drinnen sitzen und Milch trinken.«

Brams reichte dem Kirstenkind die Pantoffeln. Obwohl er nicht Maß genommen hatte, wusste er, dass sie wie angegossen passten. Das Mädchen zitterte am ganzen Leib und wimmerte. »Es ist so kalt!«

»Keine Sorge!«, rief Rempel Stilz. »Das haben wir gleich.«

Wie zuvor das Kirstenkind entzündete er ein Schwefelhölzchen. Doch statt eines Flämmchens sprang aus seinem Köpfchen jetzt eine unterarmlange Flamme, die wie ein zorniger Drache fauchte. Rempel Stilz warf das Hölzchen in den Kamin. Rasch wurde es wärmer im Haus, und schon nach kurzer Zeit glühten die Steine des Kamins dunkelrot. »Das Haus wird abbrennen!«, jammerte das Kirstenkind.

Rempel Stilz kicherte. »Keine Sorge! Das sind selbstregulierende Ei… ach, das verstehst du sowieso nicht… Merk dir einfach: Alles ist bestens verfugt! Wenn du jeden zweiten Tage ein Hölzchen nachwirfst, so wirst du es bis zum Spätherbst mollig warm haben.«

Als von draußen das Klirren schmelzender und herabfallender Eiszapfen ertönte, erinnerte sich Brams wieder an ihr Anliegen. »Nun verrate uns, wo andere dicke, rote Männer zu finden sind!«

☆

Grimmig verfolgte Ritter Chlodekrieg das Tun seiner Männer. Zwei waren bei den Ställen, zwei weitere durchsuchten das Haus. Es besaß ein Obergeschoss, bot also erstaunlich viel Platz für seinen wiederum allein lebenden Bewohner. Allerdings war das Haus dieses Roten Sängers stockdunkel gewesen, als sie es erreicht hatten.

»Er kann nichts von unserem Kommen geahnt haben«, beteuerte Schildwart.

»Natürlich nicht«, knurrte Chlodekrieg. »Jedenfalls nicht, wenn alles mit rechten Dingen zugegangen ist. Aber ist es das? Was weißt du über die Roten Sänger, Schildwart?«

Sein Nebenmann zuckte die Schultern. »Sie sind eine Art Barden, Bewahrer alter Gesänge. Das ist eigentlich schon alles, was ich weiß. Diesen alte Vertrag kenne ich selbstverständlich noch: Solange es im Furchental Rote Sänger gibt und so weiter.«

»Da gibt es noch mehr, was sich zu wissen lohnt, Schildwart«, antwortete der Ritter kühl und senkte gleichzeitig seine Stimme. »Sie sollen einst mit Mächten im Bunde gestanden und Kräfte besessen haben, wenn du verstehst, was ich meine.«

Schildwart war entsetzt. »Das kann nicht sein! Der damalige König hätte nie …«

»Wenn er nun keine andere Wahl hatte?«, unterbrach ihn Chlodekrieg.

»Aber die Priesterschaft! Monderlach!«

»Sei nicht blöd, Schildwart! Du weißt, wie es ist. Eine Hand und die andere und so weiter. Ich will nicht genauer werden oder gar in Einzelheiten gehen. Sie haben entsagt. Ganz einfach! Entsagt! Räudige Schafe, Vergebung und so weiter.«

»Räudige Schafe?«, wiederholte Schildwart verwirrt.

»Reu-ig, Kerl! Reu-ig. Putz dir die Ohren!«

Die Waffenknechte hatten ihre Arbeit erledigt. »Er muss schon gestern weggegangen sein, Herr«, berichtete einer.

»Aber er plante nicht, lange fernzubleiben«, fügte der nächste hinzu. »Seine Gänse und Ziegen sind versorgt, aber Futter und Wasser reichen nur bis morgen.«

Chlodekriegs Laune wurde schlagartig besser. »Na also, dann warten wir eben auf ihn. Dieser eine noch, und der Spuk hat endlich ein Ende!«

✡

Riette machte sich ganz groß. Sie stellte sich auf die Zehenspitzen, streckte den Arm aus und stupste mit den Fingern ihrer Linken kräftig gegen die Stiefel, sodass die rotgewandete Gestalt zu schwingen begann.

»Wieder nichts«, stieß Hutzel enttäuscht aus. »Sie sind viel zu schnell für uns. Und nun haben wir auch niemanden, der uns erzählt, wo wir noch einen finden können.«

»Ich wüsste schon jemanden«, behauptete Rempel Stilz bedeutsam.

Einen Augenblick später hörte man ihn erneut: »Ich habe überhaupt nichts gesagt!«

»Wohl habe ich etwas gesagt. Ich wüsste nämlich jemanden«, widersprach er sich.

»Das bin ich nicht!«, behauptete er umgehend. »Das ist Riette. Sie macht mich wieder nach!«

»Kackpuh! Hört nicht auf mich. Ich rede wirr«, versicherte seine Stimme sofort.

»Sie hat recht«, sagte Brams.

»Habe ich?«, antwortete Riette überrascht mit ihrer eigenen Stimme.

»Sicherlich. Wir hätten gleich den Anführer der Menschen befragen sollen. Doch scheute ich bislang vor diesem Weg zurück. Er ist gefährlich. Wie ihr wisst, bedarf es nur eines winzigen Fehlerchens, und Scharen von Menschen hängen uns wieder an den Hacken.«

»Meinetwegen machen wir es so, Brams«, stimmte Rempel Stilz zu. »... das habe ich dieses Mal wirklich gesagt. Ich, Rempel Stilz! Das wisst ihr doch, oder?«

»Ach was!«, widerrief er sogleich laut. »Ach was!«

✡

Draußen war es noch dunkel. Ritter Chlodekrieg benötigte einen Augenblick, um sich zurechtzufinden. Wo war er? Nicht zu Hause! Dann erinnerte er sich. Offenbar war er beim Warten auf den Roten Sänger in diesem Sessel eingeschlafen. Was hatte ihn geweckt? War der Tropf vielleicht heimgekehrt?

Chlodekrieg fröstelte. Er sah, dass die Tür offen stand und Schnee und Kälte hereinließ. Unwillig erhob er sich, um sie zu schließen. Plötzlich traf es ihn wie ein Schlag, und er war hellwach. Die Kammer befand sich im Obergeschoss des Hauses. Hier gab es überhaupt keine Tür ins Freie!

»Was?«, stieß er verständnislos aus.

»Wo, muss es heißen«, verbesserte ihn eine Stimme.

Chlodekrieg war sich zuerst unsicher, woher sie gekommen war, doch dann schaute er nach untern und entdeckte vier winzige Gestalten in fahl schimmernden Kapuzenmänteln.

»Wo wohnt der Nächste, dem ihr einen bösen Streich spielen wollt, Verdammter?«, fragte eine unheimliche Frauenstimme. »Wen wollt ihr als Nächsten am Halse aufhängen, Verruchter? Heraus damit, sonst gibt es ordentlich einen auf die Hucke!«

So war es also kein Märchen, dachte Chlodekrieg bang. Die Roten Sänger standen mit Mächten im Bunde, deren Gesellschaft keinem Menschen gestattet war. Noch immer! Sie hatten ihnen nie entsagt, sondern die Priester getäuscht.

»Weichet, Geschöpfe des Schinderschlundes«, presste er beherzt zwischen den Zähnen hervor, so wie er es in früher Jugend gelernt hatte. »Dreimal gebiete ich's: Weichet! Weichet! Weichet!«

Chlodekrieg hätte sich vermutlich etwas heimischer in der Welt gefühlt, hätten seine Worte Heulen und Kreischen hervorgerufen oder vielleicht auch hämisches Gelächter. Doch stattdessen erläuterte eine freundliche und geduldige Stimme: »Er meint die, bei deren Nennung sie immer schreiend davonrennen. Das wisst ihr doch bestimmt noch?«

»Sicher, sicher!«, bestätigte eine andere Stimme. »Putzig anzusehen! So leicht vergisst man den Anblick nicht.«

»Was für Zeug du dir immer merkst, Brams«, staunte eine dritte Stimme, und »Der läuft hoffentlich nicht weg«, sorgte sich eine vierte.

Chlodekriegs Gedanken rasten. Was hatten diese absonderlichen Worte zu bedeuten? Zeugten sie vom Wahnsinn der verderbten Mächte des Schinderschlunds, oder waren seine Besucher gewöhnlicher, als er zunächst angenommen hatte? Von der neuen Tür einmal abgesehen.

Sein Schwert fiel ihm ein. Unauffällig vergewisserte er sich, dass es noch immer an dem Haken hing, wo er es samt Gurt aufgehängt hatte. Nur fünf Schritte würden ausreichen, es in seinen Besitz zu bringen: am Sessel und der langen Kiste vorbei und dann zur Wand und blank gezogen!

Der Ritter zögerte nicht unnötig. Zwei Schritte – und er stand am Ende der Kiste.

»Er hat meinen Beutel! Er hat den Wechselta.(lg)!«, schrie jemand aufgeregt.

Chlodekrieg wusste sogleich, was die Stimme meinte. Der Beutel des Roten Sängers! Achtlos hatte er ihn auf die Kiste geworfen und danach vergessen nachzuschauen, was er enthielt. Also gehörte er den Eindringlingen und war offenbar von Wert für sie!

Er ließ den ursprünglichen Plan fallen und griff nach dem Beutel. Unverzüglich sprang ihn eines der Geschöpfe an, verkrallte sich an seinem Arm und kreischte: »Gib her! Gib her!«

Chlodekrieg versuchte es abzuschütteln, doch ohne Erfolg! Ein zweites Wesen kam dem ersten zu Hilfe, indem es unaufhörlich gegen Chlodekriegs Schienbein trat. Der Schmerz machte den Ritter nur noch ärgerlicher. Er setzt zu einem mörderischem Schlag auf den Kopf des Tretenden an, doch gerade noch rechtzeitig sprang eine dritte Gestalt dazwischen und fing den Hieb mit winzigen Händchen ab. Chlodekrieg wollte die Faust erneut heben, doch sein Handgelenk war wie in einer stählernen Klammer gefangen. Das gab es doch nicht!

»Hilf mir, ihn auf die Knie herunterzuziehen, damit wir besser an ihn herankommen, Hutzel«, forderte eine Stimme.

»Lasst gefälligst ab von mir, oder …«, drohte der Ritter, als er gewahr wurde, dass ein weiterer Plagegeist blitzschnell seinen Rücken hinaufkletterte und ihn kratzte, biss und an den Haaren zog. Nun wurde es ihm doch zuviel. »Herbei!«, brüllte er. »Zu Hilfe! Herbei!«

Sogleich legten sich kurze Ärmchen um seinen Hals, um ihm die Luft abzuschnüren. Doch schon erklang Gepolter auf der Treppe. Die Stimme eines Waffenknechtes fragte besorgt: »Herr, geht es euch auch wirklich gut?«

Chlodekrieg wollte antworten, brachte aber nur ein Röcheln hervor. Wütend vernahm er neben seinem Ohr eine Stimme, die ganz genau wie seine eigene klang: »Kann ein Ritter in diesem Haus nicht ein einziges Mal tun, was ein Ritter tun muss? Verschwindet, ihr elendiglichen Kackpuhs, bevor ich mich vergesse!«

»Ja, Herr, sofort! Entschuldigt«, antworteten zwei aufgeregte Stimmen. Die Schritte entfernten sich, und der Kampf ging mit aller Härte weiter. Chlodekrieg merkte, dass das Beutelchen immer weiter aus seiner Hand gewunden wurde. Zähne bohrten sich in seine Daumen. Er griff fester zu! Da knallte es, der Beutel platzte und sein Inhalt schoss heraus. Umgehend ließ das Wesen an seiner Hand von ihm ab, und auch die anderen drei zogen sich zurück.

»Das habt ihr nun davon«, sprach der Ritter grimmig. Seinem ursprünglichen Plan folgend, trat einen schnellen Schritt auf das Schwert zu, glitt dann aber auf dem schleimigen Brei aus, der aus dem Beutel gespritzt war, und schlug hart auf dem Boden auf.

»Kunststückchen! Toll!«, rief eine jugendliche Stimme erfreut. Der Ritter wandte in Erwartung einer weiteren Gestalt das Gesicht zur Tür. Doch da stand niemand. Er sah nichts außer der Tür, die es nicht geben konnte, und dem Schnee, der durch sie hereinfiel.

Doch dann entdeckte er noch etwas anderes.

Der Beutelinhalt, in dem er lag, war in Bewegung geraten. Eigenständig schienen sich Formen aus ihm herauszuwölben. Eine sah aus wie ein Paar tonlos flüsternder Lippen, eine andere wie ein Auge. Neugierig, aber ohne zugehörige Stirn, Braue und Wange beobachtete es Chlodekrieg. Der Ritter öffnete den Mund zu einem Schreckensschrei, als ihm ein glitzerndes Pulver ins Gesicht geblasen wurde. Sofort wurde alles um ihn herum bedeutungslos. Er fühlte sich so glücklich und zufrieden wie zuletzt an der Brust seiner Mutter. Aus weiter Ferne hörte er Stimmen. Was sie besprachen, kümmerte ihn aber ebenso wenig wie das Gebilde neben ihm, das mehr und mehr ihm selbst glich.

»Jetzt haben wir zwei! Wir können nicht zwei seiner Sorte hierlassen. Das fällt womöglich auf.«

»Wir brauchen doch sowieso einen. Also lassen wir den Wechselbalg hier und nehmen wie immer den echten mit.«

»Aber er erfüllt doch überhaupt keine Spezifikation!«

»Lasst mich nur machen! Da lässt sich einiges bewerkstelligen.«

Chlodekrieg verfolgte das Gespräch nicht weiter. Seine Welt war frei von Sorgen, obwohl er sich dringend welche hätte machen sollen!

✫

Schildwart hatte seinen Herrn noch nie so aufgeräumt gesehen, schon gar nicht zu so früher Stunde. Er war wie ausgewechselt. Pfeifend rannte er die Treppenstiege herab und befahl vergnügt: »Schildwartchen, lass alle meine Männlein draußen antreten!«

»Warum, Herr? Nähert sich der Rotbarde?«

»Weil es Spaß macht«, antwortete der Ritter, ohne auf die zweite Frage einzugehen. Schildwart gehorchte, und mürrisch versammelten sich die Waffenknechte vor dem Haus. Frischer Schnee hatte die Spuren ihrer Ankunft längst zugedeckt.

»Wer hat den letzten aufgehängt?«, fragte Chlodekrieg.

Zwei Waffenknechte meldeten sich. »Gut! Nun lasst euch selber aufknüpfen!«, befahl er.

Sogleich erhob sich Geschrei und erklangen Rufe nach Gnade. Chlodekrieg kicherte und tätschelte ihre Wangen. »Spaß muss sein! Ich lasse euch doch nicht aufknüpfen. Ich meinte natürlich köpfen.« Wieder wurde es laut.

»Was für Sauertöpfe!«, beschwerte sich Chlodekrieg endlich. »Dabei ist es doch ein so schöner dunkler, feuchtkalter und windiger Morgen! Lassen wir eben das Köpfen. Stellt euch alle in einer Reihe auf!«

Die Männer gehorchten widerwillig, doch ohne ihn aus den Augen zu lassen. Wie oftmals zuvor schritt der Ritter gemächlich an ihnen vorbei. Als er beim letzten angekommen war, sprang er hinter ihn und trat ihn so kräftig ins Gesäß, dass er in den Schnee stürzte. Dasselbe wiederholte er mit schrillem Lachen beim nächsten und übernächsten. Einzig Schildwart war nicht gewillt, diese Demütigung zu erdulden.

»Ihr geht zu weit«, warf er seinem Herrn vor.

»Plappere nicht, Schildwartchen, sondern dreh dich endlich um, damit ich dich ebenfalls in den Arsch treten kann!«, antwortete jener.

Schildwart blieb standhaft. »Das werde ich nicht tun. Nie und nimmer!«

»Mann, bist du ein Langweiler«, beschwerte sich Chlodekrieg. »Nichts darf man hier! Ich lasse euch gleich allein, dann könnte ihr sehen, wo ihr bleibt. Gut, dann brechen wir jetzt eben auf!«

»Wir warten nicht mehr auf den Roten Sänger?«

»Wer will denn etwas von dem?«, rief der Ritter ungeduldig. »Der ist doch so langweilig wie ein Krötenfurz. Nein, ich habe einen besseren Plan! Wir besuchen jetzt unseren König. Mein Kopf quillt über vor guten Einfällen. Ich verspreche euch, dass wir mit ihm wirklich viel Spaß haben werden! Ungeheuer viel Spaß!«

In diesem Augenblick erkannte Schildwart, dass sein Herr auf keinen Fall lebend die Hauptstadt erreichen durfte.

✡

Endlich wieder daheim! Nachdem sich die Kobolde von der Tür verabschiedet hatten, trugen sie ihren noch immer unter dem Einfluss des *Sanftpuders* stehenden Begleiter an Händen und Füßen über die verschlungenen Wege des Koboldlands.

Zwar hätte er in seinem Zustand durchaus allein gehen und einfache Anweisungen befolgen können, doch Brams und seine Gefährten hatten sich wegen *akuter Garderobe-* und damit verbundener *latenter Sicherheitsprobleme* gegen diese Vorgehensweise entschieden.

Ihr Ziel war, wie stets am Anfang und Ende einer Mission, Moin, der Rechenkrämer. Moin hatte ausnahmsweise die Zeltplane, die sein Haus sonst das ganze Jahr lang verhüllte, abgenommen und säuberte sie mit einem Schrubbbesen. Seine Gehilfen Erpelgrütz und Mopf warteten wie gewohnt mit betont gelangweilten Mienen hinter ihrer Theke, gleich vor dem Haus. Als die vier Kobolde ihren Begleiter schwungvoll auf den Tresen warfen, hob Mopf zwar kurz eine Augenbraue, griff dann aber nach einem dicken Buch, in dem alle ausstehenden Aufträge aufgelistet waren.

»Ihr seid spät«, tadelte er. »Moin-Moin ist schon sehr ungeduldig.« Der Anblick des fröhlich pfeifenden Rechenkrämers unterstütze diese Aussage jedoch nicht.

Mopf schlug das Buch auf und vertiefte sich mit Erpelgrütz darin. Nach einigen Augenblicken ging er zu Moin und tuschelte mit ihm. Brams warf seinen Begleitern einen verstohlenen Blick zu. Ihre Anspannung war fühlbar. Mopf kehrte zusammen mit Moin zurück. Der Rechenkrämer wischte die Hände an seinem blau und grün gestreiften Kapuzenmantel ab und blickte ebenfalls in das Buch.

»Es ist dringender geworden als ich dachte, Brams«, brummte er und las laut vor. »Dicker Mann in roter Kleidung.« Mit gerunzelter Stirn zupfte Moin an Ritter Chlodekriegs viel zu kurzen Hosen und seinem zu weiten Gewand. »Er ist ziemlich dünn für einen dicken Mann.«

»Sie haben Winter«, erklärte Hutzel. »Da haben sie nichts zu essen. So wie Igel.«

»Oder Bären und Weinbergschnecken«, setzte Riette die Aufzählung fort. »Deswegen sind sie im Frühjahr auch ebenso leicht reizbar wie sie.«

Moin schien zufrieden. Er las weiter – »Langer, weißer Bart« – und beugte sich dann ganz dicht zum Kinn des Ritters vor, in der Hoffnung, wenigstens ein einziges Härchen zu entdecken. Doch Brams hatte vorgesorgt. Stolz hielt er ein dickes Büschel weißer Barthaare hoch. »Er hatte sich frisch rasiert, aber zum Glück haben wir die abgeschnittenen Haare gefunden …«

»Gleich hinter dem Haus. Da waren sie nämlich aufgehängt«, hörte er Rempel Stilz in seinem Rücken flüstern.

»Etwas Koboldleim, und alles ist wieder wie neu!«, überbrüllte Brams ihn, um nicht noch weitere Bemerkungen hören zu müssen.

»Ist ja schon gut!«, besänftigte ihn Moin und rieb sein klingendes Ohr. »Kommen wir zum letzten Punkt: warmer, wohltönender Gesang.«

Brams rutschte das Herz in die Hose. Auf diese Kleinigkeit hatte in der Aufregung keiner von ihnen mehr geachtet! Er kämpfte gegen die Versuchung an, hilfeheischend nach seinen Begleitern zu schielen. Unerwartet ergriff Riette das Wort.

»Wohltönend – dass ich nicht lache!«, sagte sie abfällig. »Eine solch schöne Stimme wie ich hat er nicht!« Umgehend begann sie so falsch zu singen, wie Brams es nicht für möglich gehalten hätte. Von überall her war das nervöse Klappern eiligst zugeschlagener Türen und Fensterläden zu hören. Auch der Himmel erschien Brams plötzlich wie leer gefegt. Keine Vögel, keine Schmetterlinge, keine Käfer – nichts, was auch nur ansatzweise befähigt war, Töne zu vernehmen, war mehr zu erblicken. Moin beharrte schließlich nicht mehr darauf, diesen Punkt zu überprüfen. Sowieso war sich Brams sicher, dass auf etliche Tage hinaus keiner von ihnen mehr unterscheiden können würde, ob eine Melodie harmonisch klang oder nicht.

»Dann hätten wir es doch wieder einmal«, sagte Moin zufrieden und schloss das Buch.

»Wer hat ihn eigentlich bestellt?«, erkundigte sich Brams beiläufig.

»Die Alwen«, erklärte Moin.

»Die Alwen? Ach ja? Du machst neuerdings viele Geschäfte mit den Alwen, Moin-Moin. Dabei sind sie doch sehr pingelig?«

Moin lachte herzhaft. »Die und pingelig? Im Gegenteil, Brams! Das sind meine liebsten Kunden. Sie beschweren sich nie. Ich vermute, dass sie alles, womit sie nicht zufrieden sind, einfach mit jemand anderem tauschen.«

»So? Sie geben es also weiter? So, so«, sprach Brams strahlend. »Das sind wirklich sehr angenehme Kunden!«

✡

Das Letzte, woran sich Ritter Chlodekrieg klar erinnerte, waren seine kleinwüchsigen Besucher. Sollte er sie jemals wiedertreffen – das hatte er sich geschworen! –, so wollte er einem nach dem anderen das Hälschen brechen und sich danach vor Kummer betrinken, weil jeder von ihnen nur ein einziges besessen hatte. Doch alle späteren Erinnerungen waren undeutlich und flüchtig. Er war fremdartigen und seltsamen Wesen begegnet: kleinen, durchscheinenden und großen, groben mit ledrigen Schwingen. Manche hatten Stimmen wie Peitschenschläge gehabt, andere nach salziger See gerochen. Er hatte nackte mit furchtbaren Zähnen und spitzen Krallen gesehen, und solche, die völlig unbewehrt waren und dennoch weitaus bedrohlicher wirkten. Sie hatten alle etwas von ihm gewollt und ihn dann unzufrieden an die Nächsten weitergegeben, als sie es nicht bekamen.

Und nun fand sich Chlodekrieg auf einem verschneiten, nur wenige Dutzend Schritt durchmessenden Plateau wieder. Schlanke Säulen und einzeln stehende Bögen ließen ihn vermuten, dass sich hier während der warmen Jahreszeiten ein Rosengarten befand. Er zupfte aus Gewohnheit an dem langen Bart, von dem er nicht wusste, wann er ihm gewachsen war, und dessen Strähnen sich so ganz und gar nicht nach Haaren anfühlten. Verdrossen ging er zum Rand der kreisrunden Ebene, trat aber rasch wieder einen Schritt zurück, als er sah, dass der Fels senkrecht abfiel. Vorsichtig spähte er in die Tiefe. Ein ganzes Stück unter sich entdeckte er einen breiten Sims, der die Felssäule umrandete. Darunter machte er noch zwei zusätzliche Simse aus. Anscheinend befand er sich auf der Spitze einer runden Stufenpyramide.

Chlodekrieg setzte sich in den Schnee, legte den Kopf in den Nacken und schaute hinauf zu dem verwaschenen Himmel, an dem selbst die Sonne nur ein etwas hellerer, grauer Fleck war. Auch die Wolken waren nichts weiter als unscharfe, aschfarbene Schatten. Wahrscheinlich würde es heute noch schneien, dachte Chlodekrieg nebenbei. Doch wie war er hierhergekommen? Eine Treppe hatte er nicht gefunden. Hatten ihn also die Schwingen riesiger Vögel auf diese Spitze getragen? Doch wozu, wenn das Einzige, was es hier gab, Mauerreste waren, die erst dann wieder eine Aufgabe erfüllten, wenn die Kälte gewichen war und die Zeit der Blüte begann?

Aber es war gar nicht kalt!

Diese Erkenntnis kam Chlodekrieg völlig überraschend. Obwohl er im Schnee saß, spürte er keine Kälte! Er hob die Hand vors Gesicht, betrachtete misstrauisch das Weiß, das an ihr klebte, und leckte daran. Er schmeckte süß und überhaupt nicht wässrig. Eher fettig. Chlodekrieg sprang auf. Wo war er?

»Er singt nicht!«, hörte er unvermittelt eine Stimme über sich. »Darf ich, Mutter?«

Erschrocken blickte der Ritter nach oben, doch dort war nichts. Nichts außer dem Himmel, an dem jetzt ein Sturm wütete und die Wolken in alle Richtungen auseinandertrieb. Chlodekrieg senkte den Blick. Mittlerweile war er sich nicht mehr ganz sicher, dass er die Stimme wirklich gehört hatte.

Ich verliere den Verstand, dachte er erschüttert. Ich brauche mehr Ruhe und Schlaf. Einen Ort, wo mich niemand stört, regelmäßige Mahlzeiten, Kräuterwickel und vielleicht Kamillendampfbäder.

Er bemerkte, dass ein Steinbogen fehlte.

Zögernd ging Chlodekrieg dorthin, wo er eben noch gestanden hatte. Die Abdrücke waren deutlich zu sehen. Wie konnte ein ganzer Bogen plötzlich verschwinden?

Auf einmal regneten Steine vom Himmel, doch seltsamerweise nur in einem kleinen Bereich. Chlodekrieg brachte sich geschwind in Sicherheit. Als der Hagel endete, las er einen der Steine auf. Er war viel zu leicht! Er leckte an ihm und biss hinein: Gebäck! Rasch ging er zu einer der Säulen, um nachzuprüfen, woraus sie bestand. Das Ergebnis war dasselbe.

Wie gerne hätte sich der Ritter getäuscht. Wie viel hätte er dafür gegeben! Schwankend suchte er nach einem Halt, als sich alles zusammenfügte: Er stand nicht auf einer Pyramide, nicht auf einem Turm und auch nicht auf einem Berg. Er stand auf etwas Künstlichem: einem unsagbar großen Kuchen! Einer Torte, gebacken von Riesen, oder besser gesagt von Wesen, von denen Riesen einander ehrfürchtig erzählten, wenn auch sie schaurige Geschichten von gigantischen Geschöpfen hören wollten. Und er selbst erfüllte denselben Zweck wie die essbaren Bögen und Säulen. Er gehörte zur Verzierung dieser Torte.

»Er singt immer noch nicht. Darf ich ihn jetzt nehmen, Mutter?«, nörgelte die körperlose Stimme über ihm. Chlodekrieg beabsichtigte nicht, so lange zu warten, bis jene Umstände unwiderruflich eingetreten waren, die dazu führen würden, dass – wie zuvor die Krümel – Klumpen seines blutigen Fleisches vom Himmel regneten. Mit geschwellter Brust begann er laut und verzweifelt das einzige Lied zu singen, von dem er mehr als nur eine Strophe kannte: »Für immer frei, mein Furchental, so wie es einst geschworen, und jedem Tyrannen getrotzt …«

Thomas M. Disch

Der Weihnachtsmann-Kompromiss

Weise Eltern bestrafen auch immer wieder einmal allzu vertrauensseliges Verhalten. Das ist der eigentliche Beweggrund für ihr Versteckspiel, dafür, dass ihre Hand strategische Rückzüge ausübt vor dem ersten freien Schritt des Kindes, für Geschichten über den Weihnachtsmann, die Zahnfee und so weiter. Die kleinen Schätzchen sollen nämlich beizeiten lernen … nun, ich will nicht sagen untreu, aber doch in gewisser Weise nachdenklich zu werden.

Einige Moralisten beklagen diese Sachlage. Meine Kindergärtnerin in der Vorschule zur Menschwerdung *in Minneapolis erboste meine Eltern, als sie ihren Zöglingen erklärte, dass es keinen Weihnachtsmann gibt, dass alle Geschenke eigentlich von … (Ach, wenn ich das jetzt verrate, nehme ich die Pointe der Geschichte vorweg.)*

Religiöser Glaube gerät oft in Konflikt mit dem Erzählen von Geschichten. Puritaner finden Schauspieler verwerflich. Den Islam beunruhigen alle Formen der Darstellung. Und warum? Weil die Erfahrung, nach der Vorstellung das Theater zu verlassen, einem Paradigma der Enttäuschung gleichkommt. Religiöse Leute sollen nämlich glauben, und zwar in erster Linie und buchstabengetreu an das, wofür sie sich bekennen, und dieses Bekenntnis hat keine Ausgänge. Wahrhaft Gläubige haben den großen Sprung gewagt und leben danach auf ewig im freien Fall.

Was hat all das mit Watergate *zu tun? Nun, auch die Politik hat ihre Mythen, die schon in der Schule eingetrichtert und in sämtlichen öffentlichen Reden von Politikern auf nahezu rituelle Weise eingeschärft werden. An erster Stelle dieser Mythen rangiert die Vorstellung, dass unsere Spitzenpolitiker Männer der Weisheit, Redlichkeit und Hingabe an das Allgemeinwohl seien. Man sollte doch meinen, dass nach der Schulzeit nur ein kurzer Kontakt mit der Welt ausreicht, um skeptischere Ansichten zu fördern, aber der Wunsch, an den Weihnachtsmann und/oder den Präsidenten zu glauben, ist zu tief verwurzelt und alles andere als rational. Ich erinnere mich, dass in den ersten Wochen des Watergate-Skandals, also im Frühjahr 1973, meine Tante Aurelia äußerst bestürzt auf den Gedanken reagierte, dass Nixon ihr* Vertrauen *habe missbrauchen können. Darin bestand für mich das eigentliche Wunder von Watergate – nicht in dem, was Nixon getan oder so ungeschickt zu vertuschen versucht hatte, sondern darin, dass die Menschen auf lange Zeit hinaus immer noch gewillt waren, ihn beim Wort zu nehmen.*

Natürlich glaubt nicht jeder, der es auch behauptet, an den Weihnachtsmann. Es gibt gute Gründe, in dieser Angelegenheit zu lügen. Wenn alle Kinder plötzlich aufhörten, an den Weihnachtsmann zu glauben, wie wäre es dann um Weihnachten bestellt? Das ist eine ernsthafte politische Frage, mit der sich die nun folgende Geschichte auseinanderzusetzen versucht.

Die ersten Enthüllungen gerieten am Tag nach dem Erntedankfest in die Schlagzeilen. Kaum war ein Jahr vergangen seit der epochalen Entscheidung des Obersten Gerichts, dass sämtliche Bürgerrechte schon vom fünften Lebensjahr an Gültigkeit haben sollten. Nach Jahrhunderten der Entmündigung und Repression war nun auch die letzte Minderheit endlich frei. Frei, um zu heiraten. Frei, um zu wählen und ein Amt zu bekleiden. Frei, die Zeit zum Schlafengehen selbst zu bestimmen. Frei, das Taschengeld nach eigenem Gutdünken auszugeben.

Für jene Gruppen des öffentlichen Lebens, die die Emanzipation der Youngster in Gang gesetzt hatten, brachen goldene Zeiten an. Ein typisches Beispiel war das Kaufhaus von Lord &

Taylor, das sich während der zwei vorausgegangenen Jahre mächtig verschuldet hatte, weil zu der Zeit gerade Thermo-Körperfarben stark in Mode waren. Nachdem das Kaufhaus seinen Namen in »Blöde Klamotten & Doofe Schuhe« geändert hatte, schnellten schon im zweiten Quartal von '79 die Erträge in Rekordhöhen. Im Unterhaltungssektor schaffte das Broadway-Musical *I See London, I See France* den absoluten Durchbruch, und zwar sowohl bei den Zuschauern als auch bei der Kritik. Der für die *Our Own Times* schreibende Theaterkritiker Sandy Myers stellte fest: »Ich finde, das Musical zeigt, wie toll unsere Kinder heutzutage drauf sind. Ich finde, jeder, der gerne singt und tanzt und solche Sachen macht, sollte hingehen und zugucken. Aber prüde Typen seien gewarnt: Die Witze sind ganz schön derb.«

Derselben Zeitung gehörten die detektivischen Reporter Bobby Boyd und Michelle Ginsberg an, die an einem denkwürdigen Novembermorgen die Weihnachtsmanngeschichte auseinanderpflückten. Unter dem fett gedruckten Aufreißer:

ES GIBT KEINEN WEIHNACHTSMANN!

berichtete Bobby, wie ihm vor einigen Monaten, als er etliche Truhen und Kisten im Haus seiner Eltern durchwühlt hatte, ein Kostüm in die Hände gefallen war, das bis auf den letzten Knopf genau dem des »Weihnachtsmannes« entsprach, der am letztjährigen Weihnachtsabend zu den Boyds gekommen war. »Meine Seele«, schrieb der junge Gewinner des Pulitzer-Preises, »war hin- und hergerissen zwischen Wut und Furcht. Der Gedanke, dass mir und meinen Brüdern und Schwestern auf der ganzen Welt jahrelang was vorgegaukelt worden war, machte mich wütend. Dann, als ich die Schwierigkeiten überblickte, die mir gegenüberstanden, fing ich vor Furcht zu zittern an. Wäre mir klar gewesen, dass mich die Spur der Schuld ans Schlafzimmer meines Vaters führen würde, hätte ich vielleicht einen Rückzieher gemacht. Natürlich war in mir schon früher ein Verdacht aufgekommen.«

Aber pure Verdächtigungen, so stichhaltig sie auch sein mochten, reichten Bobby und Michelle nicht aus. Sie wollten Beweise. Nach monatelanger, harter und herzzerbrechender Arbeit hatten sie nur Gerüchte, Andeutungen und widersprüchliche Behauptungen zutage gebracht. Dann, Mitte November, als sich die Geschäfte schon für Weihnachten rüsteten, traf Michelle mit einem mysteriösen Mann namens Clayton E. Forster zusammen. Forster gestand, dass er wiederholtermaßen Rolle und Namen des Weihnachtsmannes angenommen habe und dass dieser Betrug aus Geldern finanziert worden sei, die prominente New Yorker Geschäftsleute eigens zu diesem Zweck zurückgelegt hätten. Auf die Frage, ob er jemals den echten Weihnachtsmann getroffen oder mit ihm gesprochen habe, antwortete Forster geradeheraus, dass es den nicht gebe. Forster konnte seine Behauptungen nicht öffentlich wiederholen; daran hinderten ihn städtische Beamte (er wurde nämlich wegen Landstreicherei ins Gefängnis gesteckt). Doch Michelle hatte das Interview auf Tonband aufgenommen, und so waren die Reporterkollegen in der Lage zu hören: »Weihnachtsmann? Mensch, Kinder, das ist doch alles bloß ein Haufen ... (zensiert)! Wacht auf! Es gibt keinen ... (zensiert), und den hat es auch nie gegeben. Dahinter stecken eure ... (zensiert) Eltern!«

Das entscheidende Argument führte allerdings Bobby ins Feld, und zwar mit der Veröffentlichung von verschiedenen Auszügen der Kreditkartengesellschaft, die Mr Oscar Boyd unter anderem mit dem Preis für »2 Trällertröten und 3 Brummkreisel« belasteten. Diese Einkäufe, erledigt in der ersten Dezemberwoche vergangenen Jahres, stimmten *im Detail* überein mit den angeblich vom Weihnachtsmann überbrachten Geschenken für die Boyd-Kinder. »Natürlich sind das alles bloß Indizien«, räumte Barry ›Beaver Collins‹, der Chefredakteur von *Our Own Times*, ein. »Dennoch glauben wir, dass ein Punkt erreicht ist, der uns zwingt, die Öffentlichkeit zu informieren.«

Die Öffentlichkeit reagierte zunächst mit völligem Unverständnis, aber nach und nach wurden ihr die Bedeutung und das Ausmaß dieses vermeintlichen Betrugs klar. Eine am 1. Dezember durchgeführte Meinungsumfrage unter Fünf- bis Achtjährigen wollte wissen: »Glaubst du an den Weihnachtsmann?« Das Ergebnis: ja = 26 %; nein = 38 %; weiß nicht = 36 %. Ältere Kinder zeigten sich noch skeptischer.

Am 13. Dezember versammelten sich schätzungsweise 300 000 Kinder, die aus allen Stadtteilen herbeigeströmt waren, vor dem Elternhaus von Boyd. Sie skandierten »Wir furzen auf die dicken, fetten Heuchler« und veranstalteten im Vorgarten der Boyds eine feierliche Verbrennung von nicht weniger als 128 Weihnachtsmann-Darstellungen. In jeder größeren Stadt fanden zeitgleich ähnliche Protestkundgebungen statt.

Die wirklich tiefgreifenden und längerfristigen Konsequenzen dieses Skandals zeichneten sich aber erst sehr viel später ab, da sie nicht sosehr in dem, was unternommen wurde, begründet lagen, sondern vielmehr in der Unterlassung dessen, was zu tun notwendig gewesen wäre. Die Leute verhielten sich nämlich so, als wäre nicht nur der Weihnachtsmann, sondern auch das Weihnachtsfest schlechthin in Frage gestellt worden. Unverkaufte Geschenkartikel überfüllten Lager und Warenhäuser, und auf den Straßen blieb ein Wald aus sprödem Immergrün zurück.

Erfolglos bemühten sich etliche prominente Personen, die verhängnisvolle Entwicklung aufzuhalten und umzukehren. Der Kongress bewilligte drei Millionen Dollar, um das Kapitol und das Weiße Haus mit einer riesigen Figurengruppe vom Weihnachtsmann und seinen Rentieren zu schmücken, und aus dem Lincoln Memorial wurde vorübergehend eine Gedenkstätte für den Weihnachtsmann. Der Geistliche Billy Graham verkündete, ein persönlicher Freund des Weihnachtsmannes und seiner Frau zu sein und schon des Öfteren Gebetstreffen in dessen Workshop am Nordpol organisiert zu haben. Aber nichts half, um das öffentliche Vertrauen wiederherzustellen.

Am 18. Dezember, eine Woche vor Weihnachten, stürzte der Dow-Jones-Index tiefer denn je zuvor.

In Antwort auf landesweite Bittgesuche seitens der Geschäftsleute wunde der nationale Notstand ausgerufen und Weihnachten um einen Monat auf den 25. Januar verschoben, zu welchem Zeitpunkt das Fest nunmehr gefeiert wird. Die Nationale Vereinigung der Fabrikanten unternahm intensive Anstrengungen, um den in Verruf gekommenen Weihnachtsmann gegen ihre Symbolfigur, die Großmutter Amerikas, einzutauschen. Großmutter Amerika hat gegenüber ihrem Vorgänger den klaren Vorteil, dass sie unsichtbar ist und durch Wände gehen kann. Jenes alte Problem, wie denn Kinder in kaminlosen Häusern an ihre Geschenke kommen, fällt damit flach. Die Hoffnung schien berechtigt, dass diese Kampagne Erfolg haben würde; doch dann regten sich plötzlich konkurrierende Interessengruppen, die am Geschäft der Großmutter Amerikas keinen Anteil hatten und stattdessen Aloysius, den zaubernden Schneemann, ins Spiel brachten. Die Disney Corporation bereicherte das Fernsehprogramm um eine neue, allabendliche Serie unter dem Titel: *Onkel Quetsch und der Geist der Weihnachtsgeschenke.* Diese sich widerstreitenden und von verschiedenen Lobbyisten eingebrachten Ausgrenzungsversuche führten, wie vorauszusehen war, zu noch größerem Zweifel auf Seiten der Kinder und der Erwachsenen. »Früher war ich eine überzeugte Anhängerin des Weihnachtsmannes«, erklärte Bobbys Mutter in einem Exklusivinterview mit ihrem Sohn, »aber jetzt, bei dem ganzen Firlefanz um Großmutter Amerika und all die anderen Typen, weiß ich nicht mehr, woran ich glauben soll. Mir kommt das Ganze irgendwie schäbig vor. Und was Weihnachten angeht, so glaube ich, dass wir das Fest in diesem Jahr ausfallen lassen.«

»Bobby und ich fanden das einfach schrecklich«, erinnerte sich während der diesjährigen Feierlichkeiten zur Verleihung des Pulitzer-Preises die hübsche, kleine (120 cm) Michelle Ginsberg an jene dunklen Novembertage. »Wir berichteten nach bestem

Wissen und Gewissen über das, was wir als Tatsachen in Erfahrung bringen konnten. Nie hätten wir es für möglich gehalten, dass dies zur Rezession oder zu all den anderen Schwierigkeiten führen würde. Ich weiß noch, wie ich am Morgen des 25. Dezembers, der früher einmal als erster Weihnachtstag gefeiert worden war, vor meiner Strumpfhose gesessen habe, die schlaff und leer vorm Kamin hing, und Rotz und Wasser heulte. Das war wohl der schmerzhafteste Augenblick in meinem Leben.«

Dann, am 21. Januar, erhielt die Redaktion von *Our Own Times* einen Anruf des Präsidenten der Vereinigten Staaten, der die beiden Reporter Bobby und Michelle einlud, mit ihm im Präsidentenjet, der *Sprit of '76*, zu einer speziellen Überraschungsreise zum Nordpol zu fliegen.

Was sie dort sahen und wen sie trafen, erfuhr die Nation am Abend des 24. Januar, dem neuen Weihnachtsabend, während einer vom Präsidenten einberufenen Pressekonferenz. Bobby zeigte einen Polaroid-Schnappschuss von den Elfen, die in ihrer Werkstatt bei der Arbeit sind, und ein Foto von sich, wie er dem Weihnachtsmann die Hand schüttelt, der neben ihm im Schlitten sitzt, und eins, wo alle – Bobby, Michelle, der Weihnachtsmann, der Präsident und die First Lady – vor einem großen, gebratenen Truthahn am Tisch zusammensitzen. Anschließend las Michelle eine Liste der Geschenke vor, die sie und Bobby erhalten hatten. Geschätzter Gesamtwert: $ 18 599,95. Frank und frei kommentierte Michelle: »So viel Knete kriegt mein Dad einfach nicht zusammen.«

»Michelle«, fragte der Präsident und zwinkerte, »glaubst du denn jetzt an den Weihnachtsmann?«

»Oh, natürlich. Keine Frage.«

»Und du, Bobby?«

Bobby schaute lächelnd auf die Spitzen seiner neuen Cowboystiefel. »Na klar. Und nicht nur, weil er mir die tollen Geschenke gemacht hat. Sein Bart, zum Beispiel. Ich hab mal kurz daran gezogen und schwöre, dass er echt ist.«

Der Präsident legte die Arme um die beiden Kinder und

drückte sie herzlich. Dann wurde er plötzlich ganz ernst, blickte frontal in die Kamera und sagte: »Bobby, Michelle – eure Freunde, die behauptet haben, dass es den Weihnachtsmann nicht gibt, irren sich. Sie sind dem Skeptizismus einer skeptischen Zeit zum Opfer gefallen. Sie wollen nur glauben, was sie mit eigenen Augen gesehen haben. Sie glauben, dass nichts sein kann, was ihr kleiner Verstand nicht begreift. Aber unser aller Verstand, mein lieber Billy ... eh, Bobby und meine liebe Michelle, ist ganz klein, sowohl bei Erwachsenen wie bei Kindern. In seiner Welt ist der Mensch, auch was seinen Verstand betrifft, winzig klein, so klein wie eine Ameise, wenn man den Vergleich zu den endlosen Weiten unseres Universums heranzieht, das abgesteckt wurde von jenem Geist, der die ganze Wahrheit und alles Wissen in sich trägt.

Nicht an den Weihnachtsmann glauben ...? Da könnte man ja gleich auch alle Feen verleugnen. Kein Weihnachtsmann? Ha! Aber zum Glück lebt er ja, und zwar für immer. Selbst in tausend Jahren – ach, was sage ich? – in zehnmal zehntausend Jahren wird er immer noch die Kinderherzen erfreuen.«

Dann legte er den Finger an den Nasenflügel, zwinkerte freundlich mit den Augen und fügte hinzu: »Abschließend möchte ich euch, Bobby und Michelle, sowie allen anderen Altersgenossen Amerikas, ein fröhliches Weihnachtsfest und eine gute Nacht wünschen.«

Marliese Arold

Die zweite Chance

Der Zug war an diesem Sonntagnachmittag brechend voll. Mir blieb nichts anderes übrig, als mich in die Menge einzureihen, die sich durch die Abteile quetschte. Mein Hintermann schob mich mit sachter Gewalt vorwärts, und ich lief auf meinen Vordermann auf, der unvermutet stehen geblieben war. Der Geruch nasser Wolle stieg mir in die Nase.

»Entschuldigung«, murmelte ich.

»Es geht nicht weiter«, erklärte er.

Ich stöhnte. »Es geht nicht weiter«, gab ich an meinen Hintermann weiter, der mir hartnäckig seine Notebooktasche in die Kniekehlen presste.

Aus der Gegenrichtung drängte eine weitere Schlange mit Reisenden, und weil Koffer und große Taschen den Gang verstopften, dauerte es scheinbar eine Ewigkeit, bis wir uns aneinander vorbeigekämpft hatten. Als ich endlich meinen reservierten Platz erreichte, war ich nass geschwitzt und verfluchte die Tagung, wie ich es an diesem Wochenende schon mehrmals getan hatte. Warum bloß war ich nicht einfach zu Hause geblieben?

Ich hätte zwei schöne, ruhige Tage verbringen können, wäre vielleicht einmal über den Weihnachtsmarkt geschlendert und hätte Geschenke ausgesucht. Aber nein, ich hatte mich breitschlagen lassen, an dieser Podiumsdiskussion über *Trends und Perspektiven der Fantasyliteratur* teilzunehmen. Der Veranstalter hatte mich angerufen und mir vorgeschwärmt, dass gerade von mir wichtige Impulse kämen, das übliche Blabla. Jeder Autor ist in gewisser Weise eitel, ich bilde da keine Ausnahme, also hatte ich mich überreden lassen und war nach Stuttgart gefahren.

Was sich im Nachhinein als großer Fehler entpuppte.

Schon bei der Ankunft ärgerte ich mich, denn mein Hotelzimmer war nicht mehr als ein enges Loch unter dem Dach. Die Heizung sprang erst an, als sich der Hausmeister nach mehrfachem Drängen darum gekümmert hatte. Das größte Ärgernis aber war die Lesung, die am Samstagabend bei Kerzenschein stattfinden sollte. Im Programm gab es eine Änderung. Der Meister unserer Zunft, Matthias Wende, war angekündigt gewesen, aber er war leider erkrankt, und so sprang für ihn Jana van Loon ein, eine Newcomerin, die vor zwei Monaten ihren Debütroman veröffentlicht hatte und seither als eines der ganz großen Talente der Fantasyliteratur galt. In allen wichtigen Blättern war ihr Roman besprochen worden, und in jeder Buchhandlung musste man sich an Stapeln ihres Werks vorbeiquälen, das einem mit seinem neonfarbenenen Cover und dem Hologramm sofort ins Auge sprang.

Doch nicht nur das Buch war ein Hingucker.

Jana van Loon war auch noch jung, Anfang zwanzig, und sah aus wie ein Model. Ihr Autorenfoto machte sich nicht nur in den Zeitungen hervorragend, sondern auch auf dem Buchcover, das sie als Elfenkönigin darstellte. Mit ihrem langen wallenden, feuerroten Haar und ihrem äußerst eng anliegenden, grün schillernden Kleid war sie die Sensation des Abends. Die Kerzenflammen brachten ihr Haar zum Leuchten, während sie mit enthusiastischer Stimme von sich erzählte, von ihrer glücklichen Kindheit, ihren verständnisvollen Eltern und ihrer Leidenschaft für das Schreiben, mit dem sie schon im Alter von sieben Jahren begonnen hatte. Vor allem die männlichen Zuhörer waren wie hypnotisiert. Sie wirkte so zart wie ein Geschöpf aus einer anderen Welt, und die eleganten Handbewegungen, mit denen sie ihre Rede unterstrich, verstärkten noch den Eindruck, als könnte sie, wenn sie wollte, mühelos jeden verzaubern oder besser verhexen.

Und das schaffte sie dann auch, denn als sie endlich zu lesen begann, hätte eigentlich das große Gähnen unter den Fantasyfreunden einsetzen müssen. Der Text wimmelte von hölzernen Sätzen und platten Dialogen, und die Motive, die sie in ihrer Geschichte verwendet hatte, waren alles andere als neu. Aber keiner außer mir schien sich daran zu stören, alle waren verzückt vom Klang ihrer Stimme, von ihrem lieblichen Gesicht und ihrem charmanten Lächeln, das sie nach jedem Absatz ins Publikum schickte.

Niemand konnte ihr widerstehen.

Nach der Lesung bildete sich an ihrem Tisch eine lange Schlange, jeder wollte sich den Roman signieren und eine persönliche Widmung hineinschreiben lassen. Die vorrätigen Exemplare reichten nicht aus, der Buchhändler musste sogar noch einmal in seinen Laden fahren und Nachschub holen. Hatte es das auf einer meiner Lesungen schon einmal gegeben? Hatte ich es überhaupt schon auf irgendeiner Lesung erlebt? Ich saß starr vor Staunen auf meinem Platz, beobachtete das seltsame Treiben und fragte mich, ob Matthias Wende an diesem Abend auch einen solchen Hype ausgelöst hätte. Er hatte in diesem Herbst ebenfalls ein neues Buch herausgebracht, eine grandiose Erzählung über Schuld und Sühne, ein schmales Bändchen, aber phantastisch geschrieben. Die Kritik und auch die Leser waren geteilter Meinung gewesen, aber mir hatte es sehr gut gefallen. Ich hatte das Buch von zu Hause mitgenommen und bedauerte es, dass er es mir nicht signieren konnte.

Nachdem sich die Schlange endlich aufgelöst hatte, gab es im Foyer Wein und Häppchen, man stand in Gruppen zusammen und plauderte. Jana van Loon war von ihren Bewunderern regelrecht eingeschlossen, so eng, dass sie überhaupt nicht mehr zu sehen war. Ich hielt Ausschau nach dem Veranstalter, mit dem ich bisher nur ein paar flüchtige Worte gewechselt hatte, denn ich wollte ihn fragen, was Matthias Wende eigentlich fehlte. Zunächst konnte ich ihn nicht finden, doch dann entdeckte ich ihn im Dunstkreis von Jana van Loon, lachend, scherzend, schamlos flirtend. Ich sah aus der Entfernung eine Weile zu, ohne zu begreifen, wie ein Mann wie er sich so zum Affen machen konnte.

Jemand sprach mich an und fragte mich, ob er mir einmal seine Geschichte schicken könnte, sie sei schon dreimal unbegründet von Verlagen abgelehnt worden. Geistesabwesend gab ich ihm meine Visitenkarte. Mich ödete dieser ganze Abend an. Ich war ziemlich einsilbig und trank zu viel Wein. Am liebsten hätte ich meine Sachen gepackt und wäre heimgefahren, aber am Sonntagvormittag stand noch die Podiumsdiskussion auf dem Programm, deretwegen ich hergekommen war.

Eine halbe Stunde vor Mitternacht hatte ich genug und zog mich in meine Dachkammer zurück, deren Heizung inzwischen wieder ausgefallen war.

Der Sonntag begann ohne den üblichen Stuttgarter Nieselregen, der Himmel war klar und winterblau. Während der gut besuchten Podiumsdiskussion gelang es mir, ein paar originelle Statements abzugeben, und ich kam mit mir und der Welt wieder halbwegs ins Reine. Jana van Loon war glücklicherweise nirgends zu sehen. Beim Mittagessen setzte sich der Veranstalter an meinen Tisch und entschuldigte sich, dass er sich am Tag zuvor kaum um mich gekümmert hatte.

»Sie sind ja gestern Abend so schnell verschwunden.«

»Ich war sehr müde«, log ich.

Er lobte mein letztes Buch und fragte mich, woran ich gerade arbeitete. Ich erzählte ihm, dass ich vor zwei Tagen eine Kurzgeschichte abgeschlossen hatte und mir über Weihnachten eine kleine Auszeit gönnte. Anfang des nächsten Jahres würde ich dann mit einem neuen Roman beginnen.

»Wie hat Ihnen denn der Vortrag von Jana van Loon gefallen?«, fragte er, während wir auf den Nachtisch warteten. »Wir haben ja solches Glück gehabt, dass sie für Matthias Wende eingesprungen ist und die Veranstaltung gerettet hat. Solches Glück.« Er lächelte versonnen vor sich hin.

Unter den Tagungsteilnehmern waren mindestens zehn Leute, mich eingeschlossen, die den Abend hätten besser bestreiten können. Ich verkniff mir die Bemerkung.

Man bot mir an, mich zum Bahnhof zu fahren, aber ich lehnte ab und nahm mir stattdessen ein Taxi. Es regnete inzwischen in Strömen, und ich wollte nur noch nach Hause.

Nie wieder, schwor ich mir, als ich erschöpft im Zug nach Frankfurt saß, nie wieder würde ich zu einer solchen Tagung fahren. Bernd, mein Autorenkollege aus München, hatte vollkommen recht gehabt, dass er erst gar nicht gekommen war. Zu meinem Bedauern. Mein Magen zog sich leicht zusammen, als ich daran dachte, dass die Tagung sicherlich anders verlaufen wäre, wenn Bernd zugesagt hätte. Wir sahen uns viel zu selten. Zwar telefonierten wir häufig miteinander und schickten uns Mails, aber ein persönliches Treffen war eben etwas anderes.

Gerade in Bernds Fall.

Ich starrte aus dem Fenster und blickte hinaus in den Regen. Bernd und ich kannten uns bereits seit vier Jahren, wir waren uns bei den Augsburger Lesetagen begegnet und hatten uns von Anfang an gut verstanden. Inzwischen war eine wunderbare Freundschaft daraus geworden. Was Literatur anging, so lagen wir auf der gleichen Wellenlänge. Es tat einfach gut, sich auszutauschen, um Rat zu fragen oder einfach nur die Meinung des anderen zu einer Textstelle zu hören. Schreiben ist häufig eine sehr einsame Tätigkeit.

Bernd war Anfang vierzig. Vor ein paar Jahren hatte er eine Freundin gehabt, aber mittlerweile hatte er sich getrennt und war wieder auf der Suche. Ich hatte irgendwann festgestellt, dass mein Herz schneller schlug, wenn er anrief; ich fing an, seine Mails anders zu lesen und nach verborgenen Botschaften zwischen den Zeilen zu suchen. Ich war verliebt wie ein Teenager und genauso schüchtern. Dass die Sache nicht so recht voranging, schob ich zunächst auf die räumliche Entfernung, bis mir eines Tages während eines Telefonats klar wurde, dass Bernd ganz und gar nicht die geeignete Kandidatin in mir sah. Beim Herumblödeln waren wir auf das Thema »Traumfrau« gekommen, und ich hatte Bernd provozierend gefragt, wie denn seine Vorstellungen seien. Natürlich hatte ich insgeheim auf eine ganz bestimmte Antwort gehofft.

Bernd hatte kurz überlegt. »Natürlich muss sie toll aussehen«, hatte er dann erwidert. »Sie muss zu mir passen und meine Interessen teilen. Und sie muss Spaß an Sex haben ...«

»Blond oder schwarz?«, hatte ich mit einem Kloß in der Kehle gefragt.

»Die Haarfarbe ist völlig egal.«

Er machte nicht die geringste Andeutung, dass jemand wie ich seinen Erwartungen entsprechen könnte. Ich versuchte, mir nichts anmerken zu lassen, aber ich war enttäuscht. So enttäuscht, dass ich mich darüber ärgerte. Es fiel mir in der ersten Zeit nach diesem Telefonat nicht leicht, noch unbefangen mit Bernd umzugehen. Und noch schwieriger war es, meine Träume aufzugeben.

Während dieser Zugfahrt musste ich nun wieder daran denken. Und ich erinnerte mich an Jana van Loon und wie angetan alle von ihr gewesen waren – trotz ihres grauenvollen Schreibstils. Aber hatte das irgendjemanden an diesem Abend interessiert? Schöne Menschen hatten es im Leben eben doch viel leichter, obwohl jeder behauptete, dass es auf die inneren Werte ankam. Alles Lügen! Frustriert starrte ich aus dem Fenster in die dunkel werdende Landschaft.

Seit fünfzehn Jahren schrieb ich Fantasyromane und war inzwischen in der Szene ziemlich bekannt geworden, wenn auch natürlich niemals ein solcher Rummel um mich veranstaltet worden war wie um Jana van Loon. Das Schreiben machte mir sehr viel Spaß, und ich hatte mir damit einen Kindheitswunsch erfüllt. Nachdem ich meinen ersten Verlagsvertrag erhalten hatte, hatte ich mein Lehramtsstudium abgebrochen und mich aufs

Schreiben konzentriert. Anfangs hatte ich noch jobben müssen, um mich über Wasser zu halten, aber nach einer Weile hatte ich von meinen Büchern und den Lesungen leben können.

Mit Mitte zwanzig hatte ich geheiratet. Thomas hatte in derselben Stadt wie ich Betriebswirtschaft studiert. Anfangs war unsere Ehe sehr glücklich gewesen, selbst wenn Thomas meine Leidenschaft fürs Schreiben nie so recht teilen konnte und mich immer ein wenig für verrückt hielt. Mit dreißig wollte ich Kinder, ich träumte von einem idyllischen Familienleben, aber ich wurde nicht schwanger, obwohl wir es drei Jahre lang intensiv probierten. Weder Thomas noch ich hatten Lust auf eine Odyssee von Arzt zu Arzt, wir gaben einfach auf. Seitdem hatten wir uns nur noch sehr wenig zu sagen, und als ich eines Tages feststellte, dass Thomas schon etliche Monate eine Affäre mit einer Arbeitskollegin hatte, packte ich meine Sachen und zog zu meinen Eltern.

Nach der Scheidung fand ich in Frankfurt eine schöne Wohnung und konzentrierte mich auf meinen Beruf. Ich gewann mehrere Preise, und einige meiner Bücher wurden sogar mit einigem Erfolg auf dem amerikanischen Markt verlegt.

Es lief eigentlich alles ganz gut. Aber mehr auch nicht. Ich schlitterte in einige Beziehungen, die alle nur wenige Wochen dauerten. Die große Liebe war nicht darunter. Die große Liebe, zu dieser Erkenntnis war ich inzwischen gelangt, gab es ohnehin nicht.

Als der Zug in Frankfurt einfuhr, war es draußen bereits stockfinster. Auf dem Hauptbahnhof herrschte Gedränge, Weihnachtsmusik dudelte aus den Lautsprechern, und in den kleinen Buden wurden Kerzen, Honig und Christbaumschmuck angeboten. Es duftete nach Zimt und heißen Crêpes, und als ich an den Buden vorbeihastete, um meine S-Bahn noch zu erreichen, fragte ich mich, an welchem Punkt meines Lebens Weihnachten für mich den Zauber verloren hatte.

Es musste schon lange her sein. In meiner Kindheit war

Weihnachten eine Zeit der Wünsche und der Geheimnisse gewesen, ein Fest, auf das ich mich in feierlicher Erwartung gefreut hatte. Wenn der Christbaum dann endlich in seinem Lichterglanz erstrahlte, war ich unbeschreiblich glücklich.

Nichts davon war übrig geblieben. Das Weihnachtsgeschäft kurbelte natürlich den Buchverkauf an, das war mein bedeutendster Berührungspunkt mit diesem Fest, aber sonst?

Während ich auf die S-Bahn wartete, überlegte ich, was mich jetzt wirklich glücklich machen würde. Die einzige Antwort, die mir einfiel, war, Weihnachten mit Bernd zu verbringen. Und das nicht bloß als Freunde.

Die S-Bahn fuhr ein. Ich zerrte meinen Trolley hinter mir her und fand einen freien Vierersitz, sodass ich wenigstens meine Beine ausstrecken konnte. Ich fühlte mich ausgelaugt und müde und freute mich auf ein heißes Bad. Vielleicht hatte Bernd ja angerufen und mir auf meinen Anrufbeantworter gesprochen. Oder er hatte mir eine Mail geschickt. Aber vermutlich hatte er Besseres zu tun in der Hektik der Weihnachtszeit.

An der nächsten Station stieg eine schwarz gekleidete Frau zu und setzte sich mir gegenüber. Etwas unwillig zog ich meine Füße zurück. Dann fiel mein Blick auf ihr Gesicht.

Sie war unglaublich schön. Ihre Haut hatte einen leichten Bronzeschimmer, die Backenknochen waren hoch, die Augen groß. Ihre Züge selbst waren von einer absoluten Ebenmäßigkeit und Harmonie, als hätte ein Bildhauer sie gestaltet. Einfach perfekt.

Ich starrte die Frau an und war regelrecht hingerissen. Und, ohne es zu wollen, wallte Neid in mir auf. Was würde ich für so ein Aussehen geben! In diesem Moment schoss es mir durch den Kopf, dass ich – hätte ich die Wahl – ohne die geringsten Bedenken mein schriftstellerisches Talent gegen eine derartige Schönheit eintauschen würde.

Ja, das würde ich tatsächlich tun!

Die Frau hob die Brauen, und ich drehte meinen Kopf schnell zur Seite, peinlich berührt, weil ich sie so angegafft hatte.

Ich spürte, wie sie mich aus den Augenwinkeln beobachtete. Spürte ihren Blick fast wie ein körperliches Kribbeln. Dann huschte ein leichtes Lächeln über ihr Gesicht. An der nächsten Station stieg sie aus, und ich konnte meine Beine für den Rest der Fahrt ausstrecken. Das seltsame Gefühl ließ mich nicht los.

In meiner Wohnung war es warm, und das Licht des Anrufbeantworters blinkte. Noch in Mantel und Stiefeln drückte ich auf den Wiedergabeknopf.

»Hallo, Marlene, hier ist Bernd. Wollte nur mal hören, wie es in Stuttgart gelaufen ist. Ruf mich an, wenn du zurückkommst. Ciao.«

Ich schlüpfte in meinen kuscheligen Hausanzug, aß eine Banane, setzte Tee auf und rief Bernd zurück. Ich berichtete, wie es gewesen war und dass er überhaupt nichts versäumt hatte. Dann fragte ich ihn, ob er gut mit seinem Roman vorankomme. Er erzählte mir, wie er sich den Schluss vorstellte, und las mir ein Stück vor, das er an diesem Tag geschrieben hatte. Es gefiel mir sehr.

»Voraussichtlich werde ich bis Weihnachten mit dem Roman fertig sein«, sagte Bernd. »Noch zehn, höchstens zwanzig Seiten, dann habe ich es geschafft.«

»Toll«, erwiderte ich. Er arbeitete seit dem Frühjahr daran, und ich konnte nachvollziehen, welche Erleichterung es war, einen 600-Seiten-Wälzer abzuschließen.

»Und du, was macht deine neue Idee?«, fragte Bernd.

»Ich habe ein paar gute Ansätze«, antwortete ich. »Auf der Fahrt nach Stuttgart habe ich mir ein paar handschriftliche Notizen gemacht. Aber richtig fange ich erst nächstes Jahr an, über Weihnachten habe ich mir frei genommen.«

Auch er würde frei haben, wenn er seinen Roman beendet hatte, und ich wünschte mir, er würde vorschlagen, unsere freien Tage gemeinsam zu verbringen. Doch leider wechselte er das Thema und redete von einem Buch, das er gerade las und das er mir wärmstens empfehlen konnte. Nach einer Dreiviertelstunde beendeten wir das Gespräch, und ich fühlte mich unzufrieden, ohne dass es eine Verstimmung zwischen uns gegeben hatte. Ich ließ heißes Wasser in die Badewanne ein, goss Rosmarinöl dazu, zündete Kerzen an und ließ meine Lieblingsplatte laufen. Dann stieg ich in die Wanne, aber weder das Bad noch die Musik ließen die Leere in meinem Innern verschwinden.

Vielleicht lag es daran, dass ich mir eine Schreibpause verordnet hatte. Ich hatte schon häufig festgestellt, dass ich mich besser fühlte, wenn sich meine Gedanken auf eine Geschichte konzentrierten. War ich unbeschäftigt, fing ich an, immer wieder die gleichen wunden Punkte in meinem Leben aufzuwerfen. Ich dachte auch an Thomas, der mit seiner ehemaligen Arbeitskollegin nun eine dreijährige Tochter hatte, und weil wir seit dem Sommer wieder lockeren Kontakt hatten, überlegte ich, ob ich der Kleinen etwas zu Weihnachten schenken sollte. Vielleicht erwartete Thomas das sogar von mir.

Ich konnte mich zu keiner Entscheidung durchringen. Tropfend stieg ich aus der Wanne, trocknete mich ab und föhnte vor dem Spiegel mein Haar, das ungewohnt glänzend über meine Schultern fiel. Offenbar stammte der Glanz von dem Shampoo, das ich zum ersten Mal verwendet hatte. Überhaupt sah mein Gesicht sehr entspannt aus, fand ich, geradezu erholt, und ich war beruhigt, dass die Tagung in Stuttgart keine Spuren hinterlassen hatte. Etwas ausgeglichener setzte ich mich an den Schreibtisch und fuhr den Computer hoch, um meine Notizen für den Roman in eine Computerdatei zu übertragen.

Als ich das Heft aufschlug und meine Kritzeleien betrachtete, konnte ich plötzlich nichts mehr damit anfangen. Die Stichpunkte und Gedankenblitze, die mir im Zug so vielversprechend oder sogar genial vorgekommen waren, erschienen mir nur noch banal und langweilig, teilweise richtig albern. Die meisten Ideen standen leer im Raum, ich konnte mich nicht mehr an den Zusammenhang erinnern, der mir noch auf der Fahrt völlig klar gewesen war. Trotzdem tippte ich die einzelnen Worte in den Computer, darauf hoffend, dass sich mir die Querverbindungen beim Aufschreiben wieder erschließen würden oder dass sich daraus neue Handlungsfäden spinnen ließen … Normalerweise kann ich aufgrund weniger Stichworte eine Geschichte entwickeln; einmal angestoßen, beginnen die Rädchen in meinem Kopf auf Hochtouren zu rattern, und eine Assoziation reiht sich an die andere …

Doch diesmal passierte nichts dergleichen. Die geschriebenen Worte blieben einsame Solisten, es war kein Orchester erkennbar, keine Ordnung, nicht die Andeutung einer hinreißenden Komposition.

Frustriert schaltete ich den Computer aus. Vielleicht musste ich ganz neue Ansatzpunkte finden und den Roman völlig anders angehen. Ich hoffte, dass ich keine Schreibblockade hatte. Das war mir noch nie passiert. Vermutlich sollte ich wirklich einmal eine Schreib- und Ideenpause einlegen und die freien Tage als solche genießen. Ich hatte schließlich noch genug Zeit, den neuen Text musste ich erst im kommenden Sommer abliefern.

Während ich zu Abend aß, zappte ich durch das Fernsehprogramm. Die Werbung erinnerte penetrant daran, dass Weihnachten bevorstand.

Weil mich kein Programm fesselte, ging ich früh schlafen – nicht ohne einen zufriedenen Blick auf mein Spiegelbild geworfen zu haben. Mein Haar schimmerte weich und seidig. Im Bett fasste ich den Entschluss, am nächsten Tag noch einmal Bernd anzurufen und das Thema Weihnachten einfach anzusprechen. Vielleicht konnten wir uns ja doch treffen. Was sprach denn dagegen, etwas zusammen zu unternehmen? Wir hatten uns das letzte Mal im August gesehen, und schließlich waren wir gute Freunde.

Ich wartete mit dem Anruf bis elf Uhr vormittags, um ganz sicherzugehen, Bernd nicht aus dem Bett zu werfen. Meistens arbeitete er bis spät in die Nacht, manchmal bis drei Uhr morgens. Dafür begann er mit dem Schreiben nie vor dem Nachmittag.

Bernd freute sich offensichtlich, dass ich anrief. Er war nachts gut vorangekommen und las mir wieder ein Stück vor. Ich lobte seinen Text, auch wenn ich kaum zugehört hatte.

Als ich mich dann durchgerungen hatte, ihm vorzuschlagen, sich über Weihnachten zu treffen, war er sofort einverstanden. Mir fiel ein Stein vom Herzen. Er lud mich nach München ein und machte gleich Vorschläge, was wir unternehmen konnten, Stadtbummel über den Weihnachtsmarkt, Theaterbesuch, eine Schneewanderung in den Bergen. Er sprudelte regelrecht über vor Ideen. Allerdings musste ich mir in Erinnerung rufen, dass er nicht nur meinetwegen so euphorisch war, sondern wohl hauptsächlich deswegen, weil sein Roman bald fertig war.

Trotzdem schwebte ich nach dem Telefonat wie auf Wolken, und ich beschloss, in die Stadt zu fahren, um nach einem passenden Weihnachtsgeschenk für Bernd Ausschau zu halten.

Unterwegs überkam mich die Lust, mir auch etwas Neues zum Anziehen zu kaufen, speziell für den Besuch in München. Mein Konto war momentan gut gefüllt, weil vor kurzem zwei meiner Bücher ins Ausland verkauft worden waren. Ich fand auf Anhieb einen schwarzen Rock und zwei Oberteile, die ich anprobierte. Als ich mich in der Kabine auszog, wappnete ich mich gegen den Anblick im Spiegel, aber das Licht schimmerte an diesem Tag ungewohnt freundlich, ohne die Haut bleich erscheinen zu lassen. Die ausgesuchten Teile saßen wie angegossen. Als ich mich vor dem Spiegel drehte, schwang der lange Rock genauso, wie ich es mir vorgestellt hatte, und ich schien darin förmlich zu schweben. Ich fühlte mich wie eine Königin, als ich zur Kasse ging, so zufrieden war ich mit meiner Wahl.

Für Bernd kaufte ich einen Krimi, den er schon mehrmals erwähnt hatte. Ein zu großes Geschenk schien mir zu aufdringlich, ein Buch war aber immer gut. Ich besorgte auch Geschenke für meine Eltern und sogar für Thomas' Tochter. Den Abend verbrachte ich damit, Päckchen zu packen.

Die Woche verging wie im Flug. Am Mittwoch schickte mir Bernd eine Mail, dass er mit seinem Roman fertig sei und den Champagner schon kalt gestellt habe.

Ich war freudig aufgeregt, aber auch ziemlich nervös, als ich einen Tag vor Heiligabend in den Zug nach München stieg. Ich trug meinen neuen langen Rock, darunter hohe schwarze Stiefel, und während ich durch das Abteil ging, um meinen Sitzplatz zu suchen, fiel mir auf, dass mir die Blicke der Männer folgten.

Der Sitzplatz neben mir war leer, also konnte ich mich mit meinem Gepäck ungestört ausbreiten. Es war ein sonniger Tag, und je mehr ich mich München näherte, desto blauer wurde der Himmel. Die Ackerschollen waren mit Raureif überzogen, und die kahlen Zweige der Bäume glitzerten im Sonnenlicht. Ich war in Hochstimmung.

Als der Zug in den Münchner Hauptbahnhof einfuhr, entdeckte ich Bernd am Ende des Gleises. Wir fielen uns lachend in die Arme, ich roch sein herbes Aftershave, das ich so mochte. Dieses Mal machte es mich regelrecht verrückt. Dann trat Bernd einen Schritt zurück, musterte mich und erklärte verblüfft: »Marlene, du siehst großartig aus!«

»Danke«, erwiderte ich nur.

»Nein, das meine ich ehrlich. Du siehst ganz verändert aus. Was ist mit dir geschehen?«

Ich runzelte die Stirn. »Wenn das ein Kompliment sein sollte, ist es schiefgegangen.«

Sogleich wollte er sich entschuldigen, doch ich grinste ihn an, und er stieß erleichtert Luft aus.

Auf dem Weg zu seinem Auto sprachen wir von seinem Roman. Bernd hatte noch kein Feedback von seinem Verlag, aber der Lektor hatte versprochen, den Text mit nach Hause zu nehmen und über Weihnachten zu lesen. Die übliche Warterei.

»Verzeih mir, wenn du keine besonders große Freude an mir haben wirst«, kündigte Bernd an. »Wahrscheinlich bin ich die ganze Zeit ungenießbar.«

Die Zeit zwischen der Abgabe des Buches und dem ersten Feedback des Verlags ist hart, fast noch schlimmer als der Endspurt beim Schreiben. Ich versicherte Bernd, dass ich alles tun würde, um ihn auf andere Gedanken zu bringen, worauf er mit einem eigentümlichen Blick antwortete.

Er wohnte in einer Loftwohnung im Westend. Ich beneidete ihn um diese Wohnung, auch wenn die Miete irrsinnig hoch sein musste. Den größten Teil der Wohnung nahm das riesige Wohnzimmer ein, das zum Flur und zur Küche hin offen war. Schlaf- und Arbeitszimmer und das Bad waren dagegen mit Türen abgetrennt. Mittlerweile hatte Bernd seinen Schreibplatz ins Wohnzimmer verlegt, weil er die Aussicht durch die großen Fenster inspirierend fand. Das Arbeitszimmer diente nun als Gästezimmer. Ich spürte eine leichte Enttäuschung, als Bernd meinen Koffer dort abstellte. Aber was hatte ich erwartet?

»Ich hoffe, dass du dich bei mir wohl fühlst«, meinte er etwas ratlos.

»Danke, sehr gemütlich«, erwiderte ich.

»Möchtest du einen Kaffee?«

»Gerne.«

Wir gingen in die Küche.

»Keine Traumfrau in Sicht?«, fragte ich provozierend, als wir an seinem Schlafzimmer vorbeikamen.

»Ach«, sagte er nur und zuckte die Achseln. »Ich bin die Suche allmählich leid.«

Im Wohnzimmer stand ein riesiger, sehr schön geschmückter Weihnachtsbaum.

»Ich dachte, du hast nie einen Weihnachtsbaum«, murmelte ich überrascht.

»Dieses Jahr schon.« Bernd grinste. »Deinetwegen.«

Wir tranken Kaffee und unternahmen einen Spaziergang. Obwohl noch immer die Sonne schien, wehte ein kalter Wind, und es roch nach Schnee. Ich hatte meine Handschuhe in Bernds Wohnung vergessen, und meine Finger schmerzten bald vor Kälte. Ich hauchte sie an. Bernd lachte und griff nach meinen Händen, um sie zu wärmen.

»Ich freu mich schon auf die Berge«, sagte ich.

»Und ich freu mich auf den Abend mit dir«, erwiderte er.

Wir sahen uns in die Augen, bis ich meinen Blick senkte.

»Ja, endlich mal wieder in Ruhe quatschen«, murmelte ich. »Nicht nur am Telefon.«

»Frierst du nicht in deinem schönen Rock?«, fragte Bernd.

»Schon«, gab ich zu.

»Bei der Bergtour musst du dir was anderes anziehen.«

»Keine Sorge, ich bin ausgerüstet.«

Nachdem die Sonne untergegangen war, wurde es ungemütlich, und wir kehrten um.

»Ist es dir recht, wenn ich für uns koche, oder möchtest du essen gehen?«, erkundigte er sich.

»Es ist mir sogar sehr recht, von dir bekocht zu werden.«

Bernd entfachte ein Feuer im Kamin. Dann verschwand er in der Küche. Ich wollte wissen, ob ich ihm helfen könnte, doch er bestand darauf, alles allein vorzubereiten. Ich ging ins Gästezimmer, um aus meinem Koffer eine Flasche Wein zu holen, die ich für Bernd mitgebracht hatte. Dabei fiel mein Blick auf den großen Standspiegel.

Der Spaziergang hatte eine gesunde Farbe auf meine Wangen gezaubert, ich wirkte jung und unternehmungslustig. Meine Augen leuchteten. Ich trat ganz nah vor den Spiegel, dann wieder ein Stück zurück und fragte mich, wodurch sich mein Aussehen so verändert hatte. Das war doch immer noch ich, oder nicht? Ich war es – und auch wieder nicht. Es schien, als hätte ein Fotograf mein Spiegelbild so lange retuschiert und jeden Makel verschwinden lassen, bis nur noch meine schönen Seiten sichtbar waren. Unglaublich.

Plötzlich kam mir ein abenteuerlicher Gedanke.

Die Frau in der S-Bahn. Sie war wunderschön gewesen, makellos, wie ich jetzt, und sie hatte so geheimnisvoll gelächelt …

Konnte es sein, dass diese Begegnung irgendetwas bewirkt hatte? War es möglich, dass die Frau meinen Wunsch nach Schönheit erfüllt hatte? Dass sie eine Magierin war?

Ich schüttelte den Kopf. Unmöglich. Was fiel mir nur ein? Verwechselte ich jetzt endgültig Phantasie und Wirklichkeit? Vielleicht sollte ich besser Kriminalromane schreiben.

»Was treibst du dahinten?«, rief Bernd aus der Küche.

Ich griff nach der Weinflasche und verließ das Zimmer.

Das Menü, das Bernd gekocht hatte, war vorzüglich.

»Wenn es mit dem Schreiben eines Tages nicht mehr klappen sollte, dann hast du noch ein zweites Standbein als Koch«, meinte ich und lehnte mich zufrieden auf meinem Stuhl zurück.

Bernd sah erschrocken aus. »Willst du damit sagen, dass meine Bücher schlechter geworden sind?«

Ich lachte. »Im Gegenteil, du wirst immer besser. Ich bin schon sehr gespannt auf deine neue Geschichte. Hoffentlich darf ich sie bald lesen.«

»Erst, wenn das Buch herausgekommen ist.« Er griff nach einem Glas Wein. Dann gestand er zögernd, wie sehr er davor Angst hatte, eines Tages die Kreativität zu verlieren und auszubrennen wie ein Streichholz. Es war die typische Angst eines Schriftstellers, auch wenn sie mich selbst noch nie geplagt hatte. Bis jetzt.

»Es muss furchtbar sein, wenn man begreift, dass man nichts mehr zu erzählen hat.«

»Und noch furchtbarer, wenn man es nicht begreift«, ergänzte ich.

Unsere Blicke trafen sich. Bernd beugte sich über den Tisch, ergriff meine Hand und drückte sie.

»Weißt du, wie froh ich bin, dass du hier bist? Du bist das Beste, was mir in meinem Leben passiert ist. Mit dir kann ich über alles reden, du verstehst mich.«

Ein warmes Gefühl breitete sich in mir aus. »Ich bin auch

sehr froh, dass du mein Freund bist«, gestand ich. »Und mehr als ein Freund.«

Und dann beugte ich mich vor und küsste ihn auf den Mund.

Im ersten Moment war er völlig überrascht, aber dann erwiderte er meinen Kuss.

Mein Bett im Gästezimmer blieb in dieser Nacht unberührt. Wir liebten uns mehrere Male, so als müssten wir das bisher Versäumte nachholen. Unsere Liebe war stürmisch, zärtlich und manchmal auch fast bewegungslos, um die Innigkeit, die uns verband, staunend auszukosten.

Am anderen Morgen erwachte ich früher als er, und ich konnte ihn beim Schlafen beobachten. Mein Wunsch war endlich in Erfüllung gegangen, und wir hatten eine wunderschöne Nacht verbracht. Trotzdem hatte ich Angst, dass er vielleicht bereuen könnte, was geschehen war – dass es unüberlegt gewesen war und seinen Prinzipien widersprach; dass er sich hatte hinreißen lassen oder dass der Alkohol daran schuld gewesen war. Schließlich hatte ich keinerlei Anhaltspunkte, dass er seine Einstellung mir gegenüber geändert hatte. Ich wusste nur, dass er es leid war, nach seiner Traumfrau zu suchen, vielleicht bedeutete ich zu diesem Zeitpunkt nur eine willkommene Abwechslung.

Doch meine Zweifel zerstreuten sich in dem Moment, als er die Augen aufschlug.

»Marlene …« Er zog mich lächelnd in die Arme.

Die nächsten Tage waren wunderbar, wie ein einziger Glücksrausch. München war voller Menschen, aber es schien nur uns zwei zu geben, und alles, was wir sahen oder hörten, war für uns bestimmt – der Weihnachtsmarkt, das Glockenläuten der Marienkirche, die Schneeflocken, die vom Himmel fielen. Als wir am zweiten Weihnachtstag in die Berge fuhren und das grandiose Alpenpanorama vor uns lag, wurde mir bewusst, wie unglaublich und unfassbar unsere Liebe war – genauso majestätisch und Ehrfurcht einflößend wie dieses Naturwunder. Ich kam immer mehr zu der Überzeugung, dass eine übernatürliche Kraft ihre Hand im Spiel gehabt hatte.

Mein Spiegelbild zeigte mir jeden Tag neue Facetten: weiße, strahlende Zähne, eine makellose Haut, dichte, lange Wimpern. Meine Oberschenkel waren straff und glatt. Wissenschaftler behaupten, dass einen die Liebe schön macht, weil vermehrt Hormone ausgeschüttet werden.

Doch mir kam das Ganze allmählich unheimlich vor …

Nach einer Woche bekam Bernd von seinem Lektor endlich eine Rückmeldung wegen des Romans. Er war begeistert, ja geradezu enthusiastisch und sprach »vom perfekten Buch«, wenn es Bernd gelänge, ein paar wenige Stellen noch zu optimieren. Bernd versicherte, dass er sich gleich an die Arbeit machen würde.

Am Abend war Bernd ziemlich wortkarg. Ich kannte das Phänomen nur zu gut; wenn ich mich in Gedanken mit meiner Geschichte beschäftigte, war ich ebenfalls eine sehr schlechte Gesprächspartnerin. Ich ließ Bernd also in Ruhe, doch er wurde immer unleidlicher, weil ihm offensichtlich nichts einfiel, wie er die Szenen wirklich verbessern könnte. Schließlich kam er zu mir und bat mich, mit ihm zusammen zu überlegen. Ein gemeinsames Brainstorming hatte uns schon oft auf gute Ideen gebracht und aus so mancher Sackgasse geholfen. Ich sagte ihm nicht, dass ich selbst seit Tagen nichts Sinnvolles zustande gebracht hatte. Er erzählte mir, worum es ging, und ich versuchte, einige Einfälle beizusteuern. Bis vor kurzem hatte mir so etwas kaum Mühe bereitet, doch diesmal zermarterte ich mir vergeblich mein Gehirn. Die Ideen, die ich hatte, waren so schwach, dass Bernd sie mit einer Handbewegung vom Tisch fegte.

»Es tut mir leid«, sagte ich schließlich. »Ich glaube, es liegt daran, dass ich zu wenig mit deiner Geschichte vertraut bin.«

Bernd sah ein, dass ich ihm keine große Hilfe sein würde. »Ich werde im neuen Jahr mit meinem Lektor darüber reden.«

Ich fürchtete, dass er insgeheim von mir enttäuscht war. Und das konnte ich ihm nicht einmal übel nehmen.

Als wir uns in der Nacht liebten, merkte ich, dass es anders war als sonst. Bernd hatte sich innerlich von mir zurückgezogen.

Ich schlief schlecht, und in einem meiner wirren Träume begegnete mir die Frau aus der S-Bahn. Mit ihren grünen Augen schien sie direkt auf den Grund meiner Seele zu blicken, während sie hintergründig lächelte.

Bernd und ich verbrachten noch Silvester miteinander, danach reiste ich ab.

»Wir telefonieren«, sagte Bernd beim Abschied am Bahnhof. Es klang eigentümlich und ließ mich mit einem unguten Gefühl zurück.

Zuhause erwartete mich verspätete Weihnachtspost und die Ankündigung meines Verlags, dass eines meiner älteren Bücher aus dem Programm genommen war. Gleichzeitig schrieb mir meine Lektorin, wohl um mir diese schlechte Nachricht zu versüßen, dass sie sich freue, bald Näheres über mein neues Buchprojekt zu erfahren. Ob ich im Januar nicht in den Verlag kommen wolle?

Ich legte seufzend die Post beiseite und begann, meinen Koffer auszupacken. Dann schaltete ich den Computer an und rief meine Mails ab. Es dauerte ewig, denn Bernd hatte mir sehr viele Fotos von unseren gemeinsamen Tagen geschickt.

Damit du mich in Frankfurt nicht vergisst, hatte er dazugeschrieben.

Ich betrachtete die Bilder, und mein Magen zog sich vor Sehnsucht und Sorge zusammen. Jedes Foto war ein Zeugnis unseres Glücks. Dann klickte ich mich ein zweites Mal durch die Bilder, die in chronologischer Reihenfolge angeordnet waren. Ich sah von Foto zu Foto schöner und strahlender aus …

Nach dem dritten Durchlauf war ich überzeugt, dass ich mich nicht geirrt hatte. Die Bilder waren der Beweis und dokumentierten, dass sich mein Aussehen von Tag zu Tag zum Positiven veränderte. Konnte Schönheit eine rasch verlaufende Krankheit sein?

Ich begann, im Internet nach ähnlichen Fällen zu suchen, googelte und gab die unterschiedlichsten Stichworte ein. Nichts.

Schließlich tippte ich *Schönheit durch Magie*, daraufhin erhielt ich jede Menge Treffer. Die meisten verwiesen auf die Homepages von modernen Hexen und praktizierenden Magierinnen, deren Dienste man buchen konnte.

Das war doch absurd.

Ich stieß ein Lachen aus und fuhr den Computer herunter.

In den nächsten Tagen beantwortete ich Fanpost, brachte meinen Bürokram in Ordnung und organisierte meine nächsten Lesereisen. Wenn ich schon nicht schrieb, konnte ich wenigstens andere Dinge tun. Auch mit Bernd telefonierte ich einige Male, aber er wirkte stets unkonzentriert und zurückhaltend. Ich vermutete, dass er mit seinem Roman beschäftigt war, und beschloss, ihn nicht weiter zu stören, sondern zu warten, bis er sich wieder melden würde.

Endlich setzte ich mich auch wieder an den Computer und versuchte erneut, meinen nächsten Roman zu planen. Ende Januar würde ich zu meinem Verlag fahren müssen. Dann konnte ich nicht mit leeren Händen dastehen wie jetzt. Das war mir noch nie passiert.

Doch mir fiel nichts ein. In meinem Kopf herrschte Leere. Je mehr ich mich anstrengte, desto verzweifelter wurde ich. Stundenlang starrte ich auf den Bildschirm, ohne ein einziges Wort zu schreiben. Ich heulte, tobte, betrank mich. Ich gönnte mir ausgiebige Shoppingtouren und stopfte mich voll mit Süßigkeiten. Nichts half.

Aus meiner Verzweiflung wurde allmählich Panik. Was sollte ich meiner Lektorin erzählen? Wie sollte ich bis zum Sommer einen neuen Roman zustande bringen, wenn mir alle Ideen wie Sand zwischen den Fingern zerrannen? Dass sich Bernd nun überhaupt nicht mehr meldete, trug nicht gerade dazu bei, meine Stimmung zu heben. Ich hatte ihm zwischendurch zwei Mails geschickt, auf die er nicht reagiert hatte.

Schließlich brach ich alle meine Vorsätze und rief ihn an.

Nach dem zweiten Läuten sprang Bernds Anrufbeantworter an und teilte mir mit, dass Bernd bis Mitte Februar verreist sei.

Jetzt wusste ich, dass sich Bernd wirklich von mir distanziert hatte. Früher war er nie verreist, ohne sich wenigstens kurz von mir zu verabschieden. Es lag nicht nur an seinem Roman, dass er sich so zurückgezogen hatte, das war nun nicht mehr zu leugnen.

Es lag an mir.

Als ich meine Sachen für den Verlagsbesuch in Hamburg packte, hatte ich mir eine Strategie zurechtgelegt. Manche Autoren machen ein großes Geheimnis aus dem, was sie schreiben, und reden erst über einen Roman, wenn er fertiggestellt ist. Warum sollte ich diesmal nicht nach derselben Methode verfahren? Auch wenn man mich eigentlich als Autorin kannte, aus der die Ideen nur so heraussprudelten.

Doch wem würde es nützen, wenn ich mich bei meiner Lektorin ausheulte? Wenn ich ihr vorjammerte, dass es nicht mit rechten Dingen zuging, dass die Leere in meinem Kopf keine natürliche Ursache hatte, sondern dass ich vermutlich verhext war? Dass ich durch einen unbesonnenen Wunsch kurz vor Weihnachten mein Schreibtalent gegen Schönheit eingetauscht hatte, nur um einen Mann zu erobern, der inzwischen nichts mehr von mir wissen wollte? Meine Lektorin würde wahrscheinlich dafür sorgen, dass ich schnurstracks in die Psychiatrie eingewiesen werden würde, und langsam glaubte ich, dass ich dort am besten aufgehoben war …

Es tat immerhin gut, Frankfurt hinter sich zu lassen. Die Zugfahrt lenkte mich ab. Draußen vor den Fenstern lagen die Felder in Winterruhe. Rauch stieg aus den Kaminen der Häuser. Alles hatte seine Ordnung, keine Spur von Magie. Ich atmete tief durch. Vielleicht war ich nur viel zu lange mit mir allein gewesen.

In Hamburg nahm ich mir ein Taxi und fuhr damit zum Verlag. Meine Lektorin freute sich sehr, mich zu sehen. Auch der Verlagsleiter steckte den Kopf ins Zimmer und begrüßte mich begeistert. Das gemeinsame Mittagessen verlief sehr entspannt.

Danach sah ich die ersten Umschlagentwürfe für mein neues Buch. Den Autorennamen wollte man diesmal besonders hervorheben.

»Denn die Leute kaufen den Roman wegen deines Namens und nicht wegen des Inhalts«, erklärte meine Lektorin strahlend.

Sie ahnte gar nicht, wie recht mir das war. »Dann ist es ja im Prinzip ganz egal, was ich schreibe.«

Ihr Lächeln wurde unsicherer. »Nun, ganz so ist es auch wieder nicht.« Natürlich wollte sie nun wissen, worüber ich schrieb. Ich setzte ein geheimnisvolles Gesicht auf und behauptete, es würde Unglück bringen, in diesem Stadium darüber zu sprechen, da es diesmal ein ganz besonderes Buch werden würde. Aber wenn ich mit dem Roman fertig sei, sei sie die Erste, die ihn lesen dürfe.

Sie war nicht glücklich, aber sie gab sich damit zufrieden. Wir verbrachten einen schönen Nachmittag. Beim Abschied schienen sie dann doch ein paar Zweifel zu plagen, denn sie zupfte mich vertraulich am Ärmel.

»Aber es bleibt doch dabei, was wir abgesprochen haben, Marlene? Du lieferst im Sommer ab?«

»Hab ich schon je mein Wort gebrochen?«, entgegnete ich.

»Nein«, sagte sie. »Du bist schließlich Profi, und wenn man sich auf jemanden verlassen kann, dann auf dich.«

Ich lächelte schief. Das hatte ich auch immer gedacht.

Auf der Rückfahrt nach Frankfurt versank ich in tiefe Verzweiflung. Ich hatte das Gefühl, dass ich mich immer mehr verstrickte, und wenn mir nicht bald eine Lösung einfiel, dann würde ich aus dieser Falle nicht mehr herauskommen. Ich hatte Bernd verloren, und ich würde auch meinen Ruf als Schriftstellerin verlieren. Was nutzte mir da meine neu gewonnene Schönheit? Sie kam mir jetzt wie ein Fluch vor …

Ich musste wieder an die Magierinnen denken, die im Internet ihre Dienste anboten. Noch in derselben Nacht suchte ich mir eine Adresse in Frankfurt heraus und vereinbarte am nächsten Tag telefonisch einen Termin für die kommende Woche.

Als ich den Arbeitsraum der Hexe betrat, war ich sicher, endgültig den Verstand verloren zu haben, dass ich mich hier hineinwagte. Es duftete nach Räucherstäbchen, an den Wänden hingen fremdartige Masken, und auf dem Tisch stand eine Kristallkugel wie in einem schlechten Film. Die Magierin war Anfang zwanzig und erinnerte mich mit ihren langen roten Haaren an Jana van Loon.

Sie bat mich, Platz zu nehmen. Einen Moment lang zögerte ich, doch dann ließ ich mich doch in den Stuhl sinken und schilderte ihr mein Problem. Ich musste ein Foto von mir dalassen und eine Haarsträhne. Das war jetzt auch schon egal. Vorsichtshalber legte ich noch ein Exemplar meines letzten Buchs dazu.

»Oh, das ist aber nett, den Roman wollte ich mir letzthin schon kaufen«, meinte sie erfreut.

»Wenn Sie den nächsten ebenfalls wollen, unternehmen Sie alles, damit ich wieder schreiben kann«, entgegnete ich grimmig.

»Das werden Sie auch, nachdem ich den Fluch von Ihnen genommen habe.« Sie lächelte und verlangte für ihren Dienst dreihundert Euro vorab.

In den nächsten drei Wochen änderte sich nichts. Ich war ein paar Tage auf Lesereise und erntete viel Beifall. Aber sobald ich zu Hause den Computer anschaltete, kam ich mir vor, als hätte ich noch nie in meinem Leben einen Satz geschrieben.

Und dann rief eines Abends Bernd an.

»Es tut mir leid, dass ich mich so lange nicht gemeldet habe«, beteuerte er, »aber ich war verreist.«

»So«, sagte ich nur.

»Ja, ich hatte einfach das Bedürfnis nach Abstand. Verstehst du das? Hab mich ziemlich spontan zu der Reise entschlossen.«

Ich schwieg.

»Und wie geht's dir so?«, fragte Bernd.

»Nicht so besonders«, murmelte ich. »Ich kann nicht mehr schreiben.«

»Was, du? Das kenne ich gar nicht von dir. Eine Schreibblockade?«

Ich lachte gequält auf. »Wenn du es so nennen willst. Es verhält sich ein wenig anders. Ich glaube, ich bin verflucht, weil ich vor Weihnachten einen dummen Tauschhandel eingegangen bin.«

»Einen Tauschhandel?«, fragte Bernd verwirrt.

Ich erzählte ihm, wie ich in der S-Bahn der schwarz gekleideten Frau begegnet war, und was sich danach verändert hatte. Ich gestand ihm sogar, dass ich inzwischen die Dienste einer Hexe in Anspruch genommen hatte – allerdings ohne Erfolg. Seine Rolle in der Geschichte ließ ich aus; denn wenn er nicht auf den Kopf gefallen war, dann konnte er sich das fehlende Stück gefälligst selbst zusammenreimen.

»Du liebe Güte, Marlene«, sagte Bernd nur, als ich geendet hatte.

»Unglaublich, nicht wahr?« Ich lachte trocken.

»Aber das ist doch eine prima Geschichte, ich weiß gar nicht, was du hast! Auf jeden Fall keine Blockade. Schreib die Story auf!«

Ich stutzte. Bernd hielt meine Erzählung nur für eine *Geschichte*, die ich mir ausgedacht hatte?

»Hör mal, das ist die reine …«

Er unterbrach mich. »Übrigens, weswegen ich eigentlich anrufe … Ich bin nächste Woche in Wiesbaden, ich lese in der

Buchhandlung. Wir könnten uns sehen – und ich könnte auch noch ein paar Tage dranhängen. Natürlich nur, wenn es dir passt und du Lust hast.«

Ich musste schlucken. Wie sehr wünschte ich mir, ihn wiederzusehen. Aber gleichzeitig hatte ich tausend Fragen.

»Ich glaube, wir müssen einiges klären«, sagte Bernd. »Du hast mir so gefehlt, Marlene.«

»Du mir auch«, flüsterte ich.

»Ich soll also kommen?«

»Ja …«

Am nächsten Tag hatte ich eine Lesung im Taunus. Die Veranstaltung war gut besucht, das Publikum kaufte sehr viele Bücher, die ich alle signieren musste, und so wurde es ziemlich spät, als ich zurückfuhr. In der S-Bahn saßen nur wenige Leute.

Dann, an der Galluswache, stieg sie zu. Ich erkannte die Frau sofort wieder. Diesmal trug sie einen langen, weinroten Mantel. Sie setzte sich auf die andere Seite des Gangs.

Mein Herz klopfte bis zum Hals. Jetzt kam es darauf an. Ich würde mir die Chance nicht entgehen lassen, sie zur Rede zu stellen, auch wenn ich mich damit für mein Leben blamierte. Ich musste sie ansprechen, unbedingt.

Ich stand auf und nahm ihr gegenüber Platz.

»Entschuldigung …«

Sie blickte auf und sah mich an. Nichts deutete darauf hin, dass sie mich erkannte.

Bestimmt würde sie mich für übergeschnappt halten. Aber ich hatte nichts mehr zu verlieren.

»Ich möchte es rückgängig machen«, sagte ich.

Wenn sie jetzt fragte, was ich damit meinte, was in aller Welt sollte ich dann antworten?

Aber die Frau stellte keine Fragen. Sie sah mich nur ruhig mit ihren grünen, unergründlichen Augen an.

Dann nickte sie.

Sie sagte nichts.

An der nächsten Station stand sie auf und stieg aus.

Ich war klatschnass geschwitzt, als ich zu Hause ankam. Als ich meinen Mantel auszog, fiel mein Blick auf den Garderobenspiegel.

Ich lächelte, als eine zentnerschwere Last von mir wich.

Die Frau mir gegenüber wirkte erschöpft und fahl. Noch nie war ich beim Anblick meines Spiegelbilds so glücklich gewesen.

Ich öffnete eine Flasche Wein, schenkte mir ein Glas ein und setzte mich an den Schreibtisch. Bernd hatte eine Mail geschickt.

Du hast keine Blockade, Marlene, glaub mir! Schreib deine Ideen unbedingt auf!

Die Geschichte, ach ja. Vielleicht war Bernds Vorschlag gar nicht so schlecht, das, was ich ihm erzählt hatte, zum Thema meines neuen Romans zu machen. Ich öffnete eine neue Computerdatei und fing an, mir Stichpunkte und Sätze zu notieren. Einfall fügte sich zu Einfall. Verblüfft verfolgte ich das Klicken meiner Finger auf der Tastatur. Ich schrieb wie eine Wahnsinnige – über alles, was mir in den Sinn kam.

Als ich wieder vom Bildschirm aufsah, war es vier Uhr morgens. In meinem noch fast vollen Weinglas schwamm eine Fliege.

Ich lehnte mich zurück, druckte alles aus und überflog das, was ich zu Papier gebracht hatte.

Die Geschichte war im Groben skizziert. Manche Handlungsstränge waren bestimmt weiter ausbaufähig, und ich wusste auch noch nicht genau, ob der Roman ein Happy End bekommen würde. Aber wie konnte man sich so etwas je sicher sein?

Darüber konnte ich ja mit Bernd reden.

Spätestens nächste Woche.

A. Lee Martinez

Noch sind wir nicht tot

Man muss schon ein besonders herzloser Bastard sein, um einen Santa Claus zu töten.

Dieser spezielle Santa Claus sah aus, als wäre er der Prototyp, nach dem alle anderen gestaltet wurden. Er besaß diesen Bart und die rosigen Wangen, die spitzen Ohren. Sein Gesicht war in einem letzten Keuchen erstarrt, aber es fiel trotzdem nicht schwer, sich die Wärme seines Lächelns vorzustellen, die Fröhlichkeit seines Lachens. Der fette Kerl lag auf seinem Wackelpuddingbauch, und ein Messer steckte in seinem Rücken. Es war das Messer, das diesen Fall von einem Nullachtfünfzehn-Tötungsdelikt unterschied. Die Klinge bestand aus einem grünen Metall, das in dieser Realität nicht existierte. Das bedeutete, jemand musste es aus einem anderen Universum mitgebracht haben. Und das machte die Sache zu meinem Job.

Mein Name ist Jones. Mein Revier ist der Abschnitt von Universum 1156C bis 3424D. Das ist ein großes Gebiet für einen einzelnen Cop. Zum Glück habe ich eine Partnerin, auch wenn sie nur dreizehn Zentimeter groß ist. In einer anderen Zeit, an einem anderen Ort ist Brenda eine Zahnfee.

Obwohl wir Warper uns zwischen den Realitäten bewegen können und immer ein bisschen von unserer Heimatdimension wie eine unsichtbare Aura mit uns herumtragen, sind wir nicht vollständig immun. Im Allgemeinen findet eine körperliche Veränderung statt, eine Verschiebung des persönlichen Paradigmas. Meine Haare, normalerweise kurz und borstig, waren rosa und flauschig geworden. Ich sah aus wie eine verdammte Puppe, was nicht gerade meine Laune verbesserte. Brenda hingegen glühte in diesem Universum. Und sie konnte nicht sprechen, nur pfeifen. Das tat sie auch jetzt, sanft und leise.

»Ja«, meinte ich nachdenklich. »Das ist allerdings verdammt viel Blut.«

Bei diesem Anblick lief mir das Wasser im Mund zusammen. Grausig nach Nicht-Blutsauger-Maßstäben, aber hey, so bin ich eben gestrickt. Ich trinke kein menschliches Blut. Zu fettig. Aber ich hatte das Frühstück ausgelassen, und das war heute offenbar ein Fehler gewesen. Ich zog einen Flachmann aus der Tasche, schraubte ihn auf und nahm einen langen Schluck kaltes Ziegenblut. Bisschen früh am Morgen dafür, aber ich dachte mir, es sei besser, als um den ganzen Leichnam herumzusabbern.

Brenda pfiff missbilligend.

»Hey, irgendwo in einem anderen Universum ist es jetzt fünf Uhr.« Ich steckte die Flasche zurück in die Tasche und ließ den Blick durch den Raum schweifen. Santa hatte sich heftig gewehrt. Gut für ihn. Er mochte vielleicht ein munterer Elf gewesen sein, aber man sollte meinen, dass man mit einem Kerl seiner Größe nicht so leicht fertig wurde.

»Wie viele macht das?«, fragte ich.

Brenda landete auf meiner Schulter und zirpte vier Mal.

»Verdammt.«

Vier Wochen, vier Universen, vier tote Santas. Jemand hasste diesen Kerl wirklich und tötete ihn immer und immer wieder. Brenda und ich waren seit dem ersten Opfer hinter ihm her, aber wir hatten den Killer immer noch nicht gefasst. Allerdings kamen wir näher. Dieser hier konnte nicht länger als vier Stunden tot sein. Das sagte mir der frische, würzige Duft des Blutes.

»Willst du die Zeugen befragen, oder soll ich?«

Sie schwebte vor meinem Gesicht und pfiff, während sie

mich finster anblickte. Ich wusste nicht, wie sie gleichzeitig pfeifen und finster dreinsehen konnte, aber sie konnte es. Ich war beeindruckt, vor allem in Anbetracht dessen, dass ich nicht einmal pfeifen konnte. Nicht in dieser oder sonst einer Realität, der ich begegnet war. Die Reißzähne waren immer im Weg.

»Ja, ich schätze, ich sollte mit den Zeugen reden. Warum schaust du nicht inzwischen, ob du eine Spur an dem Messer findest?«

Sie salutierte und flog hinüber, um es sich anzusehen.

Dieses Mal war der Killer schlampig gewesen. Er hatte seine Waffe zurückgelassen, und das würde uns eine stärkere Restfrequenz liefern, die wir verfolgen konnten. Mit etwas Glück würden wir den Kerl vielleicht schnappen, bevor ein weiterer Spielzeug verteilender alter Bursche auf einem Haufen frisch ausgestopfter Teddybären ausgebreitet endete.

Ich ließ Brenda ihr Ding machen und ging nach den Zeugen sehen. Es waren zwei, ein Paar Elfen. Die Elfen in diesem speziellen Universum waren größer als in den letzten drei Welten. Sie brachten es auf anderthalb Meter und damit auf dreißig Zentimeter mehr als ich. Sie waren außerdem nicht so förmlich gekleidet, sondern trugen nur Jeans und T-Shirt. Der männliche Elf, sein Name war Bonko, hatte leuchtend rotes Haar und lange, spitze Ohren. Die weibliche Elfe, Vera, hatte ebenfalls leuchtend rotes Haar und lange, spitze Ohren. Eigentlich waren sie bis auf die Andeutung von Brüsten unter Veras T-Shirt ziemlich identisch. Asexuell und puppenähnlich. Dennoch waren sie mir lieber als die Elfen der letzten Welt. Die drei Augen hatten mir nichts ausgemacht, aber meiner Meinung nach sollten Elfen einfach keine Tentakel haben.

»Sie beide haben das Verbrechen beobachtet?«, fragte ich.

»Ja, Sir«, sagte Bonko.

»Es heißt Ma'am«, korrigierte ich.

»Oh, tut mir leid.«

»Kein Grund, sich zu entschuldigen. Selbst meine eigene Spezies kann den Unterschied nur am Moschusgeruch erkennen, und der bildet sich nur in der Paarungszeit.« Ich angelte das Diktiergerät aus meiner Hosentasche, drückte den Aufnahmeknopf und bat die Elfen, mir ihre Geschichte zu erzählen.

Sie hatten nicht viel gesehen. Bonko und Vera hatten in dem Raum neben Santas privater Werkstatt an ein paar kurzfristigen Spielzeugbestellungen gearbeitet. Auf einmal vernahmen sie unschöne Geräusche, Schreie und Kampfgetümmel. Deshalb stürmten sie zur Tür und sahen gerade noch, wie der Killer Santa den Rest gab.

»Wir hätten etwas tun sollen«, klagte Bonko. »Wir hätten ihn retten müssen.«

»Es ist nicht Ihre Schuld«, erklärte ich. »Wären Sie früher dort gewesen, wäre er jetzt trotzdem tot, und Sie noch dazu.«

Ich konnte es in ihren identischen eisblauen Augenpaaren sehen. Die Schuldgefühle. Die Hilflosigkeit. Die schreckliche Gewissheit, dass jemand mit einem glühenden, grünen Messer und ohne Gewissen jeden von uns in einem unvermuteten und brutalen Augenblick töten konnte. Damit kommt man nicht leicht zurecht. Und es wird nicht leichter, wenn man mit einem Cop darüber sprechen muss.

»Können Sie den Angreifer beschreiben?«, fragte ich, womit ich versuchte, so schnell und schmerzlos wie möglich damit fertig zu werden.

Ich fütterte meine Taschenausgabe eines Omniversalen Speziesführers mit den Informationen, die sie mir gaben. Er tat seinen Dienst und gab mir eine kurze Liste verdächtiger Spezies. Ich ließ die Elfen die wahrscheinlichste heraussuchen. Sie wählten einen pelzigen Anthropoiden mit Geweih aus.

»Das ist er«, rief Vera, »nur seine Nase war … leuchtender.«

Brenda flitzte im Raum herum und suchte die Atmosphäre nach verräterischem Knistern ab, der Folge einer Wirklichkeitsverschiebung. Es gab genug davon im Umkreis. Ich konnte es spüren, aber ich war nicht so gut darin wie Brenda. Mir konnte es genauso passieren, dass ich in das Universum sprang, in dem er zuvor gewesen war oder in eine benachbarte Realität. Es ist nicht so, dass das Omniversum ein akkurater Tellerstapel wäre. Es ist eher wie ein Sandsack.

Ich trat zurück und ließ Brenda ihre Arbeit machen. Ich arbeitete schon länger in dem Job. Hatte das Schlimmste gesehen, was viele Universen zu bieten hatten. Es war ein glückliches Universum, das einen Santa Claus besaß, und ich war nicht bereit, einen weiteren umkommen zu lassen.

Brenda und ich schauten bei der nächsten Außenstelle der Warp-Polizei vorbei, bevor wir unsere Verfolgung des Santa-Killers wieder aufnahmen. Es gibt eine Menge toter, unbewohnter Universen da draußen, und wir nutzen diese Nullstellen als praktische Raststätten. Das nächste Leeruniversum hatte eine Eigenart in seiner physikalischen Gesetzmäßigkeit, das bewirkte, dass es im Durchmesser nur ein paar tausend Meilen maß, mit einem einzigen Planeten und einem winzigen, ihn umkreisenden Stern. Das Büro war nichts als ein grauer Betonklotz mit ein paar Sicherheitsleuten, einigen Betten und dem, was sie an Ausrüstung zur Verfügung hatten. Die Warp-Polizei war der Abteilung Öffentliche Ordnung zugeordnet, allerdings war sie nicht ordentlich. Die Beamten operierten autonom, mit jeglicher Unterstützung, die die Zentrale aufbieten konnte. Aber es war ein großes Omniversum, und wir waren größtenteils auf uns gestellt.

»Bei allen Musen, ist das ein herrliches Gefühl, wieder zu sprechen«, sagte Brenda. Sie glühte nicht mehr, und auch mein Fell war wieder normal.

Wir zeigten den Wachen unsere Marken. Sie salutierten nicht, sondern grunzten nur und wandten sich wieder ihrem Kartenspiel zu.

»Also, warum kommen wir hierher zurück«, fragte Brenda, »wenn wir eigentlich den Täter aufspüren sollten?«

»Mir gefällt der Gedanke auch nicht, dass noch ein Santa des Omniversums beseitigt wird, Brenda, aber wir können es uns nicht leisten, unvorbereitet ranzugehen. Ich habe das Gefühl, wenn wir diesen Kerl fassen, wird es hässlich.«

Sie widersprach nicht.

In keiner Außenstelle kann man sicher sein, was man finden wird. Das Hauptquartier tat sein Bestes, seine Agenten mit der richtigen Ausrüstung zu versorgen, aber es war trotzdem immer eine Suche auf gut Glück. Der Inventurbeamte dieser Dienststelle war ein riesenhafter Reptiloid mit einem fotografischen Gedächtnis und einer Passion für Papierkram.

Die gewaltige Masse des Reptiloiden ließ seinen Schreibtisch wie ein Spielzeug aussehen. Er saß nicht auf einem Stuhl, sondern hockte dahinter auf dem Boden.

»Agent Jones«, brummte er, »ich bin sicher, Sie sind gekommen, um die Vakuumkanone zurückzubringen, die Sie vor drei Monaten getestet haben.«

»Schlechte Nachrichten, Tkk-Tkk-Hasss«, antwortete ich. »Die Kanone ist in ein schwarzes Loch gefallen.«

Seine roten Augen verengten sich.

»Es war nicht meine Schuld«, sagte ich. »Es hat sich an mich herangeschlichen.«

»Es war ein kleines schwarzes Loch«, ergänzte Brenda. »Schlich sehr hinterhältig.«

Tkk-Tkk-Hasss seufzte, was sich bei ihm anhörte wie ein hungriges Knurren. Hätte ich nicht gewusst, dass Reptiloide Vegetarier sind, wäre ich vielleicht nervös geworden. Der Job war sicherlich nicht einfach für ihn. Tkk-Tkk mochte Ordnung, und es gab herzlich wenig davon in diesem Arbeitsbereich.

»Sie werden ein paar Formulare unterschreiben müssen, bevor ich Ihnen irgendeine neue Ausrüstung aushändigen kann, Jones. Sie auch, Agent Belle. Glauben Sie nur nicht, ich hätte den Echolokalisierer vergessen, den Sie sich ausgeliehen haben.«

»Ein Drache ist draufgetreten«, sagte Brenda.

Tkk-Tkk war nicht glücklich darüber, aber ein gewisser Prozentsatz an Ausrüstungsverlusten wurde von der Zentrale einkalkuliert. Wir füllten die erforderlichen Formulare in dreifacher Ausfertigung aus, dann ließ Tkk-Tkk uns ein paar Biofeldscanner ausprobieren. Ich tauschte meinen alten Blaster gegen ein neueres Modell ein. Danach machte ich einen physischen Spaziergang durch den tatsächlichen Bestand. Die Zeit, die man brauchte, um an den Regalen entlangzugehen, war es normalerweise wert. Man wusste nie, was für eine Kostbarkeit in irgendeiner verstaubten, vergessenen Ecke auftauchen konnte.

In einer dieser Ecken fand ich eine Kiste mit einem Androiden-Simulator von Nova Corp. *Geben Sie sich nicht mit Plagiaten zufrieden*, stand auf der Schachtel. *Erfüllt sämtliche Scheinbild-Bedürfnisse. Zufriedenheit garantiert.*

»Tut der's noch?«, fragte ich Tkk-Tkk.

»Woher soll ich das wissen? Ich glaube nicht, dass er je geöffnet wurde.« Er blätterte durch seine Papiere. »Ja, ist seit sieben Jahren hier. Sollte noch funktionieren.«

»Wir werden ihn brauchen.«

»Prima. Er gehört Ihnen. Nimmt hier nur Platz weg.« Tkk-Tkk tippte mit seinen Krallen auf die Worte *Erfordert teilweisen Zusammenbau* auf der Schachtel. »Ich gebe Ihnen sogar ein paar Werkzeuge dazu, wenn Sie versprechen, das Ding dieses Mal absichtlich zu verlieren.«

»Abgemacht.«

Wir hatten noch genug Zeit, einen Happen zu essen, bevor das Warp-Fenster sich öffnete. Brenda nahm etwas Spinat und Salat, und ich genoss ein Viertel unbeschriftetes Blut. Keine Ahnung, wo es herkam, aber es war alles, was Tkk-Tkk in seinem Kühlschrank hatte. Es schmeckte, als hätte es dort schon eine Weile gelegen, aber ich begnügte mich damit.

Der Santa-Killer war schnell. Warper können Realitäten in ihrem eigenen Tempo durchqueren. Dieser Täter konnte schneller warpen als die meisten. Einzeln hätte er Brenda oder mich abgehängt, aber indem wir unsere Sprünge kombinierten, waren wir ein klein wenig schneller. Allerdings nur ein wenig. In jedem neuen Universum erwartete ich, einen weiteren toten Santa Claus vorzufinden, weil wir zu spät kamen.

Die nächsten acht Universen, die der Täter passierte, besaßen alle keinen echten Santa Claus. Es gab zwei mit einem Santa-Claus-Mythos, aber keinen echten Santa. Nur einen Haufen Typen in roten Mänteln und mit falschen Bärten. Zunächst machte ich mir Sorgen, dass unserem Killer der Unterschied egal sein könnte, aber Santa-Imitationen genügten ihm offenbar nicht, und er verließ diese Universen rasch wieder.

Im Universum 1109Z holten wir ihn endlich ein. Wie die Realitäten so spielen, war es ein miserables Universum. Die Luft war zum Schneiden dicht von giftigen Wolken. Die Menschen waren verstrahlt und kränklich, und es gab ein großes Problem mit Mutantenameisen. So ungefähr das Einzige, was diese Wirklichkeit an Erfreulichem zu bieten hatte, war ein Santa Claus.

An keiner von uns beiden gab es äußerliche Veränderungen, aber Brenda entdeckte, dass sie nun überfeeische Kräfte besaß, dass sie fünfzig Pfund tragen und trotzdem abheben und fliegen konnte. Das Einzige, was für mich bei dem Geschäft herauszuspringen schien, war eine Magenverstimmung. Ich versuchte, es vor Brenda zu verbergen, aber sie war zu lange meine Partnerin, um es nicht zu bemerken.

»Alles in Ordnung, Jones?«, fragte Brenda.

»Geht schon.« Ich unterdrückte ein Würgen und versuchte, das brennende Gefühl mit einem guten Schluck Blut aus meinem Flachmann zu löschen. Es dämpfte den Brechreiz, aber je schneller wir unseren Täter schnappten und diese Realität hinter uns lassen konnten, desto besser.

Der Santa Claus des Universums 1109Z war dicker als die meisten, aber es waren Muskeln, nicht Fett, die seine Masse ausmachten. Er besaß den Bart, den roten Mantel mit dem weißen Rand, die bisher die konstanten Merkmale gewesen waren. Aber er hatte außerdem ein narbenbedecktes Gesicht und einen

Haken statt einer Hand. Wie ich schon sagte, es war ein raues Universum.

Er lebte in einem Basislager auf einem gefrorenen Kontinent (wobei sie auf dieser Welt alle gefroren waren), und seine Truppe bestand aus einer kleinen Armee Trolle. Die Hälfte von ihnen patrouillierte zu jeder Zeit auf dem eisigen Ödland um Santas Basislager. Dieser Santa hatte bereits genug Feinde, und er regte sich nicht besonders auf, als er von einem weiteren hörte.

»Ich weiß Ihre Sorge zu schätzen«, sagte er, »aber bisher hat mich noch keiner außer Gefecht gesetzt. Und glauben Sie mir, sie haben es versucht. Die Maulwurfsmenschen, Dr. Volcano, der Osterhase.« Santa lächelte. »Sie haben alle ihr Glück versucht, aber letzten Endes bin ich derjenige, der noch hier ist.«

Dieser Santa würde ein schwierigeres Ziel werden als die meisten, und es mochte für den Killer klüger sein, weiterzuziehen. Aber Brenda teilte mit, dass unser Verdächtiger noch nicht gewarpt hatte, und ich befürchtete, er würde sich von ein paar kleineren Schwierigkeiten nicht so leicht entmutigen lassen.

»Wir sind natürlich überzeugt, Sie kommen allein damit zurecht«, sagte Brenda, »aber wenn Ihnen ein wenig zusätzliche Sicherheit nichts ausmacht, würden wir gern in der Nähe bleiben, bis die Gefahr vorüber ist.«

Santa zuckte die Achseln. »Wie Sie wollen.«

Wir richteten uns einen einfachen Tagesablauf ein. Brenda, rastlos, wie sie ist, patrouillierte normalerweise mit ihrem Biofeld-Scanner auf dem Gelände, und ich blieb bei Santa. Manchmal tauschten wir, aber meistens machten wir es so.

Ich hielt nach Sprengfallen Ausschau, nur um sicherzugehen. Ich fand keine. Das war keine Überraschung. Unser Täter war nicht von der durchtriebenen Sorte. Er wollte es direkt und persönlich machen, wenn er seinen Job ausführte. Eine Bombe mochte eleganter sein, aber es lag keine Befriedigung darin. Wenn unsere Spähtrupps ihn nicht aufspürten, war die einzige Alternative, lange genug an Santas Seite zu bleiben und wachsam zu sein. Ich war Santas Schatten. Nur wenn Brenda dran war, verließ ich Santa lange genug, um ein paar frustrierende Stunden damit zu verbringen, den Androiden-Simulator zusammenzusetzen (leichte Montage, ja klar!) und zu versuchen, meine verspannten Eingeweide zu ignorieren, um etwas Schlaf zu bekommen.

Mein Job hätte sich so viel leichter gestaltet, wenn Santa so freundlich gewesen wäre, es gemütlich anzugehen. Aber die Not dieser Welt war so groß, dass Santa nicht nur eine Auslieferung im Jahr machte. Er hatte sie auf einmal die Woche aufgestockt.

Brenda und ich verbrachten drei Tage mit Santa und wechselten uns bei seiner Bewachung ab. Er arbeitete unermüdlich. Die Trolle waren ebenfalls unermüdlich, aber ruppig und schwer zu koordinieren.

»Ich vermisse die Elfen«, gab Santa mir gegenüber zu. »Zu dumm, dass sie den nuklearen Winter nicht überlebt haben.«

In diesem Moment erkannte ich es in seinem Gesicht. Die unerträgliche Bürde, der Santa einer sterbenden Welt zu sein. Es ist ein Kinderspiel, der Heilige Nikolaus zu sein, wenn dein Job daraus besteht, Listen zu machen, sie zweimal zu checken und selbstgebastelte Geschenke für all die braven kleinen Jungs und Mädchen abzuwerfen, vielleicht die gelegentliche Rute für die unartigen. Aber dieser Santa war für Medizin, Werkzeug und Essen zuständig und nicht bloß für leuchtende Kinderaugen. Die Menschen waren auf ihn angewiesen, und das war eine Verantwortung, die ich niemandem wünschte.

Nach drei Tagen in diesem trostlosen Ödland mit kalten, grauen Tagen und noch kälteren Nächten, die von den seltsamen, verstrahlten Energien beleuchtet wurden, die diese Welt nicht ganz gekillt hatten (aber vermutlich noch würden), war ich so weit, meinen Kummer in Ziegenblut zu ertränken und mich in einer Ecke zusammenzurollen. Aber Santa machte nie Pause.

Er hielt nur kurz inne, um täglich den Sonnenaufgang zu genießen. Es war nicht viel, nur eine allmähliche Helligkeit, die nie mehr warf als trübes Zwielicht. Aber er achtete darauf, ihn jeden Tag zu beobachten. Und er sagte jedes Mal dasselbe.

»Noch sind wir nicht tot.«

Dann glänzten seine Augen, und selbst in dieser Hölle wurde mir klar, dass er seine Welt noch nicht aufgegeben hatte. Er mochte der Einzige sein, aber in meinen weniger zynischen Momenten ertappte ich mich dabei, zu glauben, dass ein Mann möglicherweise genügte.

Brenda und ich waren gereizt. Diese Welt war verdammt kalt, und keine von uns beiden war dafür gemacht. Meine Magenverstimmung wurde jeden Tag schlimmer, und ich fing an zu glauben, dass diese Realität meine Eingeweide auf eine Art durcheinanderbrachte, die sich letztlich als verhängnisvoll erweisen konnte. Aber ich würde nicht gehen. Nicht, bevor dieser Bastard geschnappt war.

»Worauf wartet er?«, fragte Brenda.

»Auf den richtigen Moment«, sagte ich. »Eine Gelegenheit, sich nett und persönlich, von Angesicht zu Angesicht, um Santa zu kümmern. So operiert unser Junge.«

Sie zog ihren Mantel enger um sich. »Ich mache einen Perimeter-Check.«

»Noch einen?«

»Kann nicht schaden. Auf jeden Fall wird mir wärmer, wenn ich mich bewege.« Den Scanner in der Hand, flog sie aus dem Raum.

Santa beugte sich über ein Carepaket. Gähnend rieb er sich die Augen.

»Vielleicht sollten Sie sich etwas ausruhen«, empfahl ich.

»Keine Zeit.«

»Sie nützen niemandem, wenn Sie vor Erschöpfung tot umfallen.«

Der Obertroll stimmte mir zu. »Wir kümmern uns darum, Boss. Wir kommen eine Stunde oder zwei ohne Sie aus. Sie haben in zwölf Stunden eine Lieferung, und es hilft niemandem, wenn Sie mit dem Schlitten in einen Berg krachen.«

Mein Biofeldscanner vibrierte. Ich griff nach meinem Blaster, bevor mir klar wurde, dass er auf etwas reagierte, was Brenda da draußen in dem gefrorenen Schneesturm aufgespürt hatte.

»Brenda, hast du was?«, rief ich in mein Funkgerät.

»Warte mal.« Aber die Vibration des Scanners verebbte. »Verdammt, Jones. Ich hab ihn verloren. Hab ihn nicht gesehen. Dieser verdammte Schnee überall!«

Das Wetter war heute Abend besonders lausig, und man sah im Schneegestöber kaum weiter als einen Meter. Der Killer konnte direkt vor Brendas Nase vorbeigegangen sein, ohne dass sie ihn bemerkt hatte. Vermutlich machte er seinen Zug deshalb genau jetzt.

Santa hatte das Gespräch mit angehört. »Er ist hier, oder?«

Ich nickte.

Der Dicke und seine Trolle zogen eine beeindruckende Sammlung von Pistolen und Messern hervor.

»Santa, wir müssen es auf meine Art machen«, entschied ich.

»Erwarten Sie von mir, mich nicht zu verteidigen?«

»Wenn der Täter diese ganzen Waffen sieht, bekommt er vielleicht Angst.«

»Das will ich ihm auch geraten haben«, grollte Santa.

»Ja, aber dann beschließt er, sich ein leichteres Opfer in einer anderen Welt zu suchen. Dann muss ich ihn erneut jagen, und es könnte sein, dass ich sein nächstes Ziel nicht vor ihm erreiche. Es geht nicht nur um Sie. Es geht um all die fröhlichen Freudenbringer im Omniversum. Und es wird heute enden.«

Santa ließ seine Kanone sinken. »Auf Ihre Art. Okay.«

Santa döste auf einer Couch neben dem Kamin. Jetzt befanden sich nur noch er und ich in seinem kleinen Arbeitszimmer. Die Trolle waren draußen und kümmerten sich um ihre Arbeit, die zu wichtig war, um ungetan zu bleiben. Ich saß auf einem Hocker und bewachte den Dicken.

Und wartete.

Lange musste ich nicht ausharren.

Der Scanner in meiner Tasche vibrierte. Ich ließ es cool angehen. Der Täter war wahrscheinlich ohne große Probleme an den Wachen vorbeigeschlüpft. Die Reichweite des Scanners war nicht viel größer als dieser Raum, was bedeutete, dass er bereits irgendwo hier drin war. Er war raffiniert. Das musste ich ihm lassen.

Es gab genug Schatten, in denen der Killer sich verstecken konnte. Ich konnte in der Dunkelheit nichts sehen, aber doch Wärme aufspüren. Trotzdem empfing ich gar nichts. Entweder war dieser Kerl äußerst kaltblütig oder er verfügte über irgendeine Art Tarntechnologie.

Eine eisige Stimme glitt aus der Dunkelheit. Es war kaum mehr als ein Flüstern, aber es schien aus jeder dunklen Ecke zu kommen, sogar hinter mir, von überall und nirgends zugleich.

»Du kannst aufhören, dich zu verstellen, Cop. Ich weiß, dass du weißt, dass ich hier bin.«

Ich griff in meine Tasche und zog meinen Blaster heraus.

Der Mörder kicherte. »Das ist aber eine furchtbar große Knarre für einen einzelnen Hirsch.«

Ich hielt den Blaster im Anschlag und suchte den Raum ab. Ich konnte ihn seiner Stimme nach nicht genau lokalisieren, sehen konnte ich ihn auch nicht.

»Damit kommen Sie nicht durch«, sagte ich scharf. »Geben Sie auf.«

Santa schnarchte weiter.

»Der alte Junge schläft wie ein Toter, was?« Der Unbekannte lachte wieder, lauter diesmal. Aber nicht zu laut.

»Du kannst immer noch Verstärkung rufen«, fuhr er fort. »Du müsstest nur pfeifen und der Raum wäre voller Trolle, da bin ich sicher.«

Einen Raum voller Trolle konnte ich nicht gebrauchen. Im schlimmsten Fall würde das nur viele tote Trolle bedeuten. Im besten Fall würde es den Mörder vertreiben. Ich hatte ihn zu weit gejagt, zu lange gewartet, um meine Chance verstreichen zu lassen.

»Warum tun Sie das?«, fragte ich im Versuch, ihn aus der Deckung zu locken.

»Muss es immer einen Grund geben?«

Ich bewegte mich dichter an Santa heran, der weiterhin tief schlummerte. »Immer noch sauer wegen der Rentier-Spiele?«

Es war nicht sehr schwer, sich ein Universum vorzustellen, in dem ein Rentier mit roter Nase wütend und verbittert wurde, wo es keine neblige Weihnacht gab, die seine gesellschaftliche Anpassung beschleunigen konnte. Es war nur eine Vermutung, aber ich musste einen Nerv getroffen haben.

»Sie haben alle gelacht, und er hat nichts dagegen unternommen!«

»Das hier ist keine Lösung. Sie müssen das nicht tun.« Ich erwartete nicht, dass ich es ihm ausreden konnte, ich wollte ihn nur ablenken und durch seine Stimme möglicherweise seine Position anpeilen.

Im Raum wurde es still. Das Knistern des Feuers und Santas Schnarchen waren die einzigen Geräusche.

Dann sah ich ihn. Wie eine Spinne jagte er die Decke entlang. Er war so lautlos und schnell, dass ich ihn überhaupt nicht bemerkt hätte, wenn seine Nase nicht geschimmert hätte. Und ich denke, auch das nur, weil er wollte, dass ich den tödlichen Blitz auf mich zukommen sah.

Ich hob meinen Blaster, aber der andere war so verdammt schnell. Er stürzte sich auf mich. Er drehte mir den Arm mit der Waffe auf den Rücken, klemmte mir eine Hand über den Mund und hielt mir die leuchtende grüne Klinge an die Kehle.

»Nicht gut genug, Cop.«

Ich versenkte meine Reißzähne in seine knochige Handfläche. Sein Griff lockerte sich, und ich konnte mich herauswinden. Allerdings war ich zu nahe, um meinen Blaster benutzen zu können, und der Killer war sofort wieder auf mir. Dieses Mal trat er mir an den Schädel. Zweimal. Ich hatte Mühe, auf den Beinen zu bleiben und meine Waffe zu heben. Er griff danach und drehte sie. Ich hörte meinen Zeigefinger brechen, war jedoch über das Schmerzempfinden hinaus. Er stieß mit dem Messer zu, zog es aber im letzten Moment zurück, sodass er mir, statt es ins Herz zu rammen, nur die Brust aufschlitzte. Dann fegte er mir die Beine unter dem Körper weg und ließ mich auf den Boden fallen.

»Bei weitem nicht gut genug.« Er grinste. Er wollte, dass ich zusah, dass ich die Hilflosigkeit spürte.

Santa regte sich, aber es war zu spät. Rudolph schlitzte Santa mit einem Aufblitzen seiner Klinge die Kehle auf, statt Blut strömten jedoch nur ein paar Funken heraus. Der Androiden-Simulator zuckte auf der Couch.

»Zufriedenheit garantiert«, kommentierte ich.

Rudolph knurrte. »Du hast mich gelinkt.«

»Du hast doch nicht wirklich gedacht, ich würde das Ziel so ungeschützt lassen, oder?«

Er machte einen Satz nach vorne, und ich hatte viel zu viel abbekommen, um auszuweichen. Zu meinem Glück sauste ein Geschoss in seine Brust. Ein Geschoss namens Brenda. Sie brachte es auf ziemliche Schlagkraft, bei voller Geschwindigkeit und mit ihren neugewonnenen überfeeischen Kräften. Er taumelte rückwärts.

Brenda schwebte neben mich. »Alles klar, Jones?«

Hustend nickte ich.

Sie ging wieder an die Arbeit und verprügelte Rudolph nach allen Regeln der Kunst. Sie war ein unbarmherziger Miniatur-Presslufthammer und schlug aus sämtlichen Richtungen immer und immer wieder zu. Er drosch nach ihr, aber sie sauste schneller um ihn herum, als man mit bloßem Auge verfolgen konnte. Sein Fell verbarg die Prellungen, aber ich sah ein paar Zähne fliegen. Er sank auf die Knie, als ich es schließlich schaffte, wieder auf die Beine zu kommen.

Brenda ließ sich auf meiner Schulter nieder.

»Du bist verhaftet«, erklärte ich.

Er sog mit schmerzlich verzogenem Gesicht die Luft ein. »Fahrt zur Hölle.«

Ich fühlte mich selbst nicht allzu gut. Die Prügel, die ich bezogen hatte, hatten meinen Verdauungstrakt buchstäblich in Brand gesetzt. Das Gute daran war, dass der Schmerz in meinen Eingeweiden es erleichterte, alle anderen Schmerzen zu ignorieren.

Die Tür öffnete sich und Santa kam herein.

»Verdammt, ich habe Ihnen doch gesagt, Sie sollen draußen bleiben, bis ich Ihnen das Zeichen gebe!«, befahl ich.

Rudolph sprang vollkommen unerwartet. Brenda warf sich auf ihn, aber er schaffte es, sie wegzuschlagen. Entweder es war ein Sonntagsschuss oder er hatte uns ausgetrickst, um Santa herauszulocken. Na gut, er war verletzt, aber nicht so sehr wie er vorgegeben hatte. Er zog von irgendwo ein weiteres Messer und warf sich auf Santa. Er war immer noch schneller als ich. Schneller als Brenda. Schneller als Santa und seine Trolle.

Aber nicht schneller als der atomare Feuerball, den ich plötzlich heraushustete. Das flammende blaue Geschoss versengte meine Kehle auf dem Weg nach draußen und erwischte Rudolph im Sprung.

Der stechende Geruch nach brennendem Fleisch erfüllte den Raum. Er lag auf dem Boden. An der Stelle, wo vorher seine Brust gewesen war, klaffte jetzt ein großes, schwarzes Loch.

»Sie haben alle gelacht.« Rudolph rang mühsam nach Luft, bevor er erschlaffte. Seine leuchtende rote Nase wurde kalt.

»Ich wusste gar nicht, dass Sie das können«, lobte Santa.

Ich wischte mir den Mund ab. Ich hatte eben Feuer gespuckt, und meine Kehle fühlte sich genau danach an.

»Ich auch nicht.«

Brenda und ich blieben noch, bis Santa seinen Schlitten beladen hatte. Sie brachten mir etwas gekühltes Rentierblut, um meinen rauen Hals zu beruhigen. Ich fragte nicht, woher sie es hatten.

Santa stapfte herüber. Zusätzlich zum roten Mantel umfasste seine Standardausrüstung einen Harnisch mit ein paar Handgranaten, eine ans Bein geschnallte Pistole und ein Sturmfeuergewehr, das er quer auf dem Rücken befestigt hatte. Er hielt das glühende grüne Messer des Mörders.

»Kann ich das behalten?«

»Wüsste nicht, was dagegen spräche«, sagte Brenda.

»Danke.« Er griff in seinen magischen Sack und zog zwei verpackte Geschenke heraus.

Ich hob eine Hand. »Sorry, Santa. Wir dürfen keine Geschenke dafür annehmen, dass wir unseren Job machen.«

Er lachte, und sein Bizeps wölbte sich wie eine Granitkugel. »Entspannt euch. Ich bin Santa Claus. Geschenke verteilen ist mein Beruf.«

Das war ein Argument.

Santa blieb nicht, um uns zuzusehen, wie wir unsere Geschenke auspackten. Er kletterte auf seinen Schlitten und machte ein paar letzte Checks. Er hatte einen Zeitplan einzuhalten. Ein Mann, entschlossen, eine sterbende Welt zu retten. Wenn jemand das konnte, dann er.

»Was hast du bekommen, Brenda?«

Sie flatterte vor mein Gesicht und hielt eine Strickjacke in Feengröße hoch. Brenda war nicht der Typ für mädchenhafte Strickjacken, aber es war der Gedanke, der zählte.

Ich riss die Verpackung von einer Rolle Magentabletten und drückte eine davon heraus. Überraschenderweise schien sie gegen das Feuer, das sich in meinem Bauch bereits wieder zu entzünden begann, zu helfen.

»Bereit, nach Hause zu gehen, Jones?«

»In einer Minute, Brenda.«

Wir sahen Santas Schlitten nach, wie er in die Lüfte stieg. Die Trolle feuerten ein paar Salven in die Luft, um eine weitere erfolgreiche Mission zu feiern. Eine weitere Woche für diese Welt. Es war nicht viel. Aber immerhin etwas.

»Frohe Weihnachten, Jones«, meinte Brenda.

»Frohe Weihnachten, Brenda. Und jetzt lass uns verdammt noch mal von hier verschwinden. Ich friere mir den Arsch ab.«

Und mit diesen Worten brachen wir von dem gefrorenen Planeten auf und überließen ihn den fähigen Händen des guten alten Santa Claus.

Mara Volkers

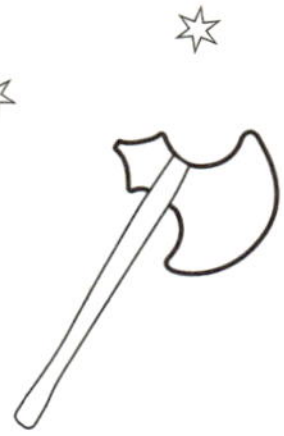

Der Tag des Teufels

Bärbel, die jüngst Burgherrin geworden war, betrat die Küche und ertappte ihren Mann dabei, wie er sich gerade ein Stück Speck in den Mund schob. »Hast du so viel Hunger, dass du nicht warten kannst, bis der Morgenbrei aufgetragen wird?«, fragte sie lachend.

»Natürlich habe ich Hunger! Immerhin habe ich gestern als guter Christenmensch den ganzen Tag gefastet. Außerdem will ich nach Schmölz reiten, um den alten Hannes abzuholen. Ich habe ihm doch versprochen, dass er unser erstes Weihnachtsfest als Herr und Herrin der Wallburg mit uns feiern darf.« Aus Albrechts Worten sprach die große Zuneigung zu dem Pferdeknecht seiner Heimatburg, der ihm in seiner Jugend ein treuer Freund und Lehrer gewesen war.

Bärbel nickte lächelnd. »Bleib aber nicht zu lange weg. Sobald die Mittagsglocke erklingt, wird gefeiert. Vater Hieronymus hat mit den Kindern im Dorf ein Weihnachtsspiel eingeübt. Dabei darfst du nicht fehlen.«

»Keine Sorge, ich bin früh genug zurück. Dafür freue ich mich zu sehr auf das köstliche Weihnachtsschwein, das Mette an den Spieß hat stecken lassen.« Albrecht zeigte dabei in den hinteren Teil der Küche, in dem sich eine gut genährte Sau über einem sorgsam gehüteten Feuer drehte. Vier Hunde liefen unter der Aufsicht eines Küchenjungen im Kreis und trieben über einem Göpel den Bratspieß an, sodass das Schwein rundherum knusprig gebraten wurde. Bei dem Anblick hörte Bärbel ihren Magen auf einmal laut und deutlich knurren. Sie hatte am Tag der Geburt des Herrn ebenso streng gefastet wie ihr Mann, und jetzt lief ihr das Wasser im Mund zusammen.

Albrecht schnitt ihr eine Scheibe Speck ab. »Hier, nimm! Sonst fällst du noch vor dem Frühstück um, und das wäre bedauerlich.«

Bärbel nahm das Fleisch entgegen und steckte es in den Mund. »Das ist wirklich das Schönste am Fasten, nämlich wenn man wieder etwas in den Magen bekommt«, sagte sie lachend.

»Fasten reinigt die Seele, peinigt aber dem Magen«, spöttelte Albrecht, während er sich ebenfalls eine daumendicke Speckscheibe genehmigte.

»Vielfraß!«, antwortete Bärbel, wurde dann aber sofort wieder ernst.

»Ich hoffe, es klappt alles so, wie wir es uns vorstellen. Es wäre schlimm, wenn ich mich bei meiner ersten Bewährungsprobe als Burgherrin blamieren würde.«

Albrecht ging mit einem Lachen über ihre Ängste hinweg. »Keine Sorge, das wirst du nicht. Aber jetzt muss ich los. Gott befohlen!« Er gab ihr einen Kuss und verließ mit schnellen Schritten die Küche.

Bärbel sah ihm nach und fühlte mit einem Mal, wie eine eisige Hand nach ihrem Herzen griff. Am liebsten wäre sie Albrecht nachgelaufen, um ihn zu bitten, einen der Knechte nach Schmölz zu schicken. Doch bis sie sich zu diesem Entschluss durchgerungen hatte, saß Albrecht bereits im Sattel und trabte zum Burgtor hinaus.

☆

Die ungute Vorahnung blieb an Bärbel haften wie Pech und verunsicherte sie bei jeder Anweisung, die sie erteilen musste. Dabei griffen ihre Helferinnen und Helfer herzhaft zu, und über der Burg spannte sich ein strahlend blauer Himmel, der einen wunderschönen Weihnachtstag versprach.

Mit einem Mal blickte Bärbel auf und erschrak. Genau in der Richtung, in der Albrechts Ziel lag, legte sich eine schwarze Gewitterwolke drohend über das Blau des Himmels. Sie glich keinem gewöhnlichen Unwetter, sondern wirkte wie ein Tor zu einer anderen, böseren Welt. Die Angst, Albrecht nie wiederzusehen – zumindest nicht in dieser Welt –, packte Bärbel, und sie wandte sich in fliegender Hast den Ställen zu. Schon oft hatte sie an Vorahnungen gelitten, die dann auch Wirklichkeit geworden waren, und nun fürchtete sie, dass es erneut so war.

Als der Stallknecht ihr eilfertig entgegenkam, wies sie in die Richtung der Wolke. »Kunz, siehst du das dort?«

Der Knecht kratzte sich am Kinn und schüttelte den Kopf. »Was soll ich da sehen?«

Bärbel fragte sich, ob sie aus Sorge um ihren Mann einer Täuschung erlegen war, und schloss kurz die Augen. Doch als sie wieder hinblickte, stand die Wolke immer noch über dem Horizont, und sie war in den wenigen Augenblicken um ein Mehrfaches gewachsen. Das konnte nur eines bedeuten: Es handelte sich um Teufelswerk. Die junge Burgherrin war sich bewusst, dass sie die Fähigkeit besaß, Dinge wahrzunehmen, die anderen Menschen verborgen blieben. Auf diese Weise hatte sie schon einmal ein Geschöpf der Hölle entdeckt und mit Hilfe eines frommen Eremiten bannen können.

Jetzt war es ihr, als würde erneut eine Kreatur des Teufels seine Hand ausstrecken, und diesmal sollte Albrecht das Opfer sein. Bei dem Gedanken sah sie ihren Mann so deutlich vor sich, als würde sie neben ihm reiten. Er pfiff ein Lied, das er von einem Minnesänger gehört hatte, der im letzten Herbst die Burg besucht hatte. Mit einem Mal tauchte eine schattenhafte Gestalt vor seinem Pferd auf und warf die Arme hoch. Das Tier scheute, und bevor Albrecht reagieren konnte, wurde er abgeworfen.

Bärbel wurde für einen Augenblick schwarz vor Augen, und dann fühlte sie den Schmerz so deutlich, als wäre das Ganze ihr selbst widerfahren. Entsetzt fuhr sie herum. »Albrecht ist ein Unglück zugestoßen. Ich muss ihn suchen! Sattle sofort mein Pferd! Ich hole rasch Verbandszeug und Salbe!« Mit diesen Worten lief sie zum Palast hinüber.

Kunz starrte ihr einen Augenblick verwundert nach, trat dann aber in den Stall und winkte einen seiner Untergebenen zu sich. »Sattle den Fuchs für mich. Ich mache derweil die graue Stute für die Herrin fertig!«

Er wusste um die geheimen Fähigkeiten seiner Herrin, für die missliebige Leute sie als Hexe bezeichnet hätten, und nahm daher an, dass wirklich etwas passiert war. Daher wollte er sie nicht alleine reiten lassen.

Als Bärbel kurz darauf mit einem Beutel über der Schulter auf dem Burghof erschien, war alles bereit. Der Pferdeknecht hob sie auf ihr unruhig tänzelndes Reittier, und kaum, dass sie im Sattel saß, trieb sie die Stute mit ihrem Sporn an.

Die Zufahrt zur Burg war steil und an etlichen Stellen spiegelglatt. Dennoch schlug Bärbel ein so scharfes Tempo an, dass es dem Knecht grauste.

»Zügelt Euer Pferd, Herrin! Ich will nicht, dass Euch ebenfalls etwas zustößt.« Er hätte seine Worte genauso gut in den Wind rufen können. Bärbel jagte im vollen Galopp dahin und wurde auch nicht langsamer, als sie an den Hütten und Häusern des Marktortes vorbeiritt. Die Menschen starrten ihr nach und schüttelten die Köpfe, weil die Burgherrin am heiligsten Feiertag wie ein Irrwisch durch die Lande fegte.

☆

Als Albrecht wieder zu Bewusstsein kam, spürte er als Erstes einen stechenden Schmerz in seiner rechten Seite. Zunächst wusste er nicht, was mit ihm geschehen war, doch dann erinnerte er sich an sein scheuendes Pferd und den Sturz. Er musste sich dabei mehrere Rippen gebrochen haben, und auch den rechten Arm konnte er nicht mehr bewegen. Er versuchte aufzustehen, war aber zu schwach dazu. Also musste er hier liegen bleiben und auf Hilfe warten, falls überhaupt welche kam. Seine Gedanken flogen zu seiner Frau, und er spürte, wie ihm die Tränen in die Augen stiegen.

Er vermochte sich nicht aufzurichten. Über sich sah er einen Himmel, der sein strahlendes Blau verloren hatte und sich dunkel färbte. Mit einem Mal zuckte ein Blitz aus den Wolken und schlug in eine alte Buche unweit von ihm ein. Erschrocken starrte er auf den Baum, der jetzt einem Kreuz glich, das in Flammen stand. Ein schlechtes Omen.

Wo befand er sich überhaupt?, fragte er sich. War er noch näher an der heimatlichen Burg oder hatte er bereits den größten Teil des Weges nach Schmölz bewältigt? Als er sich herumwälzte und sich umsah, erschien seine Umgebung ihm völlig unbekannt. Nicht weit von ihm erstreckte sich ein düsterer, abweisend wirkender Wald, der keinesfalls zwischen der Wallburg und Schmölz liegen konnte, und auch sonst wirkte die Gegend in seinen Augen seltsam fremd.

Mit einem Mal begann es zu schneien, und noch während Albrecht seinen Reitumhang als Decke über sich zog, glaubte er weiter vorne eine Gestalt zu erkennen, die von weißen Flocken umtanzt auf ihn zuschritt.

Sie beugte sich mit besorgter Miene über ihn und streckte ihre Hand aus, als wolle sie ihn berühren. Es war eine Frau. Albrecht spürte, wie ihm erneut die Sinne schwanden. Sein letzter Gedanke galt Bärbel, deren Nähe er mit einem Mal so stark fühlte, als stünde sie direkt neben ihm.

✡

Eben war der Himmel noch klar gewesen, doch von einem Schritt zum nächsten befand sich Bärbel inmitten eines Schneetreibens, wie sie es kaum je erlebt hatte. Nun bekam sie es mit der Angst zu tun, Albrecht könnte ohnmächtig auf der Erde liegen und vom Schnee begraben werden.

Da entdeckte sie eine menschliche Gestalt im allgegenwärtigen Weiß und ritt hastig darauf zu. Die Erscheinung bewegte sich von ihr fort. Obwohl das Wesen eher gemächlich ausschritt, gelang es Bärbel nicht, die Entfernung zu verringern. Daher trieb sie die Stute trotz der schlechten Sicht wieder in einen schnellen Galopp und verlor die Gestalt prompt aus den Augen.

»Bärbel, du bist eine Närrin«, schalt sie sich, als sie begriff, dass sie durch diesen Zwischenfall die Straße nach Schmölz verlassen hatte und in unbekanntes Gebiet hineingeritten war. Sie hoffte, Kunz würde bemerken, dass sie vom Weg abgewichen war, und den Spuren ihrer Stute folgen. Als sie sich jedoch umwandte, schwand diese Hoffnung, denn der immer dichter fallende Schnee verdeckte innerhalb kürzester Zeit jeden Hufabdruck.

Auf die Hilfe des Knechts konnte sie nicht bauen, also versuchte sie herauszufinden, wo sie sich befand. Das aber hätte sie genauso gut in einer stockfinsteren Nacht ohne Sterne tun können. Wegen des Schneetreibens reichte ihre Sicht nicht weiter als zehn oder zwanzig Schritte, und das wenige, das sie sah, kam ihr völlig fremd vor.

Eine Bewegung direkt vor ihr erregte ihre Aufmerksamkeit. Mit raschem Griff hielt sie ihre scheuende Stute im Zaum und stieß im nächsten Augenblick einen Jubelruf aus.

»Albrecht!«

Ihr Mann kniff verwundert die Augen zusammen und sah sie an, als stände ein Engel des Herrn vor ihm. Da sprang Bärbel bereits aus dem Sattel und eilte zu ihm hin. Mit der Linken hielt sie den Zügel der Stute fest, mit dem anderen Arm umschlang sie Albrecht.

»Gott im Himmel sei Dank! Ich habe dich gefunden!«

Albrecht lächelte ungläubig. »Bärbel, bist du es wirklich, oder narrt mich ein Geist?«

»Wenn wir nicht bald einen Unterschlupf finden, werden wir beide Geister sein. Spürst du nicht, dass es immer kälter wird?«

»Ich friere schon die ganze Zeit über fürchterlich«, gab er zu.

»Komm, wir nehmen meine Stute. Sie muss uns solange tragen, bis wir Kunz gefunden haben.«

Während Albrecht mühsam auf das Pferd kletterte, drehte Bärbel sich um und rief in das Schneetreiben hinein. »Kunz, kannst du mich hören?«

Es kam jedoch keine Antwort. Der Stallknecht musste auf der gewohnten Straße weitergeritten sein und würde erst auf Burg Schmölz bemerken, dass sie vom Weg abgekommen war.

»Kannst du mir sagen, in welche Richtung wir gehen müssen?«, fragte sie ihren Mann.

Albrecht schüttelte den Kopf. »Ich bin einer schattenhaften Gestalt gefolgt und habe mich dabei verirrt.«

»Mir ging es genauso. Aber ohne diesen Schemen hätte ich dich nicht gefunden. Vielleicht ist es ein Mensch, der sich in den Wäldern versteckt. Aber er kann nicht bösartig sein, sonst hätte er mich nicht zu dir geführt.«

Noch während Bärbel es sagte, schoss Albrecht ein anderer Gedanke durch den Kopf. »Aber wenn es sich um einen Geist handelt?«

»Ich glaube nicht …«, begann Bärbel, brach aber ab, denn eben hatte sie eine junge Frau entdeckt, die durch das Schneetreiben auf sie zukam. Ein Stück vor ihnen blieb die Fremde stehen und machte eine einladende Handbewegung. Obwohl Bärbel beim Anblick der Frau ein seltsames Gefühl beschlich, hoffte sie auf Hilfe. Sie wunderte sich, dass die andere trotz der Kälte nur mit einem dünnen dunkelblauen Kleid bekleidet war und trotzdem nicht zu frieren schien. Ihr Anblick versprach jedoch einen Platz am Feuer und hoffentlich auch eine kräftigende Mahlzeit. Daher führte Bärbel die Stute auf die Frau zu.

Bevor sie die Fremde erreichte, drehte diese sich um und ging voraus. Es dauerte eine Weile, bis Bärbel bemerkte, dass die andere keine Fußstapfen im Schnee hinterließ, während sie selbst bis zu den Waden darin einsank. Doch ihr blieb nichts anderes übrig, als sich auf ihr Gefühl zu verlassen, und das gebot ihr, der Fremden zu vertrauen, die ihnen von Zeit zu Zeit einen besorgten Blick zu warf.

Bärbel beeilte sich, ihr zu folgen, denn Albrecht hing immer kraftloser auf dem Rücken der Stute. Nicht lange, da führte die Fremde sie zu einer großen Lichtung, die sie wegen des reichlich fallenden Schnees nur teilweise überblicken konnten. Als sie endlich den Wald hinter sich gelassen hatten, kam eine Festung in Sicht, wie Bärbel sie noch nie gesehen hatte. Ein mannshoher Wall mit einem Palisadenzaun schützte große, aus mächtigen Baumstämmen errichtete Häuser sowie etliche kleinere Gebäude, die aus Flechtwerk und Lehm bestanden. Bärbels zögerte, doch das Winken der Fremden trieb sie weiter. Ihre Verwunderung wuchs, als sie beim Durchqueren das Tores sah, wie die Füße der Frau mit einem Mal Spuren im frischen Schnee hinterließen, so als wäre sie gerade stofflich geworden.

»Der Knecht wird sich deiner Stute annehmen. Das Pferd deines Gefährten befindet sich bereits hier!«

Es bereitete Bärbel Mühe, die Fremde zu verstehen, denn sie sprach einen altertümlichen Dialekt. Sie atmete jedoch dankbar auf, als zwei Männer herantraten und Albrecht vom Pferd halfen, während ein Dritter den Zügel der Stute ergriff und sie zu einem niedrigeren Gebäude brachte.

Da Bärbel Albrecht nicht allein lassen wollte, folgte sie den beiden Männern und deren Herrin in ein kleineres Haus. Innen war es wegen der geschlossenen Fensterläden dunkel, doch im nächsten Augenblick brachte eine Magd eine brennende Öllampe herein und stellte sie auf den Tisch. Auf ein Zeichen ihrer Herrin legten die Knechte Albrecht auf ein mit Fellen bedecktes Lager und entfernten sich wieder.

»Hilf mir, deinen Gefährten zu entkleiden. Ich will sehen, wie stark er verletzt ist.«

»Steht es schlimm um mich?« Albrecht war auf dem letzten Stück des Weges in eine Art Halbschlaf versunken und kam nun wieder zu sich.

»Du bist hier in guter Hut«, erklärte die Fremde und machte sich daran, ihm den pelzgefütterten Mantel und die Tunika auszuziehen. Bärbel half ihr und strich dabei mit ihren Fingerspitzen über Albrechts Oberkörper. Sie hielt sich für eine halbwegs brauchbare Heilerin und fand heraus, dass ihr Mann auf dem gefrorenen Boden zwar schwer gestürzt war, zum Glück aber nur zwei angebrochene Rippen zu beklagen hatte. Die Prellung würde er jedoch noch etliche Tage spüren.

Nun nahm die Frau in dem blauen Kleid einen Tiegel mit einer scharf riechenden Salbe, welche die Magd ihr reichte, und trug sie mit sanften Bewegungen auf Albrechts Schulter und Brustkorb auf. Dann begann sie, die verletzten Stellen mit aufgewickelten Leinenstreifen zu verbinden. Bärbel empfand beinahe Neid, so geschickt hantierte die Fremde.

Die Frau lächelte ihr beruhigend zu. »Dein Gefährte wird sich rasch erholen und kann heute Abend bei der Feier der Geburt des Herrn teilnehmen. Ihr seid doch gute Christen?«

Bärbel wunderte sich über diese Frage, nickte aber und zeigte auf das kleine silberne Kreuz, das sie um den Hals trug. »Freilich sind wir gute Christen, wie alle Leute in diesem Land.«

»Dann ist es gut!« Die andere atmete sichtlich auf und bat Bärbel, sie zu entschuldigen. »Ich muss nachsehen, ob alles für das Festmahl vorbereitet ist. Wir haben viele Gäste, weißt du, und mein Gemahl will vor ihnen nicht als geizig erscheinen.«

Das kannte Bärbel von den Weihnachtsfesten in ihrem Elternhaus, dem Hirschhof. Auch dort war der Tisch stets reichlich gedeckt gewesen. »Geht ruhig! Ich bleibe derweil bei meinem Mann!«

Ihre Gastgeberin verließ zufrieden lächelnd das Haus.

»Ich möchte wissen, wo wir hier sind«, sagte Albrecht und stöhnte auf, da ihm das Sprechen schwerfiel.

Bärbel hob hilflos die Hände. »Ich erinnere mich nicht, jemals von einer Burg wie dieser gehört zu haben. Dabei kann sie kaum mehr als drei oder vier Reitstunden von der Wallburg entfernt liegen.«

»Mir kommt das Ganze unheimlich vor. Es war nämlich unsere Gastgeberin, die mein Pferd absichtlich hat scheuen lassen. Ich hätte mir bei dem Sturz wer weiß was brechen können, sogar das Genick.« Albrecht war wieder munter genug, um Zorn zu empfinden.

Bärbel rieb sich nachdenklich über die Stirn. »Mir scheint, sie sucht verzweifelt nach Hilfe. Nur deshalb ist sie dir in den Weg getreten.«

»Aber sie wollte nicht mich haben, sondern dich!« Albrecht wusste, dass er selbst ein ganz normaler Mensch war, während Bärbel das Erbe alter Opferpriesterinnen in sich trug und Kräfte besaß, die missgünstige Leute durchaus mit Hexerei in Verbindung bringen konnten.

Bärbel wurde im gleichen Augenblick klar, dass ihr Mann recht hatte. Die Fremde hatte sie hierher locken wollen, und nun nahm sie ihr übel, dass Albrecht dabei zu Schaden gekommen war. Gleichzeitig wuchs ihre Neugier, und sie fragte sich, welcher Grund hinter dem Ganzen stecken mochte.

✡

Bärbel und Albrecht blieben nicht lange allein, denn bald erschien die Gastgeberin wieder und reichte ihnen je einen Becher Würzwein. »Seid mir willkommen!«, verkündete sie mit einem so freundlichen Lächeln, dass beide ihren Groll vergaßen.

»Auf Euer Wohlsein!« Albrecht leerte den Becher in einem Zug und schnalzte dann anerkennend mit der Zunge. »Der Trank mundet beinahe noch besser als der Würzwein, den Mette zu bereiten versteht, und das will etwas heißen.«

Das Lob freute die Dame, und sie bat ihre unfreiwilligen Gäste, mit ihr in die Halle zu kommen. »Das Fest hat begonnen, und der Met fließt bereits in Strömen. Ich möchte, dass ihr meinen Gemahl begrüßt, ehe ihn die Zahl der getrunkenen Becher überwältigt.«

Bärbel kicherte leise und zwinkerte der Fremden verständnisvoll zu. Männer schienen überall gleich zu sein. Auch wenn Albrecht dem Wein im Allgemeinen nur mäßig zusprach, so feierte er solche Feste wie die Geburt des Herrn recht ausgelassen. Bei dem Gedanken erinnerte sie sich daran, dass auch in der Wallburg alles für die große Feier vorbereitet worden war, an der sie nun nicht teilnehmen konnten.

»Es tut mir um Usch, Mette und die anderen leid. Sie haben sich so viel Mühe gegeben und müssen nun ohne uns feiern.«

»Ich hoffe, unser Fest entschädigt Euch ein wenig für diesen Verlust. Ein frommer Mann ist gekommen und wird für uns beten.«

Obwohl ihre Gastgeberin munter klingen wollte, spürte Bärbel Angst in ihrer Stimme. »Wir müssen vorsichtig sein«, flüsterte Bärbel Albrecht zu und reichte ihm den Schwertgurt, den ihm die Fremde zuvor abgenommen hatte.

»Wie heißt Ihr übrigens, edle Dame?«, fragte sie, da sie den Namen ihrer Gastgeberin noch immer nicht kannte.

»Audefleda«, antwortete diese leise.

Diesen Namen hatte Bärbel noch nie gehört. Er schien heidnischen Ursprungs, doch das wollte sie der Frau nicht sagen. »Ich heiße Bärbel, oder besser gesagt Barbara, nach der Heiligen Barbara. Und mein Gemahl nennt sich Albrecht.«

»Seid mir willkommen.« Audefleda neigte kurz das Haupt und wies zur Tür.

Während er aus dem Haus trat, stellte Albrecht überrascht fest, dass es ihm bereits viel besser ging. Er kniff Bärbel leicht in den Hintern, damit sie sich ihm zuwandte. »Ich glaube, die Frau ist eine Heilerin. Meine Schmerzen sind fort, und ich kann meinen rechten Arm wieder bewegen.«

»Dann muss sie sehr stark sein.« Bärbel betrachtete Audefleda und bemerkte erst jetzt, wie ungewöhnlich und altmodisch die Frau gekleidet war. Ihr Kleid lag sehr eng am Körper an und glich mehr einem Gewand, wie Männer es trugen. Um die Schultern hatte sie ein wollenes Tuch geworfen, das von einer goldenen Schließe gehalten wurde. Das Schmuckstück wirkte fremdartig, ebenso die Schärpe, die sich um ihre Hüften schlang. Bärbel hatte zwar nicht ihr bestes Kleid angezogen, doch es war um einiges weiter und reichte bis auf den Boden, nicht nur bis knapp über die Waden.

Jetzt war Bärbel auch auf die Männer der Burg gespannt, und sie wurde nicht enttäuscht. Die Tunika des Burgherrn, eines großen, rotgesichtigen Mannes mit hellblonden Locken, war von einfacherem Schnitt als Albrechts Obergewand, und darunter trug er unmodische weite Hosen und Schuhe ohne jene Schnabelspitzen, wie Albrecht sie besaß. Um die Schultern des Mannes lag ein Umhang, den er auf der rechten Seite gerafft hatte. Auch das Schwert, das in einer silberbeschlagenen Lederscheide steckte, sah anders aus als die Waffe, die Albrecht trug. Der Griff war kürzer, ebenso die Parierstange. Am seltsamsten aber war das Schmuckstück, das den Hals des Mannes umrahmte. Es ähnelte einem verschnörkelten Hammer. Etliche seiner Gäste, darunter ein junger Mann, dessen Ähnlichkeit mit Audefleda sofort ins Auge stach, schmückten sich mit ähnlichen Anhängern.

Im Gegensatz zu den anderen trug der Besucher, der in der schlichten Kutte auf dem Ehrenplatz neben dem für Audefleda vorgesehenen Stuhl saß, ein handspannenlanges Kreuz aus Holz auf seiner Brust. Er entdeckte nun die beiden neuen Gäste, vor allem aber das silberne Kreuz, das Bärbel offen trug, schob den Topf von sich weg, der den Symbolen nach zu urteilen Weihwasser enthielt, und nickte ihnen fröhlich zu.

»Gottes Segen sei mit Euch, ehrenwerte Fremde!« Seine Aussprache klang noch fremdartiger als die ihrer Gastgeberin, und Bärbel erriet den Sinn seiner Worte mehr, als sie ihn verstand.

»Das ist Herr Winfried aus England, ein Mann Gottes, der das Heidentum durch die Macht seiner Worte vertreiben wird«, stellte Audefleda ihn vor.

Ihr Mann und ihr Bruder zeigten verärgerte Gesichter, während ein weiterer Gast, der in eine auffallend grellrote Tunika und ebensolche Hosen gekleidet war, wie eine gereizte Schlange zischte. »So leicht sind Wotan und Donar nicht zu stürzen!«

»Ganz recht!« Audefledas Bruder packte seinen Metbecher und hob ihn in die Höhe. »Auf Wotan, Donar und alle Götter unserer Ahnen.«

Der rot gewandete Mann klopfte ihm begeistert auf die Schultern. »So ist es recht, Audalrich. Weise diejenigen in ihre Schranken, die einen Mann anbeten, der so schwach war, sich von seinen Feinden ans Kreuz schlagen zu lassen. So etwas kann kein vernünftiger Mensch einen Gott nennen!«

Bärbel wandte sich flüsternd an Albrecht. »Wo sind wir hingeraten?« Ihr Mann schüttelte sich und verfolgte den Streit mit unruhiger Erwartung.

Die höhnischen Worte des Rotrocks trafen Audefleda wie ein Schlag. »Darf ich Euch darauf hinweisen, Thorismund, dass auch Ihr ein Fremder in dieser Halle seid und es Euch nicht ansteht, die Hausherrin und deren Gäste zu beleidigen!«

»Mein Weib hat recht«, erklärte ihr Mann mürrisch. »Ich habe ihr erlaubt, diesen Missionar zu holen und ihn heute predigen zu lassen, und so wird es geschehen.«

Der Mann in der Kutte, der nach Bärbels Schätzung nicht älter als dreißig sein konnte, erhob sich. Sein Gesicht wirkte nun sehr energisch, und seine Augen schienen die Menschen zu durchdringen. Mit der Rechten ergriff er sein Kreuz und hob es in die Höhe. »Unser Herr Jesus Christus ist mächtiger als all die Götzen aus Holz oder Stein, zu denen ihr betet. Er allein öffnet euch den Weg ins Himmelreich. Wer nicht an ihn glaubt, ist der Hölle verfallen!«

Der Mann, der Thorismund genannt wurde, zuckte bei den machtvoll durch die Halle rollenden Worten zusammen, als habe ihn ein Blitzstrahl aus dem Nichts getroffen. Doch er hatte sich einen Augenblick später wieder in der Gewalt und wandte sich mit tückisch blitzenden Augen an Audefledas Bruder Audalrich.

»Willst du es zulassen, dass dieser Kuttenträger Wotan und den mächtigen Donar schmäht? Nein, sage ich! Töten wir den Kerl und werfen seinen Kadaver den Wölfen zum Fraß vor.«

»Ihr könnt mich töten, doch mein Herr Jesus Christus wird siegen und die Menschen, die an ihn glauben, erlösen. Wir feiern heute das Fest seiner Geburt. Seine Macht ist größer als die aller Wotans und Donars, zu denen ihr Heiden betet!«

Der Missionar sprach mit bewundernswerter Inbrunst, doch Bärbel begann, um sein Leben zu fürchten. Er war allzu kühn, denn die Leute in dieser Halle waren von ganz wenigen Ausnahmen abgesehen augenscheinlich keine Christenmenschen. Audefleda biss sich auf die Lippen, um kein unbedachtes Wort entschlüpfen zu lassen, drehte dem Fremden, der den Tod des Predigers gefordert hatte, den Rücken zu und kniete vor ihrem Ehemann nieder.

»Ich bitte dich, höre den frommen Mann an und beuge dein Haupt vor Jesus Christus, auf dass deine Seele ins Paradies finde.«

»Paradies!« Thorismund spie diesen Begriff förmlich aus. »Weiber mögen sich nach so etwas sehnen, doch ein Krieger, besonders ein wahrer Anführer, strebt danach, in Walhalla aufgenommen zu werden und zu Wotans unsterblichen Scharen zu zählen!«

»Gut gesprochen!« Audalrich sprang auf und versetzte dem Missionar einen Stoß vor die Brust. »Trolle dich, Christusknecht, und predige den Weibern. Wahre Männer verachten deine Rede.«

»Nein, Bruder!« Audefleda versuchte, Audalrich zurückzudrängen. Dieser schob seine Schwester wie einen Sack Mehl beiseite und griff zum Schwert. »Ich bringe diesen Engländer jetzt zum Schweigen. Wer wagt es, mich daran zu hindern?«

»Ich wage es!« Obwohl Albrechts Rippen wieder schmerzten und er sich nur vorsichtig zu bewegen vermochte, trat er auf Audalrich zu und zog seine Waffe.

Bärbel stöhnte entsetzt auf und wollte ihn zurückhalten.

Da geschah etwas Unheimliches. Sie vernahm Thorismunds Kichern, das direkt der Hölle entsprungen zu sein schien. Nun bemerkte sie, dass von dem Mann eine Schwärze ausging, die sich langsam ausbreitete. Außer ihr schien niemand die giftige Wolke zu sehen, die nacheinander Audalrich, Audefleda, deren Mann und auch Albrecht einhüllte. Gleichzeitig schrumpfte Thorismund vor ihren Augen und verwandelte sich von einem stattlich aussehenden, aber fremdartig gekleideten Mann in ein buckliges Geschöpf mit einem Bocksgesicht, zwei krummen Hörnern auf der Stirn, einem in einer Quaste auslaufenden Schwanz und einem linken Bein, das in einem gespaltenen Huf endete. Bärbel erstarrte. Schon einmal war sie einem solchen Geschöpf begegnet und wusste, welch tödliche Gefahr von diesem Wesen ausging. Zu jener Zeit hatte ein Mächtigerer ihr geholfen, den Teufelsknecht zu vertreiben. Diesmal aber war sie auf sich allein gestellt.

Während Bärbel gegen die Angst ankämpfte, die ihr das Höllengeschöpf einflößte, versuchte der Missionar die erhitzten Gemüter zu beruhigen. »Setzt euch, meine Freunde. Heute ist der Tag der Geburt des Herrn! Da sollte kein Blut vergossen werden.«

Albrecht fühlte, wie schwach er war, und trat einen Schritt zurück. Sofort verhöhnte Thorismund ihn als Feigling. »Sind das die Krieger, die für ihren sogenannten Heiland kämpfen wollen? Kein Wunder, dass dieser Mensch wie ein gewöhnlicher Räuber ans Kreuz geschlagen wurde.«

Diese Beleidigung wollte Albrecht nicht auf sich sitzen lassen und funkelte Thorismund an. »Wenn du so mutig bist, wie deine Worte klingen, dann zieh deine Waffe!«

Bärbel wollte ihn zurückhalten, doch sie brachte kein Wort hervor.

»Audalrich hat das erste Anrecht auf einen Zweikampf mit dir«, lachte die Höllenkreatur.

Um Albrechts Lippen erschien ein verächtlicher Zug. »Wer also ist der Feigling von uns beiden?«

Thorismund sprang auf und streckte seine krallenartige Hand nach Albrecht aus. »Ich werde dir das Herz aus dem Leib reißen und es mit großem Genuss verspeisen.«

Bärbel trat auf ihn zu und streckte ihm ihr silbernes Kreuz entgegen. »Du wirst niemanden mehr ins Verderben ziehen, Teufelsgezücht!«

Der Höllenknecht lachte höhnisch und wollte nach ihr greifen. In dem Augenblick fielen Bärbel all die lateinischen Formeln ein, mit denen ihr Burgkaplan regelmäßig die bösen Geister zu vertreiben pflegte und die sie inzwischen auswendig kannte. Jetzt bemühte sie sich, die Worte so klar wie möglich auszusprechen.

Dem Teufelswesen verging das Lachen. Es schrie kurz auf und wandte sich dann mit einer ausholenden Geste an Audalrich.

»Töte das Weib!«

Der junge Mann zögerte, aber als ihn Thorismunds flammender Blick traf, riss er mit verzerrter Miene das Schwert hoch.

Die Klinge zuckte auf Bärbel zu, doch bevor sie treffen konnte, parierte Albrecht den Angriff. Nun folgte Hieb auf Hieb. Jeder sah, dass Audalrich seinen Gegner töten wollte, um den Befehl, den das Höllengeschöpf ihm gegeben hatte, zu erfüllen.

Seine Schwester flehte ihn verzweifelt an, einzuhalten, doch als sie sich ihm in den Weg stellen wollte, schlug er auch auf sie ein. Erneut gelang es Albrecht, die Waffe abzulenken, doch als er Audefleda beiseitestoßen wollte, um sie aus der Reichweite ihres Bruders zu bringen, traf ihn die Klinge an der linken Schulter.

Bärbel sah entsetzt, wie ihr Mann heftig zu bluten begann, doch noch gab Albrecht nicht auf. Wut und Schmerz stachelten ihn an, und er drang mit wuchtigen Hieben auf Audalrich ein. Verletzt, wie er war, hätte er unterliegen müssen, doch sein Gegner hatte dem Met bereits zu sehr zugesprochen, und seine

Bewegungen waren entsprechend langsam und unbeholfen. Es gelang ihm nicht mehr, Albrechts Schwertstreiche abzuwehren, und er blutete rasch aus etlichen Wunden.

Einige Männer schienen bereit, ihm beizustehen, da aber gellte Audefledas Schrei durch die Halle. »O Gott, es darf niemand sterben!«

In dem Augenblick erfasste Bärbel der wilde Zorn. Sie vergaß ihr Latein und schrie den Höllenknecht in der Volkssprache an. »Verschwinde, du Ausgeburt des Bösen, und lass dich nie mehr hier blicken!«

Ihre Finger, die sonst Verletzten Heilung brachten, schleuderten Funken und kleine Blitze gegen die Höllenkreatur. Diese jaulte vor Schmerzen auf und schrie die Krieger an, die Hexe endlich zu erschlagen. Seiner Stimme aber fehlte mit einem Mal die Kraft, die Männer sonst zum bedingungslosen Gehorsam zwang.

Selbst Audalrich und Albrecht hielten nun inne, Bärbels Mann aber hielt trotz des Blutes, das bereits in Strömen über seine Hände lief, die Waffe bereit, um seine Frau zu beschützen.

Bärbel trat mit erhobenem Kreuz auf das Teufelsgeschöpf zu. »Kehre dorthin zurück, von wo du gekommen bist, und betrete niemals mehr diese Erde! Ich befehle es dir im Namen des Vaters, des Sohnes und des Heiligen Geistes, amen!«

Thorismunds Kraft schwand unter Bärbels innerem Feuer, und er vermochte seine angenommene Gestalt nicht länger beizubehalten. Nun wurde er für alle zu jenem haarigen, tierartigen Wesen, das Bärbel in ihm erkannt hatte.

Audefleda kreischte vor Entsetzen auf, und ihr Mann machte das Zeichen gegen den bösen Blick. Auch der Engländer starrte das Teufelsgeschöpf einige Augenblicke voller Schrecken an. Dann aber ergriff er sein Kreuz und streckte es Thorismund wie eine Waffe entgegen. Seine Worte klangen zwar nicht ganz so mächtig wie Bärbels, doch auch sie trafen das Teufelswesen wie Peitschenhiebe.

Thorismund erkannte, dass er die Männer in der Halle nicht mehr in seinem Sinne beeinflussen konnte, und versuchte, mit eigener Hand sein Schicksal zu wenden. Mit einem weiten Satz sprang er auf Bärbel zu und stieß dabei Albrecht, der sich ihm in den Weg stellen wollte, wie ein lästiges Kind beiseite. Bevor er sie mit seinen scharfen Krallen packen und zerfetzen konnte, leerte der Missionar seinen Topf mit geweihtem Wasser über ihm aus.

Das Teufelswesen schrie auf, als würde es nun selbst zerrissen, und sank kraftlos vor Bärbel zu Boden.

Audalrich würgte vor Ekel, riss aber sein Schwert hoch und stürmte auf den Höllendämon zu. »Fahre zur Hel oder zur Hölle oder sonst wohin, du hässliches Ding!« Seine Klinge traf jedoch nur noch Luft, denn im selben Augenblick tat sich die Erde unter Thorismund auf. Ein beißender Schwefelgeruch durchzog die Halle, und für die Dauer mehrerer Herzschläge sahen alle in ein feuriges Reich tief unter ihren Füßen, dem der Flüchtling nun zueilte. Dann schloss sich der Boden wieder, und es wurde totenstill.

Es dauerte eine Weile, bis sich in der Halle etwas regte. Winfried kniete nieder und sprach ein Gebet. Dabei sah er aus, als könne er selbst nicht begreifen, warum er noch am Leben war. Audalrich, dem der Schrecken sichtlich in die Glieder gefahren war, trat auf den englischen Missionar zu und beugte das Haupt.

»Die Macht deines Herrn Jesus Christus ist wahrlich groß! Ich bekenne, dass er stärker ist als Donar, Wotan oder ein anderer unserer alten Götter. Daher bitte ich dich, mich in deinem Glauben zu unterweisen, damit auch ich dem Segen des christlichen Glaubens teilhaftig werden kann!«

Es war wie ein Signal. Einer nach dem anderen kniete vor Winfried nieder und bekannte, nunmehr an Christus glauben zu wollen. Audefledas Augen glänzten, als auch ihr Mann diesem Beispiel folgte, und sie umarmte Bärbel voller Freude.

»Danke für alles!«, flüsterte sie.

Bärbel hatte jedoch nur Augen für ihren Ehemann. Energisch schob sie Audefleda zurück und eilte zu Albrecht. »Bist du schwer verletzt?«

Er schüttelte mit zusammengebissenen Zähnen den Kopf. »Es geht. Aber ich hätte nichts dagegen, wenn du mich verbinden könntest.«

»Das wird gleich geschehen!« Audefleda hatte ihre Fassung wiedergefunden und wies die Mägde an, Verbandszeug zu holen. Danach half sie Bärbel, Albrecht und ihrem Bruder die Oberbekleidung auszuziehen, und begann, die beiden Männer zu verbinden.

Bärbel sah das weiche Licht, das dabei von ihren Händen in die Leiber der Verletzten strömte, und beobachtete staunend, wie deren Wunden zu bluten aufhörten und sich schlossen.

»Du könntest mir helfen, denn schließlich besitzt du dieselbe Gabe wie ich«, schlug Audefleda vor.

Bärbel nickte verwirrt, kümmerte sich dann aber um ihren Mann, der unter ihrer sanften Berührung sichtlich kräftiger wurde und auch den Becher Met nicht ablehnte, den ihn eine der Mägde reichte.

✡

Es wurde ein denkwürdiges Weihnachtsfest. Bärbel und Albrecht vergaßen, dass sie eigentlich nicht dazugehörten, und lauschten voller Andacht der Predigt des Engländers, der von der Geburt des Herrn und den Tagen von Bethlehem berichtete.

Wohl selten war der Weihnachtstag so inbrünstig gefeiert worden wie hier, und als es Zeit wurde, ins Bett zu gehen, bedauerte Bärbel, dass das Fest zu Ende war. Albrecht war jedoch froh, sich hinlegen zu können. Seine Verletzungen schmerzten noch immer, und der ungewohnte, aber wohlschmeckende Met hatte ihn müde gemacht.

Audefleda brachte beide zurück in das Haus, in dem sie Albrecht verarztet hatte, und befahl ihren Mägden, die besten

Pelze für ihre Gäste zu holen. Während Albrecht sich hinlegte und auch rasch einschlief, blieb Bärbel auf der Bettkante sitzen und sah ihre Gastgeberin fragend an.

»Willst du mir nicht erklären, was hier geschehen ist?«

Ihre Gastgeberin wirkte mit einem Mal scheu und schuldbewusst. »Du darfst aber nicht schlecht von mir denken!«

»Das werde ich nicht«, versprach Bärbel.

Audefleda atmete tief durch und fasste ihre Hand. »Es war viele Jahre vor deiner Zeit, als der englische Missionar in unser Dorf kam und zu predigen begann. Ich war bereits Christin, doch mein Gemahl, mein Bruder und deren Männer lehnten das Christentum ab. Um sie zu überzeugen, lud ich Winfried ein, das Julfest – oder wie man bei euch sagt, das Weihnachtsfest – mit uns zu feiern. Ich hoffte, er könnte meine Verwandten von der Kraft des Christentums überzeugen. Doch diesem Thorismund, der an jenem Tag zu uns gekommen war, gelang es, die Männer gegen Winfried aufzuhetzen und meinen Bruder so weit zu bringen, dass er den frommen Mann erschlug.«

Bärbel wollte etwas einwenden, doch Audefleda bat sie zu schweigen und setzte ihren Bericht fort.

»Winfried erkannte im Sterben, wer der wahre Schuldige war, und er verfluchte ihn und uns, dieses Weihnachtsfest Jahr für Jahr erneut durchleben zu müssen, bis es einem Menschen gelingen würde, den Mord zu verhindern. Doch dazu bedurfte es jemanden mit einer starken inneren Kraft. Ich besitze ein wenig von dieser Gabe, und daher gelang es mir, mich immer wieder am Weihnachtstag aus dem Bannkreis der Burg zu entfernen und nach einem Retter zu suchen. Doch es hat Jahrhunderte gedauert, bis ich jemanden fand, der stark genug dazu war. Das warst du.«

Bärbel dachte in diesem Augenblick nicht an Albrecht, sondern sah ihre Gastgeberin fragend an. »Seid ihr jetzt erlöst?«

Audefleda nickte. »Wir sind es! Endlich können wir in unsere Zeit zurückkehren und unser Leben an dem Morgen beginnen, der auf das Weihnachtsfest gefolgt ist. Doch jetzt schlafe. Wenn du aufwachst, werden Jahrhunderte zwischen uns liegen.« Tränen traten ihr in die Augen, und sie umarmte Bärbel ein letztes Mal. Dann wandte sie sich ab, blieb aber an der Tür stehen, als habe sie noch etwas vergessen.

»Auch wenn die Zeiten uns trennen, so fließt doch in uns beiden das gleiche Blut!« Damit ging sie, und Bärbel brauchte einen Augenblick, bis sie voller Staunen begriff, dass sie ihrer eigenen Ahnfrau begegnet sein musste. Sie wollte Audefleda folgen, doch da glaubte sie eine Stimme zu hören, die ihr riet, sich nun hinzulegen.

»Es wird wohl das Beste sein«, murmelte sie bedauernd, und schlüpfte zu Albrecht unter die Felle. Es dauerte jedoch eine ganze Weile, bis der Schlaf sie holte, und sie schlummerte über der Überlegung ein, ob sie mit der Rettung ihrer Ahnin erst dafür gesorgt haben mochte, dass sie selbst existierte.

✡

Als Bärbel erwachte, blickte sie sich verwundert um. Sie lag im Freien, eingepackt in warme Pelze und im Windschutz einer mächtigen Eiche, die zu Audefledas Zeiten gewiss nicht an dieser Stelle gestanden hatte. An zwei anderen Bäumen in der Nähe waren ihre Pferde angebunden und knabberten an den kahlen Zweigen.

Noch während Bärbel sich ihrer Umgebung bewusst wurde, regte Albrecht sich neben ihr und sah sie an. »Ich habe ganz seltsam geträumt!« Dann begriff auch er, dass er nicht in ihrer Schlafkammer in der Wallburg lag, und schlug das Kreuz.

»Das gibt es doch nicht, oder?«

»Doch, wir haben es erlebt. Lass uns ein Gebet sprechen für diese Menschen, dann sollten wir zusehen, wie wir zur Wallburg zurückkommen. Usch und die anderen werden uns schon schmerzlich vermissen.«

Albrecht nickte ein wenig traurig. »Es wäre unsere erste

Weihnachtsfeier als Herrin und Herr der Wallburg gewesen, und wegen dieses Teufelswesens haben wir sie versäumt.«

»Es war wichtig, das Höllengeschöpf zu entlarven«, wies Bärbel ihn zurecht. Sie schälte sich aus ihren Pelzen und schlüpfte in ihre Kleidung, die säuberlich gefaltet neben dem Bett lag. Der Stoff war kalt, und sie schauderte ein wenig, doch dann wurde ihr rasch warm.

»Auf das Frühstück werden wir heute wohl verzichten müssen.« Es klang ein wenig bedauernd, gleichzeitig aber fühlte Albrecht, dass er so rasch wie möglich nach Hause wollte. Während er sich ankleidete, fiel sein Blick auf die herrlichen Pelze.

»Wir sollten sie mitnehmen. Es wäre schade, sie hier verderben zu lassen!«

»Ein vernünftiger Gedanke. Sehen wir sie als Audefledas Weihnachtsgeschenk an. Sie werden uns immer an sie und den Engländer Winfried erinnern.«

Albrecht rieb sich nachdenklich die Nase. »Winfried! Sollte es gar der heilige Bonifazius gewesen sein, dem wir geholfen haben?«

»Es mag auch andere Engländer mit diesem Namen gegeben haben«, wandte Bärbel ein. Doch auch sie fand den Gedanken aufregend, dem Apostel der Deutschen persönlich begegnet zu sein. Während Albrecht die Pferde sattelte, band sie die Pelze zusammen und keuchte im nächsten Augenblick voller Staunen auf. Unter dem Pelz, der ihr als Kopfkissen gedient hatte, lag jene kostbare Goldspange, die Audefleda am letzten Abend getragen hatte. Sie nahm das Schmuckstück in die Hand und berührte damit die Stirn. Ihr war, als würde sie durch die Jahrhunderte hindurch ihre Ahnin sehen, die andächtig der Predigt des Missionars lauschte und mit einem Mal lächelnd in ihre Richtung blickte.

Schnell schob Bärbel die Spange unter ihr Kleid und machte sich aufbruchbereit. Als Albrecht kam und das Bündel Pelze an sich nahm, um es hinter seinen Sattel zu binden, zupfte sie ihn am Ärmel.

»Wie steht es um deine Verletzungen?«

Albrecht blieb stehen, sog tief die Luft in die Lungen und schüttelte verblüfft den Kopf. »Ich spüre nichts mehr. Es ist, als wäre es nie geschehen.«

»Audefleda war eine große Heilerin«, erklärte Bärbel.

»Du aber auch.« Albrecht erinnerte sich an den warmen, kräftigenden Strom, der in der Nacht von Bärbel zu ihm herübergeflossen war, und küsste sie dankbar auf den Mund.

»So, jetzt aber nichts wie nach Hause!«, entschied er und hob sie auf ihre Stute.

✫

Bärbel und Albrecht befanden sich weiter von ihrem Heim entfernt, als sie erwartet hatten, und es dauerte eine Weile, bis sie den richtigen Weg gefunden hatten. Während des Ritts schwiegen sie und hingen ihren eigenen Gedanken nach. Als nach einigen Stunden die Mauern ihrer Burg vor ihnen aufragten, drehte Bärbel sich zu Albrecht um.

»So schön es auch war, ich hätte gerne mit unseren Leuten gefeiert.«

»Das werden wir beim nächsten Weihnachtsfest tun.« Albrechts Stimme klang belegt, denn bis dahin dauerte es noch ein ganzes Jahr. Er lenkte seinen Hengst auf die Straße des Marktors und sah zu seiner Verwunderung, wie alle Leute der Burg zuströmten. Als sie ihn und Bärbel sahen, winkten sie und ließen sie hochleben.

»Wenigstens freuen sich die Leute, uns zu sehen«, erklärte er und erwiderte die Grüße. Bärbel hingegen blickte mit großen Augen zur Burg hoch. Das Tor stand offen, und als sie näher kamen, fand sie den Burghof festlich geschmückt. Mägde schenkten Würzwein aus, Weihnachtsäpfel brutzelten über Holzkohlenfeuern und Vater Hieronymus' Knabenchor stimmte eben ein frommes Lied an, während der Stallknecht Kunz auf sie zulief und vor Freude weinte.

»Gott im Himmel, ist das möglich? Dem Herrn sei Dank, dass ihr gesund seid! Ich habe mir furchtbare Sorgen gemacht, als ich die Burgherrin plötzlich nicht mehr gesehen habe und in Schmölz erfahren musste, dass weder sie noch Ihr, Herr Albrecht, dort angekommen seid. Da Ihr bei meiner Rückkehr auch nicht zuhause wart, wollte ich gerade mit den Knechten aufbrechen, um Euch zu suchen.«

Bärbel und Albrecht blickten sich erstaunt an, dann wandten sich beide dem Stallknecht zu. »Welcher Tag ist heute?«

»Nun, der Weihnachtsfeiertag, aber das wisst Ihr doch selbst!«, rief Kunz verwirrt.

Tief durchatmend reichte Bärbel ihrem Mann die Hand. »Wir sind rechtzeitig zum Weihnachtsfest zurückgekehrt. Das ist wohl das größte Wunder, das uns widerfahren ist!«

»Ich kann es kaum glauben!« Albrecht schwang sich aus dem Sattel, half dann Bärbel vom Pferd und warf einem der Knechte beide Zügel zu.

»Was zögert ihr noch? Heute ist Weihnachten. Esst und trinkt, so viel ihr könnt!«

Michael Peinkofer

Der Orkvernichter

Vorbemerkung des Autors

Diese Geschichte spielt vor den Ereignissen, die in meinem Roman »Die Rückkehr der Orks« beschrieben werden: In Sochgal ist noch alles beim Alten; Rammar und Balbok sind noch nicht die gefeierten Helden, die sie später einmal werden, und ihr stiernackiger Anführer Girgas ist noch am Leben. Die nachfolgend beschriebenen Ereignisse tragen sich zu, als Balbok und Rammar in Girgas' Auftrag ein Dorf der Menschen ausspionieren sollen. Ähnlichkeiten mit anderen fiktiven Charakteren sind übrigens durchaus beabsichtigt und als liebevolle Hommage zu verstehen.

M. P.

»Und? Siehst du was?«

Im beißenden Wind, der über die flachen Hügel fegte, war die Frage kaum zu verstehen. Eine Antwort blieb folglich aus.

»Ob du etwas sehen kannst, will ich wissen«, zischte es noch einmal, diesmal schon etwas lauter.

»Nein«, drang es gedämpft zurück.

Nein? Was, bei Torgas Eingeweiden, hatte das zu bedeuten?

Rammar stieß eine lautlose Verwünschung aus. Wie oft musste er seinem dämlichen Bruder noch beibringen, wie man einen feindlichen Posten auskundschaftete?

Stöhnend setzte er seine beträchtlichen Leibesmassen, die bäuchlings im Schnee ruhten, in Bewegung. Langsam, ganz vorsichtig hob er den klobigen Schädel, gerade so weit, dass er über die Schneewehe spähen konnte, hinter die er sich geflüchtet hatte. Was Rammar jedoch sah, ließ seine gelben Augen zornig aufblitzen.

Nur einige Armlängen von ihm entfernt lag sein missratener Bruder Balbok, das lange Elend, ebenfalls bäuchlings im Schnee, und wie Rammar hatte er es vorgezogen, sich hinter einen Schneehaufen zu ducken, den der heulende Wind aufgetürmt hatte. Rammar gönnte sich ein langes, ausgiebiges Seufzen.

»Kannst du jetzt etwas erkennen?«, erkundigte er sich dann.

»Nein«, kam es erneut zurück, ohne dass Balbok auch nur Anstalten unternahm, seinen verdammten Schädel zu heben.

Damit war Rammars Geduld erschöpft. Indem er die kurzen Arme nach vorn warf und seinen massigen Körper folgen ließ, wälzte er sich über die Schneewehe, hinter der er gekauert hatte, und rutschte bäuchlings in die Kuhle, in der sein hagerer Bruder Posten bezogen hatte. Dabei spürte er, wie sein Blut in Wallung kam und er gefährlich nahe an den Rand von *saobh* geriet – jener schrecklichen Raserei, aus der ein Ork nur wieder herausfand, indem er jemanden massakrierte.

Zum Beispiel einen dürren, dämlichen, zu nichts zu gebrauchenden Bruder …

»Du elender *umbal*!«, fuhr er Balbok an. »Was denkst du, tun wir hier? Verstecken spielen?«

»*Douk.*« Balbok schüttelte den Kopf, ohne auch nur einen einzigen Muskel in seinem ebenso langen wie hageren grünen Gesicht zu regen. »Wir sollen den Feind ausspionieren.«

»*Korr.* Und wieso spionierst du den Feind dann nicht aus, wenn ich fragen darf?«

»Nun, ich dachte …«

»Was dachtest du?«

»Wo du dich doch auch versteckt hattest …«

»Unverschämter *umbal*! Schmalgesichtiger Madenfresser!

Wie oft muss ich dir noch sagen, dass du das Denken mir überlassen sollst? Was würde wohl geschehen, wenn ich mich ganz nach vorne wagen und dabei entdeckt würde?«

»Sie würden dich erschlagen«, war Balbok sicher.

»Wenigstens das scheint in dein Blödhirn zu gehen«, schnaubte Rammar. »Und was würdest du dann ohne mich anfangen? Du wärst doch völlig aufgeschmissen ohne mich.«

»*Korr*, das ist wahr.« Balbok nickte.

»Na bitte. Deswegen bin *ich* es, der sich versteckt. Also heb jetzt endlich deine hässliche Visage aus der Deckung und finde heraus, was die Menschen dort unten treiben. Girgas sagte, er hätte Hunger, und wenn er kein Menschenfleisch zwischen die Zähne bekommt, dann wirft er am Ende uns in den Kessel. Kapiert?«

»*Korr*«, bestätigte Balbok noch einmal, dann machte er endlich Anstalten, einen Blick über den Grat der Schneewehe zu werfen.

»Und beeil dich«, gab Rammar ihm mit auf den Weg. »Deinetwegen friere ich mir hier noch den verdammten *asar* ab ...«

Diesmal tat Balbok, was man von ihm verlangte. Dabei verhielt es sich keineswegs so, dass der hagere Ork ein Feigling gewesen wäre, aber er pflegte stets das zu tun, was man ihm sagte. Und wenn man ihm keine genauen Anweisungen gab, folgte er eben dem Vorbild seines feisten Bruders.

»Und?«, erkundigte sich Rammar, aus der Deckung. »Was siehst du?«

»Menschen«, drang es gedämpft zurück.

»Wie viele?«, erkundigte sich Rammar, obwohl Zählen nicht eben zu den Stärken eines Orks gehörte.

»Nur einen.«

»Was?«

»Nur einen«, wiederholte Balbok leise.

»Nicht möglich!« Rammar hielt es auf seiner Tauchstation nicht mehr aus. Sollten sie den ganzen Aufwand – Anpirschen, Flüstern, bäuchlings durch den Schnee kriechen, sich vor Anspannung fast ins Kettenhemd erleichtern – wirklich nur eines einzigen Menschen wegen betrieben haben? Rammar hatte erwartet, mindestens auf einen Kriegstrupp zu stoßen, wenn nicht auf eine ganze Kompa…

Aber Balbok hatte recht.

Dort unten, am Fuß des verschneiten Hangs, von dem die Orks hinunterblickten, befand sich tatsächlich nur ein einzelner Mensch. Er kauerte am Boden und schien erbärmlich zu frieren, während er sich mit einigen Streifen Dörrfleisch stärkte. Der Anblick allein genügte, um den beiden Brüdern das Wasser im Maul zusammenlaufen zu lassen, wenn auch aus unterschiedlichen Gründen. Denn während Rammar das Dörrfleisch am liebsten aus den Händen des Menschen gerissen hätte, dachte Balbok mehr daran, Letzteren gleich mitzuverzehren …

»Nur einer«, stöhnte Rammar fassungslos. »Und er hat uns noch nicht einmal entdeckt.«

»*Korr.*« Balbok nickte. »Was tun wir?«

»Da fragst du noch? Wir schnappen uns das Milchgesicht und massakrieren es nach allen Regeln der Kunst. Das wird auf Girgas Eindruck machen.«

»Und wenn es eine Falle ist?«

Rammar schickte seinem Bruder einen genervten Seitenblick. »Was soll denn das jetzt?«

»Vielleicht verstecken sich die übrigen Menschen nur.«

»Dämlicher Hund – siehst du irgendwo dort unten Fußspuren im Schnee?«

»*Douk.*« Balbok schüttelte den Kopf.

»Und das bedeutet?«

»Das er … allein ist?«, fragte Balbok vorsichtig.

»Genau das, *umbal*«, bestätigte Rammar und versetzte seinem Bruder einen wuchtigen Fausthieb auf dessen Helm – nur um ganz sicherzugehen, dass der Funke der Erkenntnis auch wirklich durchgedrungen war. »Wenn du dich nicht traust, dann bleib ruhig hier«, fügte Rammar hinzu und griff nach seinem *saparak*, »aber dann werde ich ganz allein es sein, dessen Namen Girgas laut hinausbrüllen wird.«

Der dicke Ork war nicht mehr zu halten.

Entschlossen sprang er auf und wollte die Schneewehe überwinden. Dabei beging er jedoch den verhängnisvollen Fehler, seine eigene Beweglichkeit zu überschätzen. Seine kurzen Beine blieben an dem hüfthohen Hindernis hängen, und statt mit donnerndem Kriegsgeschrei den Hang hinabzustürmen, schlug und schlitterte er bäuchlings zu Tal – und der Schrei, den er dabei ausstieß, klang weniger nach wildem Blutdurst als nach nackter Panik.

»*Shnoooooorsh … !*«

Balbok, der sah, wie sein Bruder als lebende Lawine den Hang hinabdonnerte, verschwendete keinen Augenblick. Ohne Zögern sprang er auf und setzte über die Deckung, wobei seine langen Beine ihm ungleich zuverlässigere Dienste leisteten als Rammars stumpige Glieder. Mit ausgreifenden Schritten setzte er den Abhang hinab, wobei seine großen Füße kaum einsanken, sondern sich als natürliche Schneeschuhe erwiesen. In Windeseile holte Balbok seinen Bruder ein.

Rammar freilich bekam davon nichts mit. Bereits nach der ersten Umdrehung hatte er völlig die Orientierung verloren und wusste nicht mehr, wo oben und unten war. Erbärmliche Schreie ausstoßend, stürzte und kullerte er weiter und verstummte erst, als er den Fuß des Hügels erreicht hatte.

Wenn Rammar jedoch dachte, dass seine Not damit ein Ende nähme, so irrte er sich – denn statt in der Kuhle am Fuß des Hügels liegen zu bleiben, spürte er plötzlich, wie der Boden unter ihm nachgab!

Ein verdächtiges Ächzen, dann ein helles Knacken, wie wenn junges Holz brach – und Rammar wurde vom Erdboden verschluckt. Erneut löste sich ein gellender Schrei aus seiner Kehle, als die halsbrecherische Reise weiterging, diesmal senkrecht nach unten.

Vergeblich versuchte der feiste Ork, sich irgendwo festzuklammern – seine Klauen griffen ins Leere, und er hatte das Gefühl, in bodenlose Tiefe zu stürzen. Dass das ein Irrtum war, begriff er, als er einen Augenblick später hart aufschlug.

Rammar ließ einen dumpfen Schmerzenslaut vernehmen. In der Annahme, tot zu sein, blieb er liegen – bis einen Lidschlag später ein zweiter, ungleich größerer Ork in den Abgrund stürzte und unsanft auf ihm landete.

»Verdammt noch mal, Balbok!« Rammar sprang auf wie vom wilden Troll gebissen. »Hast du dein letztes bisschen Verstand verloren, du elender *umbal*? Kannst du nicht aufpassen, wo du hinfällst?«

Balbok erwiderte nichts – er war viel zu sehr damit beschäftigt, seine Knochen zu sortieren, und auch Rammar war noch viel zu benommen, um sich darüber Gedanken zu machen, was geschehen war und wohin es sie verschlagen hatte.

»Noch alles beisammen«, stellte Balbok einigermaßen erleichtert fest, und ein Grinsen zog sein ohnehin schon vorstehendes Kinn noch mehr in die Länge.

»Kunststück«, maulte Rammar, »ich habe deinen Sturz ja auch abgefangen. Wenn ich nur wüsste, was …?«

»*Korr*«, meinte Balbok und kratzte sich nachdenklich unter seinem völlig verbeulten Helm, während er ratlos nach oben blickte. Der Schacht, in den sie gefallen waren, war an die vier Orklängen tief. Die Wände waren völlig glatt, sodass es unmöglich war, daran emporzuklettern. Höhnisch schien der runde Ausschnitt fahlen Himmels, den sie hoch über sich sahen, auf sie herabzublicken.

»Ich würde sagen, wir sind in einer Fallgrube gelandet«, meinte der hagere Ork schließlich.

»In einer Fallgrube?« Rammar lachte freudlos auf. »Auf so einen Gedanken kann auch nur ein tranhirniger Trottel wie du kom…«

Er unterbrach sich, als er plötzlich schallendes Gelächter hörte, das vom oberen Rand des Schachtes drang und vor Hohn und Spott nur so triefte.

»Wer lacht da so widerwärtig?«, rief Rammar entrüstet nach oben, und im nächsten Moment erschien eine Gestalt am Rand der Grube: der Mensch, den die beiden Orks zuvor beobacht hatten. Den sie auf die Schnelle hatten massakrieren wollen …

»Also, das ist doch …«, tönte der Kerl herab, dessen Gesicht nicht genau zu erkennen war, aber den Eindruck machte wie das aller Menschen: flach und bleich wie ein Gnomenhintern. Der dicke Ork fragte sich, wie die Milchgesichter es fertigbrachten, einander zu unterscheiden … »Wenn das mal nicht die beiden dämlichsten Exemplare sind, die mir je in die Falle gegangen sind.«

Rammars Menschisch war gut genug, um alles zu verstehen. Als er das Wort »Falle« hörte, schoss ihm blanke Wut in die Adern. Weniger, weil sie dem Menschen auf den Leim gegangen waren, sondern weil sein dämlicher Bruder offenbar recht gehabt hatte …

»Wer bist du?«, schnauzte Rammar hinauf. Sein Menschisch war akzentbeladen, aber das Milchgesicht verstand ihn trotzdem.

»Mein Name ist Melwyn, Ork – und ich bin Kopfgeldjäger«, kam es zurück, sehr zum Entsetzen der beiden Brüder. Die Kopfgeldjäger, die die Menschen in den westlichen Siedlungen anheuerten, um die Wälder von Orks zu reinigen, waren bekannt dafür, kein Federlesens zu machen …

»Eigentlich wollte ich für heute den Feierabend einläuten. Hätte nicht gedacht, dass mir noch ein so fetter Fang ins Netz gehen würde – und das im wörtlichen Sinn.« Erneut lachte er, sehr zu Rammars Verdruss.

»Was ist daran so komisch, Mensch?«, blaffte er hinauf.

»Das will ich dir sagen, Ork. Ich wusste die ganze Zeit, dass ihr dort oben hockt und mich überfallen wollt. Alles, was ich tun musste, war warten. Zuerst hatte ich Zweifel, ob ihr dämlich genug sein würdet, in meine Falle zu gehen …«

An dieser Stelle spürte Rammar, wie Balbok ihn von der Seite anschaute. Der dicke Ork starrte jedoch unbeirrt zum Rand der Grube hinauf. »Aber?«, wollte er wissen.

»... aber dann seid ihr tatsächlich aus eurem Versteck gekrochen und habt mich angegriffen – und nun seid ihr meine Gefangenen. Und ihr wisst ja, wie es heißt.«

»*Douk*«, schnaubte Balbok, dessen Kenntnisse in Menschisch zwar nicht so ausgeprägt waren wie die seines Bruders, aber ausreichten, um sich zu verständigen, »das weiß ich nicht. Wie heißt es denn?«

»Nur ein toter Ork ist ein guter Ork«, erwiderte der Mensch und wollte sich wiederum ausschütten vor Lachen, worauf sich zu Rammars hilfloser Wut auch noch eine gehörige Portion Furcht gesellte.

»A-also wirst du uns töten?«, erkundigte er sich und gab sich Mühe, dabei gefasst und abgeklärt zu klingen.

Einen quälend langen Augenblick starrte der Kopfgeldjäger auf sie herab. Trotz des eisigen Winters, der in *sochgal* herrschte, trat kalter Schweiß auf Rammars Stirn. Außerdem ließ sich sein Darm mit lauten Geräuschen vernehmen – wie so oft, wenn er in Schwierigkeiten steckte ...

»Nein«, sagte der Mensch unvermittelt und schüttelte den Kopf.

Rammar horchte auf. »Was?«

»Du hast recht, Fettsack. Eigentlich sollte ich euch töten«, knurrte der Kopfgeldjäger, »schließlich hättet ihr mit mir auch nichts anderes getan. Ich sollte euch kurzerhand die Kehlen durchschneiden und eure hässlichen Skalpe ins nächste Dorf tragen, um die Belohnung zu kassieren. Aber irgendwie finde ich eure Dummheit rührend. Also will ich mal nicht so sein. Schließlich findet morgen das Lichtfest statt, und es soll niemand behaupten, Melwyn würde keine Gnade kennen.«

Damit wandte er sich ab und war im nächsten Moment verschwunden.

Was hatte diese seltsame Rede zu bedeuten?

Rammar und Balbok tauschten einen ratlosen Blick.

Plötzlich waren von oben Geräusche zu hören. Das Krachen einer Axt, die mit wuchtigen Schlägen in einen Baum gesenkt wurde, dann ein Knacken und Bersten, als der Stamm zu Boden schlug.

»He, Mensch!«, brüllte Rammar hinauf zum Rand. »Was hat das zu bedeuten? Was beim Gestank einer Elfenkönigin* hast du mit uns vor?«

Statt einer Antwort war lediglich ein schleifendes Geräusch zu hören, dann erschien über dem Rand der Grube das von Axthieben zugespitzte Ende eines Birkenstammes. Einen Augenblick schwebte es drohend über der Öffnung, dann krachte es herab – Balbok und Rammar warfen sich zur Seite, um nicht davon erschlagen zu werden.

»So«, drang es von oben herab, und noch einmal tauchte das Gesicht des Kopfgeldjägers über der Grube auf. »Das war's. Wenn ihr wollt, benutzt den Stamm, um wieder heraufzuklettern. Wenn nicht, dann bliebt dort unten und vermodert. Entscheidet euch. Aber das nächste Mal wird Melwyn der Kopfgeldjäger euch keine Gnade gewähren, also seht euch vor, ihr hässlichen Kerle.«

Schon war er wieder verschwunden, und mit der Erkenntnis, dass sie gerettet waren, regte sich in Rammar wieder der Mut.

»Ein nächstes Mal wird es nicht geben, Mensch«, donnerte er wutentbrannt hinauf. »Und wenn doch, dann wird es dein verdammter Schädel sein, der als Schrumpfkopf meinen Gürtel ziert, hörst du …?«

Es kam keine Antwort mehr.

Der Mensch war fort.

»*Umbal*, worauf wartest du?«, fuhr Rammar seinen Bruder an. »Klettere gefälligst hinauf.«

»Wieso kletterst du nicht zuerst?«, schlug Balbok vor.

»*Korr*«, versetzte Rammar mit freudlosem Grinsen, »wie du willst. Ich bin es ja nicht, der allein in der Grube zurückbleibt, wenn der Stamm hinter mir zusammenbricht …«

* orkische Redensart

Diese Argumentation leuchtete Balbok ein, sodass er ohne weiteren Widerspruch begann, an dem Stamm emporzuklettern. Kaum hatte er den Rand der Grube erreicht, schickte sich auch Rammar an, sich zu befreien. Tatsächlich bog sich der Stamm der Birke bedenklich unter seinem Gewicht, aber das Holz des eben erst geschlagenen Baumes war zäh genug, um der Belastung standzuhalten. Auf halber Strecke verließen Rammar allerdings die Kräfte, sodass Balbok ihm den *saparak* entgegenstrecken musste und ihn damit vollends heraufzog. Schwerfällig wälzte sich Rammar über den Rand und blieb keuchend im matschigen, zertretenen Schnee liegen.

»Endlich«, stieß er keuchend hervor. »Ich dachte schon, dieses verdammte Milchgesicht bringt uns um.«

»*Korr*«, pflichtete Balbok grinsend bei, »das dachte ich auch. Ich frage mich nur, warum er es nicht getan hat.«

»Was weiß ich denn?« Rammar machte eine wegwerfende Klauenbewegung, während er unbeholfen versuchte, auf die kurzen Beine zu kommen. »Diese *umbal'hai* sind völlig unberechenbar. Im einen Moment tun sie dies und im nächsten Moment etwas völlig anderes. Bei einem Ork weiß man wenigstens, woran man ist.«

»Eigentlich ziemlich entwürdigend«, fand Balbok. »Zuerst nimmt er uns gefangen, und dann lässt er uns laufen, statt uns die *asar'hai* aufzureißen, wie es sich gehört.«

»Eigentlich«, bestätigte Rammar, dem es endlich gelang, sich aufzuraffen. »Aber wen interessiert schon, was ein Mensch treibt? Das nächste Mal kommen wir ihm zuvor und er fällt in Kuruls Grube, so einfach ist das.«

Balbok nickte – so ganz überzeugt war er jedoch noch immer nicht. Es wollte ihm einfach nicht in den Schädel, weshalb jemand eine sichere Beute wieder entkommen ließ. Selbst für einen dieser schwachsinnigen Menschen war ein solches Verhalten mehr als seltsam, und Balbok war klar, dass es einen Grund dafür geben musste.

Irgendeinen …

»Er quatschte etwas von einem ›Lichtfest‹«, grübelte der hagere Ork weiter. »Was er damit wohl gemeint hat?«

»Woher soll ich das wissen?«

»Möglicherweise handelt es sich um eine neue Gemeinheit, die sich die Milchgesichter ausgedacht haben. Weißt du, Rammar, wenn sie es jetzt schon nicht mehr nötig haben, einzelne von uns zu erschlagen, könnte das bedeuten, dass … dass …« Er unterbrach sich, und seine grünen Züge wurden um einige Nuancen blasser.

»Was?« Rammar reckte seine feiste Schnauze vor. »Spuck's schon aus.«

»Dass sie eine neue Waffe erfunden haben«, brachte Balbok seinen Gedanken zu Ende. »Eine Waffe, die so viele Orks vernichtet, dass es ihnen auf zwei mehr oder weniger gar nicht mehr ankommt. Einen Orkvernichter.«

»Ein Orkvernichter«, echote Rammar atemlos, der gleichzeitig fühlte, wie ihn nackte Panik überkam. »*Korr*, du hast recht. Das könnte die Erklärung sein …«

»Nicht wahr?« Balbok nickte beflissen.

»Wir müssen zurück zu Girgas und ihn warnen. Zuerst ihn und dann Graishak und dann den ganzen Stamm!«

»*Korr*«, räumte Balbok ein und hob belehrend einen Krallenfinger. »Die Frage ist nur, ob sie uns glauben werden.«

»Natürlich nicht, *umbal*«, schalt Rammar ihn, der nun in altbewährter Manier das Heft des Handelns übernahm. »Erst müssen wir herausfinden, was genau es mit diesem Orkvernichter auf sich hat. Was sollen wir den anderen sonst berichten, du Möchtegern-Ork?«

»Und wie stellen wir das an?«

»Ganz einfach.« Rammar deutete auf die Spur, die sich überdeutlich im Schnee abzeichnete und zwischen den weit verstreuten Bäumen hindurchschlängelte. »Wir werden dem Menschen zu seinem Dorf folgen und ihn ausspionieren, genau wie es unser Auftrag war.«

»Ein guter Einfall.« Balbok rieb sich die Klauen. »Vielleicht kriegen wir auf diese Weise sogar noch was zwischen die Zähne.«

»Blödhirn. Du denkst immer nur an deinen Wanst, was?«

»*Korr*«, stimmte Balbok grinsend zu. »Das liegt bei mir in der Familie …«

☆

Sie folgten der Spur des Kopfgeldjägers; quer durch das Wildland, das sich östlich des Modergebirges erstreckte und das im Norden von Sümpfen begrenzt wurde, während es sich im Süden in der endlos scheinenden Weite der Ebene von Scaria verlor. Über den vereinzelten Hügeln und kleinen Wäldern, die in Eis und Schnee versunken waren, spannte sich ein düstergrauer Himmel, passend zur bitteren Entschlossenheit der beiden Orks.

Den ganzen Nachmittag über folgten sie der Fährte, die Melwyn hinterlassen hatte, ohne ihn selbst auch nur in der Ferne entdecken zu können. Als die Sonne dem westlichen Horizont entgegensank, um die fernen Nebel der Modermark in grellem Feuer zu entzünden, begann in Rammar deshalb der hässliche Verdacht zu keimen, sie könnten dem Kopfgeldjäger ein weiteres Mal auf den Leim gegangen sein – und dass er diesmal keine Nachsicht mehr walten lassen würde …

Je dunkler es wurde und je weiter sie der Spur folgten, desto mehr bröckelte die Entschlossenheit des dicken Orks, und er war nicht mehr weit davon entfernt, die Verfolgung des Menschen als bloße Narretei seines Bruders abzutun. Ganz abgesehen davon, dass ihm die Füße vom langen Marsch weh taten und er erbärmlich zu frieren begann.

»Sag mal, du *umbal*«, zischte er Balbok deshalb zu, der vor ihm stapfte und dessen Blick fast unablässig auf die Spur am Boden gerichtet war, »wohin führst du mich eigentlich? Eins sag ich dir gleich – ich habe keine Lust, mir hier draußen den *asar* abzufrieren, während wir einem deiner Horngespinste nach …«

Jäh unterbrach er sich.

Ein Stück voraus, jenseits einer Ansammlung kahler Bäume, die im letzten Licht des Tages wie Totengerippe aussahen, stiegen mehrere Rauchsäulen in den dunkelnden Himmel; dazu war an einigen Stellen Feuerschein auszumachen, der durch das karge Unterholz drang.

»*Korr*«, meinte Balbok, der es ebenfalls sah. »Ich glaube, wir sind am Ziel ...«

Rammar beschloss, sein Lamento noch eine Weile aufzuschieben, denn plötzlich war trotz der Kälte und der hereinbrechenden Dunkelheit wieder seine Neugier erwacht. »Worauf warten wir dann noch?«, fuhr er seinen Bruder an. »Los doch, pirschen wir uns an die Milchgesichter heran und finden heraus, was sie vorhaben. Aber sei vorsichtig, hörst du? Ich will nicht ein zweites Mal in einer Fallgrube landen ...«

Auch Balbok wollte das nicht, und so schlichen sie behutsam weiter, sich wachsam umblickend und jede Deckung nutzend, die das verschneite Gelände ihnen bot. Als sie das Unterholz schließlich erreichten, war die Nacht hereingebrochen. Die Flammen im Westen waren erloschen und teeriger Schwärze gewichen, und kein Mondlicht drang durch den dicht bewölkten Himmel. Umso deutlicher war dafür der Feuerschein zu sehen, der von jenseits der Bäume drang und der, wie die Orks jetzt feststellten, sich in den Fenstern hölzerner Gebäude spiegelte.

Es waren Häuser, wie die Siedler des Westens sie zu errichten pflegten – jene Menschen, die die Frechheit besaßen, in das Niemandsland westlich des Scharfgebirges vorzudringen und sich dort niederzulassen: aus massiven Baumstämmen gefertigte Behausungen mit Dächern aus Stroh, die man den Bewohnern allzu leicht über den Köpfen anzünden konnte. Eine ganze Anzahl davon gruppierte sich im weiten Halbkreis um einen großen Versammlungsplatz, auf dem rätselhafte Dinge vor sich gingen. Ein großer, fast zwei Orklängen hoher Holzhaufen war dort aufgeschüttet worden, und zu ihrer Verblüffung sahen Balbok und Rammar, wie von allen Seiten Menschen immer noch mehr Brennholz und Reisig herbeischleppten. Dabei unterhielten sie sich ausgelassen, und es wurde gescherzt und gelacht.

»Was, bei Torgas Eingeweiden, treiben sie da?«, knurrte Rammar misstrauisch.

»Wer weiß?«, überlegte Balbok. »Vielleicht gehört dieses heimtückische Ritual zu ihrer neuen Waffe.«

Rammar bedachte seinen Bruder mit einem zweifelnden Seitenblick, ließ sich aber überreden, noch ein Stück näher heranzupirschen, bis zum äußersten Rand der Bäume. Der Schnee knirschte leise unter ihren Tritten, und je näher sie der Siedlung kamen, desto deutlicher konnten sie verstehen, was die Menschen miteinander sprachen.

»Das ist der höchste Lichtberg, den wir je hatten«, rief einer.

»Ja«, pflichtete ein anderer bei, »den wird man bis hinüber nach Andaril sehen.« Lautes Gelächter setzte daraufhin ein, worüber Rammar nur abschätzig die wulstigen Lippen schürzte. Den Humor eines Menschen zu verstehen würde einem Ork wohl immer versagt bleiben.

»Das wird das schönste Lichtfest, das wir je gefeiert haben«, war eine junge Frau überzeugt. »Wenn sich erst der Braten am Spieß dreht und die Geschenke gereicht werden …«

»Was denn«, scherzte ein dürrer Kerl, der etwa in ihrem Alter sein mochte, »du wirst mir doch nicht jetzt schon verraten wollen, was du mir zum Lichtfest schenkst?«

»Ich kann mich nicht erinnern, dir überhaupt etwas schenken zu wollen«, versetzte die Frau daraufhin. »Schließlich bist du dieses Jahr nicht brav gewesen.«

Wieder wurde gelacht, was die Orks in nur noch größere Verwirrung stürzte. »Weißt du, Rammar«, flüsterte Balbok, »wenn ich ehrlich bin, ist das die eigenartigste Waffe, die ich je in meinem Leben gesehen habe.«

»Dämliches Faulhirn!«, rügte Rammar ihn und versetzte ihm einen harten Rippenstoß. »Das ist keine Waffe! Hast du noch nicht begriffen, dass das nur ein Holzhaufen ist?«

»Ein Holzhaufen? Wozu haben sie ihn aufgeschüttet?«

»Blöde Frage – um ihn anzuzünden natürlich.«

»Aha.« Balbok nickte. »Und warum?«

»Woher soll ich das wissen? Sehe ich vielleicht aus wie ein Mensch? Offenbar wollen sie morgen irgendein Fest begehen. Es wird eine ihrer üblichen Narreteien sein.«

»Und dafür sind wir den halben Tag durch den Schnee gelatscht?« Balbok konnte es kaum glauben.

»*Korr*«, bestätigte Rammar verdrießlich, »und weil ein ziemlich dürrer und leider auch genauso dämlicher Ork behauptet hat, die Menschen hätten eine neue Waffe erfunden, die sie gegen uns einsetzen wollten.«

»Wer?«, fragte Balbok ernst.

»Du natürlich, Blödgesicht!«, schnappte Rammar feindselig und etwas lauter, als gut für sie war. »Nur deinetwegen haben wir uns hier draußen fast die *asar'hai* abgefroren!«

Der dicke Ork war kurz davor, in *saobh* zu verfallen. Seine Füße schmerzten, er fror und war überzeugt davon, selbst daran ganz und gar unschuldig zu sein. Sein bescheuerter Bruder und die elenden Menschenbolde hatten ihn in diese hässliche Lage gebracht, und dafür würde jemand bezahlen müssen. Und zwar bald, oder er würde vor Wut zerpl…

»Halt!«, zischte Rammar plötzlich, als sich ein – wie er glaubte – genialer Einfall durch die Windungen seines Gehirns emporschraubte. »Ich weiß etwas.«

»Was weißt du?«

»Wie wir uns an den Milchnasen rächen werden. Wie wir ihnen die Schmach heimzahlen, die wir erlitten haben.«

»Ich auch«, brummte Balbok und war schon dabei, sich aus der Deckung zu erheben. »Wir gehen ins Dorf und metzeln jeden Einzelnen von ihnen nieder.«

»Bist du verrückt geworden?« Rammar hielt ihn mit Gewalt zurück. »Die sind uns zahlenmäßig weit überlegen.«

»Hast du einen besseren Einfall?«

»Allerdings.« Über Rammars dunkle Gesichtszüge huschte ein schadenfrohes Grinsen. »Wir warten, bis die Nacht hereingebrochen ist, und zünden dann ihren Holzhaufen an. Sollen sie sehen, wo sie mit ihrem Lichtfest bleiben.«

»*Korr.*« Balbok nickte begeistert. »Vielleicht können wir den einen oder anderen von ihnen ja über der offenen Flamme rösten …«

»Nichts da«, meinte Rammar barsch. »Wir zünden das Ding an und verschwinden, dann werden wir aus sicherer Entfernung beobachten, was passiert. Ihre dämlichen Gesichter möchte ich sehen.«

»*Korr*«, machte Balbok noch einmal, allerdings leiser und auch weniger begeistert.

In geduckter Haltung im Unterholz kauernd (und dabei bitterlich frierend), warteten sie ab, bis die Menschen ihre Arbeit beendet hatten. Als es endlich so weit war, war der Holzhaufen auf fast drei Orklängen in die Höhe gewachsen. Lachend und scherzend verabschiedeten sich die Milchgesichter und wünschten einander eine gute Nacht. Dann wurde es still auf dem Platz – und nachdem sie noch eine Weile ausgeharrt hatten, hielt Rammar die Stunde der Orks für gekommen.

»Jetzt«, flüsterte er seinem Bruder zu. »Die beiden Wachen, die sie aufgestellt haben, wenden uns den Rücken zu.«

»*Korr.*« Balbok nickte. »Wie stellen wir es an?«

»Wir werden einen brennenden *saparak* schleudern, das geht am schnellsten. Alles andere passiert ganz von allein.«

»*Korr*«, bestätigte Balbok wieder und ging sofort ans Werk. Eilig kramte er in dem Beutel aus Wargfell herum, der an seinem breiten Gürtel baumelte, und förderte zwei Feuersteine sowie einen Klumpen getrockneten Ork-Dungs zutage, das bevorzugte Brennmaterial in der Wildnis.

Rasch band er den Dung um das vordere Drittel seines *saparak*, während Rammar die Steine aufeinanderschlug. Schon flogen die ersten Funken, und kurz darauf stand Balboks Speer in Flammen.

»Gut so«, triumphierte Rammar. »Jetzt wirf ihn auf den Holzstoß – und wehe, du triffst nicht!«

Balbok ließ sich von der Drohung nicht beeindrucken. Mit Worten mochte er weit weniger geschickt sein als sein beleibter Bruder – was die traditionellen Tugenden eines Orks anbelangte, war er Rammar jedoch weit überlegen. Er erhob sich, zog seinen Wurfarm weit zurück – und schleuderte das brennende Geschoss in hohem Bogen von sich.

Mit offenem Mund verfolgte Rammar staunend (und ein wenig neidisch) die Bahn, die das lodernde Feuer am Himmel zog – um einen Herzschlag später in den Holzhaufen einzuschlagen. Von Balbok mit unbändiger Kraft geworfen, drang der Speer tief ein und setzte sofort das Reisig in Brand. Es knackte und knisterte, und im Nu hatten sich die Flammen nach allen Seiten ausgebreitet.

Erst jetzt bemerkten die Wachen, was geschehen war. Aufgeregt schlugen sie Alarm – aber natürlich war es schon zu spät.

Dumpfes Knacken war zu hören, als das Baumharz Feuer fing, und eine gelbe Flammensäule loderte auf, die den gesamten Holzstoß mit ungeheurer Hitze umfing. Rammar klopfte sich vor Vergnügen auf die feisten Schenkel.

Vom Tosen des Feuers und dem Geschrei der Wachen alarmiert, stürzten die Siedler auf den Dorfplatz, die meisten halb nackt und nur mit Wolldecken verhüllt – um entsetzt zu begreifen, was geschehen war. Einige rissen sich die Decken vom Leib und versuchten verzweifelt, den Brand zu löschen, was natürlich völlig vergeblich war. Eingeschüchtert wichen die Menschen zurück, während die Flammen immer noch höher schlugen. Im Widerschein des Feuers war die Bestürzung in den blassen Gesichtern zu sehen.

Rammar weidete sich daran wie am Anblick eines abgestochenen Gnomen. Anderen Kreaturen Unrecht und Leid zuzufügen, erfüllte das Innerste eines Orks mit tiefer Zufriedenheit – die in diesem Fall allerdings nur Augenblicke währte.

Denn plötzlich vernahmen die Orks eine Stimme inmitten des Gewirrs auf dem Dorfplatz, die weder weinerlich oder verzweifelt klang noch sich über irgendetwas beklagte – sondern ein Lied zum Besten gab!

Und es war kein Trauergesang, sondern eine fröhliche Melodie, in die ein Mensch nach dem anderen einstimmte. »Frohes Fest! Frohes Fest«, hieß es immerzu. Und als würde das alles noch nicht genügen, nahmen die Milchnasen – einerlei, ob es sich um Männer, Frauen oder um Kinder handelte – sich auch noch bei den Händen und begannen, im Reigen um die lodernde Feuersbrunst zu tanzen.

»Bei Torgas vereiterten Eingeweiden«, ächzte Rammar fassungslos, »nun sieh dir das an! Statt wütend oder verzweifelt oder irgendetwas sonst zu sein, hüpfen diese *umbal'hai* in lächerlichem Ringelreigen um das Feuer!«

»*Korr*«, stimmte Balbok verwundert zu. »Scheint sie nicht zu interessieren, dass es zu früh abgebrannt ist.«

»Aber warum nicht? Wenn mir einer mein Feuer vor der Nase anzünden würde, würde ich augenblicklich in *saobh* verfallen und ihm den Schädel einschlagen.«

»Wer weiß?« Balbok zuckte mit den Schultern. »Vielleicht war ihnen das Feuer gar nicht so wichtig.«

»Nicht so wichtig«, äffte Rammar Tonfall und Stimme seines Bruders nach. »Warum sollten sie es wohl aufgeschichtet haben, wenn es ihnen nicht wichtig wäre, hä?«

»Naja ...« Balbok kratzte sich am Hinterkopf, wie er es häufig tat, wenn er angestrengt überlegte. »Vielleicht geht es bei diesem Lichtfest ja nicht um das Feuer selbst.«

»Sondern?«

»Sondern um etwas, für das das Feuer steht«, brachte Balbok seine Theorie zu Ende, allerdings leise und auch ziemlich unsicher. »Könnte doch sein, oder?«

Einen Augenblick lang starrte Rammar ihn nur an, unfähig, angesichts von so viel geballter Dummheit überhaupt etwas zu erwidern. »Dich sollte man glatt erschlagen«, platzte er schließlich heraus. »Von einem Blödhirn wie dir bin ich ja allerhand gewohnt, aber das ist der größte Unsinn, der jemals aus deinem

Maul gedrungen ist, und das will schon etwas heißen. Daran sieht man mal wieder, was du über die Milchgesichter weißt – nämlich überhaupt nichts.«

»Aber Rammar …«

»Maul halten! Kein einziges Wort mehr, verstanden?«

»*Korr*«, kam es kleinlaut zurück.

»Wir werden jetzt aufbrechen und uns eine Höhle suchen, in der wir den Rest der Nacht verbringen können, ohne zu erfrieren. Bei Tagesanbruch werden wir zu Girgas zurückkehren – und wenn du ihm auch nur ein Sterbenswort von dem verrätst, was hier geschehen ist, wirst du es bitter bereuen, verstanden?«

»*Korr*«, sagte Balbok noch einmal – dem war nichts hinzuzufügen.

Mit hängenden Schultern und eingezogenem Kopf folgte der hagere Ork seinem Bruder durch die verschneite Wildnis, in der es nur deshalb nicht stockdunkel war, weil der Schnee den flackernden Feuerschein zurückwarf.

Tatsächlich fanden die Orks eine Höhle, die ihnen bis zum Morgengrauen Unterschlupf bieten würde. Zumindest Balbok jedoch fand noch keine Ruhe – zu viel ging ihm im Schädel herum …

»Rammar?«, fragte er vorsichtig.

»Was denn?«, drang es unwirsch zurück – nach der Schlappe und den Strapazen des Tages hatte der dicke Ork nur noch das Bedürfnis, die Augen zu schließen und zu schnarchen.

»Warum feiern wir Orks nicht auch so ein Lichtfest?«

»Ist das dein Ernst?« Rammar richtete sich halb auf.

»*Korr.*« Balbok nickte. »Wir könnten auch Lieder singen. Und wir könnten uns gegenseitig Geschenke machen. Du könntest mir einen großen Kessel *bru-mill* kochen und ich dir den Schädelkrug schnitzen, den du dir schon so lange wünschst.«

»*Umbal!* Ein Ork braucht nichts geschenkt. Er nimmt sich, was er haben will. Geht das in deinen Schädel?«

»Denke schon.« Balbok nickte, und Rammar, der die Unterhaltung damit als beendet ansah, bettete sein massiges Haupt wieder zur Ruhe.

»Rammar?«

»Was ist denn noch?«

»Ich würde dir trotzdem gern was schenken.«

»Dann halt das Maul. Das wär schon was.«

»*Korr*«, erklärte sich Balbok einverstanden und schwieg erneut.

Dann, nach einer Weile: »Rammar?«

»Ja doch!«

»Frohes Fest.«

»Schnauze, Balbok!«

Ray Bradbury

Der Wunsch

Draußen, vorm kalten Fenster, tuschelte der Schnee. Ein Wind aus dem Nirgendwo ließ das mächtige Haus ächzen.

»Was?«, fragte ich.

»Ich habe nichts gesagt.« Charlie Simmons stand hinter mir am Kamin und schüttete leise Popcorn in ein riesiges Metallsieb. »Kein Wort.«

»Verdammt noch mal, Charlie, ich hab dich doch gehört …«

Verwirrt sah ich zu, wie der Schnee auf ferne Straßen und kahle Äcker fiel. Es war so recht eine Nacht für Gespenster in weißen Gewändern, die am Fenster erscheinen und wieder verschwinden.

»Du bildest dir was ein«, sagte Charlie.

Tue ich das?, dachte ich. Hat denn das Wetter Stimmen? Gibt es eine Sprache der Nacht und der Zeit und des Schnees? Was passiert zwischen der Finsternis dort draußen und meiner Seele hier drinnen?

Denn dort im Dunkel schien just in diesem Moment, ungeleitet vom Schein des Mondes oder einer Laterne, ein riesiger unsichtbarer Taubenschwarm zu landen.

Und war es wirklich der Schnee, der da draußen tuschelte, oder war es die Vergangenheit, eine Wehe von altvertrauten Nöten und Sorgen, die sich zu Ängsten aufgetürmt hatten und nun endlich einen Ausdruck fanden?

»Gott, Charles. Gerade eben, ich könnte schwören, dass du gesagt hast …«

»Was soll ich gesagt haben?«

»Du hast gesagt: *Wünsch dir etwas.*«

»Das soll ich gesagt haben?«

Ich hörte sein Gelächter hinter mir, doch ich drehte mich nicht um. Ich schaute weiter in den fallenden Schnee und sagte ihm, was ich sagen musste: »Du hast gesagt: *Heute ist eine besondere Nacht, eine gute, eine denkwürdige Nacht. Und darum musst du dir das Beste, Teuerste, Denkwürdigste wünschen, was du dir je im Leben gewünscht hast, aus tiefstem Herzen, und es wird dir gewährt werden.* Das hab ich dich sagen hören.«

»Nein.« Im Fensterglas sah ich, wie sein Spiegelbild den Kopf schüttelte. »Aber Tom, du stehst seit einer halben Stunde da und bist wie gebannt von dem Schnee. Das war das Feuer im Herd, das da gesprochen hat. Wünsche werden nicht wahr, Tom. Aber …«, und hier hielt er inne und fügte dann einigermaßen verwundert hinzu: »Großer Gott, du hast tatsächlich etwas gehört, nicht wahr? Da. Trink.«

Das Popcorn war fertig. Er goss Wein ein, den ich nicht anrührte. Unaufhörlich fiel vorm dunklen Fenster in fahlen Schwaden der Schnee.

»Warum?«, fragte ich. »Warum sollte mir dieser Wunsch in den Sinn gekommen sein? Wenn du es nicht warst, was war es dann?«

Ja, in der Tat, was, dachte ich; was war dort draußen, und wer sind wir? Zwei Schriftsteller, spät, allein, mein Freund, mein Gast für diese Nacht, zwei alte Gefährten, die es gewohnt sind, viel über Gespenster zu reden und zu schwatzen, die mit den Jahren den ganzen gängigen spiritistischen Krimskrams durchprobiert haben: Alphabettafeln, Tarotkarten, Telepathie, den ganzen Plunder einer vertrauten Freundschaft, wenngleich allemal begleitet von Spötteleien, Witzen und lässigen Späßen.

Aber bei dem, was heute Nacht dort draußen los ist, dachte ich, da hört der Spaß auf, da vergeht einem das Lachen …

»Warum?«, sagte Charlie, der jetzt neben mir stand und Wein trank und bald die rot-grün-blauen Lichter am Weihnachtsbaum, bald meinen Nacken betrachtete. »Warum ein Wunsch in einer Nacht wie dieser? Nun, es ist die Nacht vor Weihnachten, nicht wahr? Noch fünf Minuten, dann ist Christus geboren. Christi Geburt und die Wintersonnenwende, beides in einer Woche. Diese Woche, diese Nacht, sie sind der Beweis dafür, dass die Erde nicht untergehen wird. Der Winter ist am Grunde angelangt, und nun geht es wieder aufwärts, dem Licht entgegen. Das ist doch etwas Besonderes. Das ist unglaublich.«

»Ja«, murmelte ich und dachte an die alten Zeiten, als den Höhlenmenschen das Herz stehen blieb, wenn der Herbst kam und die Sonne fortging, und als die Affenmenschen so lange schrien, bis die Welt sich herumdrehte in ihrem weißen Schlaf und die Sonne eines schönen Morgens früher aufstand und das Universum wieder einmal gerettet war, für eine kleine Weile. »Ja.«

»Na also …« Charlie hatte meine Gedanken erraten; er nippte an seinem Weinglas. »Christus ist seit jeher die Verheißung des Frühlings, oder nicht? Ausgerechnet in der längsten Nacht des Jahres hat die Zeit sich geschüttelt, und die Erde ist erschaudert und hat einen Mythos geboren. Und was hat der Mythos gekreischt? *Prosit Neujahr!* Gott, ja, Neujahr ist nicht der erste Januar. Neujahr ist der Geburtstag von Jesus Christsus. Sein Atem steigt uns in die Nase, lieblich wie Klee, und verheißt uns den Frühling, just in diesem Augenblick vor Mitternacht. Du musst tief einatmen, Thomas.«

»Halt den Mund!«

»Warum denn? Hörst du schon wieder Stimmen?«

Ja! Ich drehte mich um zum Fenster. In sechzig Sekunden brach der Tag der Geburt des Herrn an. Gibt es eine Stunde, die reiner, die einzigartiger wäre, dachte ich versonnen, um sich etwas zu wünschen?

»Tom …« Charlie packte mich am Ellbogen. Aber ich war weit fort und in der Tat sehr versonnen. Ist das eine besondere Zeit?, dachte ich. Wandeln in Nächten, da der Schnee fällt, heilige Geister umher und erweisen uns Gefälligkeiten in dieser Stunde, die uns so denkwürdig scheint? Wenn ich mir heimlich etwas wünsche, wird diese von Traumgedanken und alten Schneestürmen bevölkerte Nacht mir meinen Wunsch zehnfach erfüllen?

Ich schloss die Augen. Der Hals war mir wie zugeschnürt.

»Tu's nicht«, sagte Charlie.

Doch es bebte auf meinen Lippen. Ich konnte nicht mehr warten. Jetzt, dachte ich, brennt ein fremder Stern in Bethlehem.

»Tom«, keuchte Charlie, »um Christi willen!«.

Christus, ja, dachte ich und sprach: »Mein Wunsch ist, für eine Stunde heute Nacht …«

»Nein!« Charlie versetzte mir einen Schlag, damit ich den Mund hielt.

»… bitte, mach meinen Vater wieder lebendig.«

Da schlug die Uhr auf dem Kaminsims zwölf Mal, und es war Mitternacht.

»Oh, Thomas …«, seufzte Charlie. Ermattet ließ er meinen Arm los. »Oh, Tom.«

Eine Schneewehe klirrte gegen das Fenster, blieb darauf liegen gleich einem Leichentuch und zerfiel nach und nach.

Die Haustür sprang weit auf.

Ein Schwall von Schnee brach über uns herein.

»Was für ein trauriger Wunsch. Und … er ist soeben wahr geworden.«

»Wahr?« Ich fuhr herum und starrte auf die offene Tür, die winkte wie ein Grab.

»Geh nicht, Tom«, sagte Charlie.

Die Tür fiel krachend ins Schloss. Draußen rannte ich los; o Gott, und wie ich rannte.

»Tom, komm zurück!« Die Stimme verhallte hinter mir im weißen Flockenwirbel. »O Gott, tu's nicht!«

Doch in dieser Minute nach Mitternacht rannte und rannte ich, wie von Sinnen, stammelnd, schreiend, dass mein Herz weiterschlagen soll, mein Blut kreisen, meine Beine rennen und nicht aufhören zu rennen, und ich dachte: Er! Er! Ich weiß, wo er ist! Wenn das Geschenk mein ist! Wenn der Wunsch wahr wird! Ich kenne seinen Aufenthalt. Und da begannen ringsum in der nächtlich verschneiten Stadt die Weihnachtsglocken zu läuten, zu jubeln, zu brausen. Sie umkreisten mich, eilten dahin und trieben mich an, und ich schrie, den Mund voll Schnee, und erkannte den Wahnwitz meines Begehrens.

Dummkopf!, dachte ich. Er ist tot! Kehr um!

Doch was, wenn er lebt, eine Stunde heute Nacht, und ich ginge nicht hin, um ihn zu suchen?

Ich war aus der Stadt heraus, ohne Hut und ohne Mantel, aber ganz erhitzt vom Laufen; mein Gesicht war von einer salzigen Maske aus Reif überzogen, die unter dem Aufprall meiner Schritte zersprang und abbröckelte, während ich mitten auf einer leeren Straße dahinging und der fröhliche Glockenklang verwehte und verhallte.

Ein Windstoß fegte mich um eine letzte wüste Ecke, wo mich eine dunkle Mauer erwartete.

Der Friedhof.

Ich stand vor den schweren Eisengittern und schaute benommen hindurch.

Der Gottesacker sah aus wie die Ruinen einer vor Menschengedenken in die Luft gesprengten altertümlichen Festung, als lägen die Grabsteine tief unter einer neuen Eiszeit begraben.

Plötzlich waren keine Wunder mehr möglich.

Plötzlich war es einfach eine Nacht mit zu viel Wein, Gerede und Hokuspokus, und ich rannte ohne Grund, außer dass ich glaubte, wahrhaftig glaubte, ich hätte gespürt, dass etwas sich ereignete dort draußen in der schneetoten Welt …

Nun aber lastete der blinde Anblick jener unberührten Gräber und des unbetretenen Schnees so schwer auf mir, dass ich mit Freuden niedergesunken und selber dort gestorben wäre.

Ich konnte doch nicht umkehren, zurück in die Stadt, und Charlie in die Augen sehen. Schon kam mir der Verdacht, das Ganze sei ein grausamer Streich, ein übler Trick von ihm, seine aberwitzige Gabe, die schrecklichen Nöte eines anderen zu erraten und damit zu spielen. Hatte er etwa doch hinter meinem Rücken geraunt, Versprechungen gemacht, mich zu diesem Wunsch gedrängt? Gott!

Ich berührte das mit einem Vorhängeschloss versehene Tor.

Was war hier? Nichts als eine steinerne Platte mit einem Namen und GEBOREN 1888, GESTORBEN 1957 – eine Inschrift, die selbst an Sommertagen nur schwer zu finden war, denn das Gras wuchs dicht, und eine dicke Laubschicht bedeckte die Stelle.

Ich ließ das Eisentor los und drehte mich um. Doch da, im nächsten Moment – mir stockte der Atem. Unfassbar! Ein Aufschrei des Entsetzens entfuhr meiner Kehle.

Denn ich hatte etwas gespürt, dort, jenseits der Mauer, nahe der kleinen, mit Brettern vernagelten Pförtnerloge.

Atmete da jemand leise? Ein gedämpfter Klagelaut?

Oder nur ein lauer Lufthauch?

Ich umklammerte das Eisentor und starrte hindurch.

Ja, dort. Eine kaum sichtbare Spur, als hätte sich ein Vogel niedergelassen und sei zwischen den begrabenen Steinen entlanggetrippelt. Einen Augenblick später, und ich hätte es für immer verpasst.

Ich schrie, ich rannte, ich sprang.

Ich war in meinem ganzen Leben, o Gott, noch nie so hoch gesprungen. Ich sprang über die Mauer und landete auf der anderen Seite, und ein letzter Schrei riss mir die Lippen auseinander. Ich kroch um das Pförtnerhäuschen herum.

Dort, im Schatten, im Windschutz, war ein Mann; er lehnte an einer Mauer, hatte die Augen geschlossen und die Hände über der Brust gekreuzt.

Ich starrte ihn fassungslos an. Wie von Sinnen beugte ich mich vor, um besser sehen zu können, um zu erkennen.

Der Mann war mir fremd.

Er war alt, sehr alt.

In meinem neuerlichen Entsetzen hatte ich wohl aufgestöhnt.

Denn nun hob der alte Mann die zuckenden Lider.

Es waren seine Augen, die mich ansahen und mich ausrufen ließen: »Dad!«

Ich stolperte zu ihm hin, wollte ihn ins düstere Licht der Laterne und des nachmitternächtlich fallenden Schnees zerren.

Von sehr weit weg, aus der verschneiten Stadt, hallte flehend Charlies Stimme: Nein, tu's nicht, lauf, renn weg, Albtraum. Halt.

Der Mann, der vor mir stand, kannte mich nicht.

Gleich einer Vogelscheuche, die den Wind vertreiben soll, suchte seine fremde und dennoch vertraute Gestalt mich mit ihren weißblinden, spinnennetzverhangenen Augen auszumachen. Wer?, schien er zu denken.

Und auf einmal entrang sich seiner Kehle die Antwort.

»...om!«, schrie er. »...om!«

Er konnte das T nicht aussprechen.

Aber es war mein Name.

Schaudernd, wie einer, der am Rande eines Abgrunds steht und Angst hat, die Erde könnte nachgeben und ihn zurückwerfen in die Nacht und ins Grab, griff er nach mir.

»...om!«

Ich hielt ihn fest. Er konnte nicht fallen.

Gefesselt in stürmischer Umarmung, unfähig, einander loszulassen, so standen wir da und wankten leise hin und her, seltsam, zwei Männer verschmolzen zu einem, in einer Wüste aus rieselndem Schnee.

Tom, o Tom, klagte er immer wieder mit brüchiger Stimme.

Vater, o mein lieber Papa, Dad, vermeinte ich zu sagen.

Der alte Mann erstarrte, denn wahrhaftig, erst jetzt schien er über meine Schulter hinweg die Steine, den verlassenen Gottesacker erblickt zu haben. Er keuchte, also ob er schreien wollte: Was ist das für ein Ort?

So alt sein Gesicht auch war, im Moment der Erkenntnis und Erinnerung welkten seine Augen, die Wangen, der Mund und wurden noch älter, und er sagte nein.

Er wandte sich mir zu, als ob er eine Antwort suchte oder einen Menschen, der über seine Rechte wachte, einen Beschützer, der mit ihm zusammen nein sagen könnte. Doch in meinen Augen stand nur die kalte Wahrheit geschrieben.

Nein, nein, nein, nein, nein, *nein*!

Die Worte schossen ihm aus dem Mund.

Doch er konnte das N nicht aussprechen.

»…ei…ei…ei…ei…ei…ei…!« Wie Trommelfeuer brach es aus ihm hervor.

Wie der Schrei eines verlassenen, bestürzten Kindes, das vor Angst pfeift.

Dann überschattete eine nächste Frage sein Gesicht.

Ich kenne diesen Ort. Aber *warum* bin ich hier?

Er umklammerte seine Oberarme. Er starrte hinab auf seine welke Brust.

Gott macht uns fürchterliche Geschenke, und das fürchterlichste von allen ist die Erinnerung.

Er erinnerte sich.

Und dann begann er langsam dahinzuschmelzen. Ihm fiel wieder ein, wie sein Körper verwelkt, wie sein schwaches Herz stehen geblieben, wie ein Tor zu ewiger Nacht krachend ins Schloss gefallen war.

Er stand ganz still in meinen Armen, seine Lider flackerten über den Dingen, die das groteske Mobiliar in seinem Kopf bildeten. Er musste sich die furchtbarste von allen Fragen gestellt haben: *Wer* hat mir das angetan?

Er schlug die Augen auf. Sein Blick traf mich wie ein Schlag.

Du?, fragte dieser Blick.

Ja, dachte ich. Ich war es, der sich gewünscht hat, dass du heute Nacht zum Leben erwachst.

Du!, schrien sein Gesicht und sein Körper.

Und dann, halblaut, die letzte bohrende Frage: »Warum ...?«

Nun war es an mir, verdammt und zerrissen zu sein.

Ja, wirklich, warum hatte ich ihm das angetan?

Wie hatte ich es nur wagen können, mir diese schreckliche, diese qualvolle Begegnung zu wünschen?

Was sollte ich jetzt anfangen mit diesem Mann, diesem Fremden, diesem alten, verwirrten, verängstigten Kind? Warum hatte ich ihn heraufbeschworen, bloß um ihn wieder zurückzuschicken in die Erde, das Grab und den grausigen Schlaf?

Hatte ich nur eine Sekunde lang an die Konsequenzen gedacht? Nein. Es war die pure Unbesonnenheit gewesen, die mich wie einen tumben Stein zu einem tumben Ziel geschleudert hatte, fort aus meinem Heim, hinaus auf diesen Gottesacker. Warum? Weshalb?

Da stand mein Vater, dieser alte Mann, nun im Schnee und wartete zitternd auf meine erbärmliche Antwort.

Und ich, wieder Kind, brachte kein Wort heraus. Etwas in mir kannte eine Wahrheit, die ich nicht auszusprechen vermochte. Nach der Sprachlosigkeit, die zwischen uns geherrscht hatte, solange er lebte, sah ich mich jetzt, im Angesicht dieses wandelnden Leichnams, noch mehr mit Stummheit geschlagen.

Die Wahrheit raste mir im Kopf herum, schrie durch die Fasern meines Geistes und meines ganzen Seins und kam mir doch nicht über die Lippen. Ich fühlte Schreie, die in meinem Inneren gefangen waren.

Der Augenblick ging vorüber. Bald wäre diese eine Stunde vorbei. Dann hätte ich nie mehr Gelegenheit, zu sagen, was gesagt werden musste, was hätte gesagt werden müssen, als er noch warm und auf der Erde war, vor so vielen Jahren.

Irgendwo, weit fort im Lande, schlugen die Glocken halb eins in dieser Nacht von Christi Geburt, und die Zeit verrann im Wind. Noch immer trieben mir die Schneeflocken ins Gesicht und die Zeit, die Splitter von kalter, kalter Zeit.

Warum?, fragten die Augen meines Vaters.

»Ich –«, doch mir stockte der Atem.

Denn seine Hand umfasste meinen Arm jetzt noch fester. Sein Gesicht gab sich selbst die Antwort.

Dies war auch für ihn die Gelegenheit, auch für ihn war es die letzte Stunde, um zu sagen, was hätte gesagt werden sollen, als ich zwölf oder vierzehn war oder sechsundzwanzig. Mochte ich auch dastehen und schweigen. Hier, im rieselnden Schnee, konnte er seinen Frieden machen und davongehen.

Sein Mund öffnete sich. Es fiel ihm schwer, furchtbar schwer, die alten Worte über die Lippen zu bringen. Nur der Geist in der welken Hülle konnte es wagen, sich zu widersetzen und zu keuchen. Er flüsterte drei Worte, die im Winde verwehten.

»Ja?«, drängte ich.

Er hielt mich fest und versuchte die Augen offen zu halten in der Schneesturmnacht. Er wollte schlafen, doch sein Mund sprang auf, und wieder und wieder stieß er hervor: »Ich …bbe …iiiiiich …!«

Er brach ab, zitterte, zermarterte sich den Leib und versuchte vergeblich, es zu rufen: »Ich …bbbe …ch …!«

»Oh, Dad«, rief ich. »Ich will es für dich sagen!«

Er stand ganz still und wartete.

»Wolltest du sagen: Ich – liebe – dich?«

»Aaaaaa!«, rief er. Und dann brachte er es endlich ganz deutlich hervor: »O ja!«

»Oh, Dad«, sagte ich, außer mir vor Kummer und vor Glück, vor so viel Gewinn und Verlust. »Oh, Papa, lieber Papa, und ich liebe dich.«

Wir fielen uns um den Hals. Wir hielten einander fest.

Ich weinte.

Und dann sah ich, dass auch mein Vater aus irgendeinem seltsamen, in seinem grausigen Fleisch verborgenen Quell Tränen hervorpresste, die zitternd und blitzend an seinen Lidern hingen.

Und so war die letzte Frage gestellt und beantwortet.

Warum hast du mich hierher gebracht?

Warum der Wunsch, warum die Geschenke und warum diese Schneenacht?

Weil wir, bevor die Türen für immer verschlossen und versiegelt blieben, sagen mussten, was wir im Leben niemals gesagt hatten.

Und nun war es gesagt, und wir standen in der Ödnis und hielten einander im Arm, Vater und Sohn, Sohn und Vater, die Teile des Ganzen, auf einmal austauschbar geworden in ihrer Freude.

Die Tränen auf meinen Wangen erstarrten zu Eis.

Andreas Eschbach

Ein Fest der Liebe

Sie hieß Helena, ließ sich von allen Leuten aber nur Lena nennen, war siebenunddreißig Jahre alt und würde zum ersten Mal Weihnachten allein verbringen.

Das Wetter war so traurig wie diese Aussicht. Nasskalte Tage reihten sich auf das Fest zu. Der Himmel blieb grau und inkontinent, kein Schnee sank, nur die Temperaturen draußen. Hässliche Dinge geschahen. Zweimal fand Lena ein totes Tier am Straßenrand, erst einen überfahrenen Fuchs und am Tag darauf eine zerquetschte Katze. Sie sah eine Amsel, die an dem Kadaver herumpickte, und eine andere Katze, die sich mit glitzerndem Jägerblick näherte, ganz offensichtlich nur an der möglichen Beute interessiert, nicht am Schicksal ihrer Artgenossin.

Fressen oder gefressen werden, das war die Devise in der Welt der Tiere. Von einem Fest der Liebe, erkannte Lena, wussten Tiere nichts.

Umso trostloser zu erleben, dass auch Menschen dieses Fest auf den bloßen Anlass reduzierten, Geld auszugeben und Geschäfte zu machen, obwohl sie es besser hätten wissen können.

So überrumpelte sie ein Makler, indem er es verstand, den Eindruck zu erwecken, er käme von einer Behörde. Ehe Lena recht begriffen hatte, was los war, stand der Mann schon in ihrer Eingangshalle, sah sich um und sagte, sie solle das Haus verkaufen, es sei viel zu groß für sie. »Die vielen Räume! Da sind Sie ja nur am Putzen. Von den anstehenden Reparaturen ganz zu schweigen. An denen zahlen Sie sich tot, und wofür?«

Lena erklärte ihm kühl, das Haus sei seit über hundert Jahren im Besitz ihrer Familie und nichts käme weniger in Frage, als es zu veräußern.

Der Mann hob die Schultern. »Ich kann Ihnen nur sagen, dass solche alten Herrenhäuser heutzutage sehr gesucht sind. Organisationen und Firmen, die einen repräsentativen Sitz wünschen, sind bereit, dafür viel Geld zu zahlen. Sie hätten ausgesorgt, um es plastisch auszudrücken. Überlegen Sie es sich. Sie bekämen leicht anderswo ein schönes kleines Haus oder eine komfortable Wohnung und hätten genug Vermögen übrig, um den Rest Ihres Lebens finanziell unabhängig zu sein.«

»Ich bin noch jung«, sagte Lena.

»Gerade deshalb sage ich es«, erwiderte der Makler und reichte ihr seine Karte. »Hier, für alle Fälle. Sie erreichen mich jederzeit, auch an den Feiertagen.«

Lena nahm die Karte und legte sie, nachdem der Mann gegangen war, auf den großen, staubigen Stapel Werbepost im Flur neben dem Telefon, den zu entsorgen es wirklich höchste Zeit wurde. Gleich nach Weihnachten und noch vor Silvester, schwor sie sich.

Ihr Haus zu verkaufen, was für eine Idee! Ihr Urgroßvater, ein Fabrikant, hatte es erbaut und mit zwei Ehefrauen insgesamt elf Kinder darin großgezogen. Ihr Großvater hatte es noch auf vier Kinder gebracht, wozu fünf Ehen notwendig gewesen waren, und ihr Vater und ihre Mutter schließlich hatten nur ein einziges Kind bekommen: Lena, die ihrerseits kinderlos war und es, wie es aussah, auch bleiben würde.

Doch war das wichtig? Dies war ihr Zuhause, war es immer gewesen. Ihr Schloss. Ihre Burg. Wenn sie die eichene Haustür hinter sich zuzog, kam es ihr immer noch so vor, als zöge sie eine Fallbrücke hoch. Die Zinnen um das Dach herum erschienen ihr seit Kindertagen wie Wehrgänge, die Erker an den Hausecken wie Wachtürme.

Groß war es, ja. Drei Etagen, das Erdgeschoss mit herrschaftlich hohen Decken und einer imposanten Treppe hinauf in die oberen Stockwerke …

Was hatte es nur auf sich mit diesem verdammten Weihnachten, diesem so raumgreifenden Kalendereintrag, dass es ihr vorkam, als sei das Haus größer und stiller und leerer als sonst? Eine Halluzination, weiter nichts. Vaters Tod hatte schließlich an den tatsächlichen Verhältnissen nichts geändert; dass ihr nach seinem Schlaganfall vor dreieinhalb Jahren keine andere Wahl geblieben war, als ihn in ein Pflegeheim zu geben, war doch die weitaus dramatischere Veränderung der Situation gewesen!

Alle zwei Wochen mindestens hatte Lena ihn besucht. Zwei Stunden mit dem Auto waren das immer gewesen, über schmale Straßen zwischen Kuhweiden und Feldern, vorbei an Höfen, in denen Hühner frei herumliefen. Das Heim selber lag am Rand eines ehrfurchteinflößenden Waldes, aus dem manchmal Rehe traten und mit furchtsamer Neugier die Bauwerke der Menschen musterten. Über die Weihnachtsfeiertage hatte Lena sich dann jeweils in einem Gasthof im Dorf ein Zimmer genommen, immer dasselbe, mit einem Blick auf den Bach hinter dem Haus, an dessen Ufer sich stets ein paar Enten und Gänse zu schaffen machten, selbst im Winter.

Zum Schluss hatte Lena nur noch verfolgen können, wie der Geist ihres Vaters zerfiel, und als schließlich der Anruf der Heimleiterin kam, er sei friedlich eingeschlafen, war es beinah eine Erlösung gewesen. Lena ließ ihn neben ihrer Mutter begraben, deren Tod zwölf Jahre zuvor sie zum Anlass genommen hatte, ihrem Studium der Germanistik den Rücken zu kehren, wieder nach Hause zu ziehen und ihrem Vater den Haushalt zu führen, da er das selbst nicht gekonnt hätte; er hatte noch zu jener Generation gehört, die in haushälterischer Hilflosigkeit gehalten worden war. Ohne Lena wäre ihm damals nur der Weg ins Altersheim geblieben, und sie wusste, dass er ihr für ihren Entschluss dankbar gewesen war, wenngleich er es nie ausgesprochen hatte.

Allerdings hatte sie ihre wissenschaftlichen Ambitionen mit ihrer Rückkehr ins elterliche Haus nicht aufgegeben, es ging eben nur langsamer voran. Nach wie vor schrieb sie, wann immer sie die Zeit dazu fand, an ihrer Magisterarbeit über Friedrich von Hausen, den großen Minnesänger aus dem 12. Jahrhundert. Dessen berühmtestes Lied »Abschied«, das den Kampf zwischen Herz und Leib zum Thema hatte, hing in einer farbenprächtig ausgemalten Fassung über ihrem Schreibtisch, und so manches Mal, wenn sie lange in ihrem Arbeitszimmer hoch unter dem Dach saß, war ihr, als müsse sie in einem früheren Leben selber eine Burgdame gewesen sein. Sie meinte bisweilen, die ferne, schmachtende Stimme eines Ritters zu hören, der zu ihr emporsang: *»Mîn herze und mîn lîp, diu wellent scheiden, diu mit ein ander wâren nu manige zît …«*

Zweifellos, sagte sie sich, war das eine bessere Zeit gewesen.

Kein Tannenbaum, beschloss Lena nach langem Grübeln. Genau genommen beschloss es sich von selbst, denn Lena hatte noch nie einen Baum für Weihnachten gekauft; das war immer die Aufgabe ihres Vaters gewesen. Es wäre ihr ungehörig erschienen, sich einer Aufgabe zu bemächtigen, die so sehr eine elterliche, väterliche war.

Immerhin hängte sie, einer Tradition ihrer Mutter folgend, Meisenknödel vor das Fenster ihres Arbeitszimmers; ein Weihnachtsgeschenk an die Vogelwelt. Wenn sie über ihren Büchern saß, war es bisweilen eine schöne Abwechslung, von den mittelalterlichen Sagen und Märchen aufzuschauen und zu beobachten, wie sich die Meisen über den Kloß aus Fett und Körnern hermachten. Kopfüber krallten sie sich daran, schwangen mit ihm herum, während ihre kleinen Köpfe vor jedem Pick schier endlos oft hierhin und dahin ruckten, ob auch von nirgends Gefahr drohte.

Dieses Jahr kamen fast jeden Tag sechs Blaumeisen, und nach einiger Zeit war Lena, als erkenne sie jedes der Tiere wieder. Die blaugelben kleinen Wesen sahen aus wie aus Wolle gemacht, doch so niedlich ihr Treiben auch war, man kam nicht umhin zu bemerken, dass sie untereinander eine strenge, geradezu erbarmungslose Rangordnung einhielten – eine Rangordnung, die dem größten und stärksten Tier stets den Vorrang einräumte. Erst wenn dieses nicht mehr weiterfressen wollte, durften sich die anderen dem Futterbatzen im grünen Netz nähern. Manchmal duldete einer der Vögel einen Artgenossen auf der anderen Seite der Kugel, doch wenn, dann nicht für lange. Und immer war es der Kleinste und Schwächste, der am Schluss an die Reihe kam, wenn kaum noch etwas übrig war.

Und so waren es seit ein paar Tagen nur noch fünf Meisen, die sich um den Knödel sammelten. Lena musste unwillkürlich seufzen, als ihr aufging, was das bedeutete.

Doch so war das nun mal in der Natur. Tiere kannten keine Gnade, kein Erbarmen, kein Mitgefühl. Lieben, sagte sich Lena, war etwas, das nur Menschen konnten. Und auch die konnten es nicht besonders gut.

Aber sie würde der Versuchung widerstehen, sich dieser trostlosen Stimmung zu ergeben. Auch wenn es traurig war, an einem solchen Fest allein zu sein: Andere hatten es auch nicht leicht oder sogar noch schwerer. Die Bergers von nebenan zum Beispiel, deren damals elfjähriger Sohn vor vier Jahren verschwunden war. Lena hatte das Kind gekannt. Nun, was hieß gekannt? Vom Fenster ihres Zimmers aus hatte sie im nachbarlichen Garten einen Knaben spielen sehen, meistens alleine. Im Sommer hatte er nackt in einem blaugelben Planschbecken gesessen, dessen Wasser offenbar nie ausgewechselt wurde, jedenfalls war es im Lauf der Wochen immer schmutziger geworden. Und nun war er nicht mehr da, war verschwunden – an Weihnachten auch noch, hieß es – und seine Eltern mussten damit leben, dass nie irgendeine Spur von ihm gefunden worden war.

Sicher musste man, wie meistens in solchen Fällen, vom Schlimmsten ausgehen, also davon, dass der kleine Julius nicht mehr lebte, aber solange man keine Gewissheit hatte, blieb eben doch ein quälender Rest Hoffnung. Lena begegnete den Eltern gelegentlich auf der Straße. Der Vater war ein verbitterter Mann

Mitte fünfzig, der seit damals eine Privatfehde gegen die in seinen Augen unfähige Polizei führte, indem er immer wieder Beschwerden einreichte und jede Zeitungsmeldung über unaufgeklärte Verbrechen zum Anlass für ätzende Leserbriefe nahm, die das Lokalblatt auch stets abdruckte. Seine Frau, dicklich und etwa zehn Jahre jünger, tröstete sich mit einem mageren kleinen Schäferhundmischling, der ihr kurz nach dem Verschwinden Julius' zugelaufen war und den sie seither mit inbrünstiger Liebe umhegte – ja, Lena hatte durchaus den Eindruck, dass diese Frau den Hund im Grunde mehr liebte, als sie ihren Sohn geliebt hatte.

Für die Bergers war Weihnachten jedenfalls bestimmt schlimmer, dachte Lena, und die Einsicht, dass es Menschen gab, die schlechter dran waren als sie selbst, veranlasste sie, an keinem Bettler vorbeizugehen, ohne ihm ein paar Münzen in den Hut oder die Pappschale zu werfen. Ihr schauderte, wenn diese abgehärmten, schlecht gekleideten Menschen ihr mit schwülstigen Worten dankten, und sie fragte sich, wo sie wohl den Weihnachtsabend verbringen würden und unter welchen Umständen. Sie konnte wahrhaft froh sein, dass sie ein gut geheiztes Haus besaß und nichts entbehrte außer menschlicher Gesellschaft.

Und trotzdem ...

Je näher Heiligabend rückte, desto größer wurde die Unruhe, die sie erfüllte. Sie drehte jeden Abend ihre übliche Runde durchs Haus, um zu prüfen, dass alle Türen und Fenster auch wirklich verschlossen waren – und das Haus besaß von beidem eine Menge –, doch vor dem Schlafengehen konnte sie nicht anders, als noch einmal einen zweiten Rundgang zu machen. Dass dieser stets erbrachte, dass das Haus tatsächlich im Rahmen des Möglichen verrammelt und verriegelt war, änderte nichts an diesem Zwang.

Vielleicht, überlegte Lena, musste sie im neuen Jahr doch einmal psychologische Hilfe suchen.

Diese zwanghaften Rundgänge waren vermutlich Ausdruck

ihres Unbewussten, einer uneingestandenen Angst, vielleicht sogar eines Wunsches, es möge jemand kommen, es möge jemand in ihr Leben eindringen … Das war ihr klar; sie hatte etliche Bücher darüber gelesen. Das Problem war nur, dass das Lesen von Büchern wenig half gegen solche Ängste. Nichts eigentlich. Dabei konnte sie sich schon denken, dass ein Psychologe ihr auch nichts anderes raten würde als das, was sie sich selber immer wieder sagte: dass sie ihr Leben ändern musste, das schon viel zu früh in ein viel zu festes Gleis geraten war.

Aber wie stellte man das an? Sie hatte keine Ahnung. Also kamen die Ängste, logisch.

Und sie kamen in Wellen. Am schlimmsten war es eben immer um Weihnachten herum. Die letzten Jahre hatte sie, wenn sie von den Besuchen bei ihrem Vater zurückgekehrt war, manchmal das Gefühl geplagt, es sei in ihrer Abwesenheit jemand im Haus gewesen. Jemand, der nichts gestohlen und keine Spuren hinterlassen hatte, was natürlich nicht für einen Einbrecher aus dem wirklichen Leben sprach. Es war ihr vorgekommen, als fehlten Lebensmittel – doch war sie in Dingen des täglichen Lebens kein so systematischer Mensch, dass sich dieser Verdacht irgendwie hätte bestätigen lassen. Einmal hatte sie bei ihrer Rückkehr einen aufgedrehten Heizkörper vorgefunden, worüber sie sich sehr erschrocken hatte, bis ihr eingefallen war, dass sie ihn wahrscheinlich selbst geöffnet und dann vergessen hatte vor ihrer Abfahrt.

Das war ihr alles klar, und sie nahm sich das mit dem Psychologen fest vor, während sie an Heiligabend bei Einbruch der Dämmerung den zweiten, überflüssigen Rundgang absolvierte. Sie suchte danach sogar ein paar Nummern aus dem Telefonbuch heraus und legte den Zettel zwischen die entsprechenden Seiten ihres Kalenders.

Und machte, sicherheitshalber, noch einen dritten Rundgang.

Diesmal kam ihr die Idee, auch die nach innen führenden Türen der einzelnen Kellerräume abzuschließen. Den Heizkeller. Die Waschküche. Die Werkstatt, in der das Werkzeug ihres Vaters verstaubte. Den Keller mit den uralten Schlafzimmerschränken, in denen die Kleider ihrer Mutter und die Anzüge ihres Vaters hingen, die wegzuwerfen sie bisher nicht über sich gebracht hatte. Den Keller, in dem die Tiefkühltruhe stand und das Weinregal, das inzwischen ohnehin so gut wie leer war.

Als alles verriegelt war, fühlte sie sich besser. Sie stieg die Kellertreppe wieder hinauf, bereitete sich in der Küche das Abendessen, etwas festlicher als gewöhnlich, weil Heiligabend war, aber wiederum auch nicht so festlich, dass die Abwesenheit eines Gegenübers sich schmerzlich bemerkbar machen würde. Nach dem Essen sah sie sich einen Film im Fernsehen an, dann ging sie schlafen. Es gelang ihr, den Drang, noch einen allerletzten Rundgang zu machen, niederzukämpfen und ins Bett zu gehen. Es war bestimmt besser, derartigen Impulsen nicht nachzugeben, sagte sie sich und schloss die Augen.

Sie erwachte mitten in der Nacht, überzeugt, dass es ein Geräusch im Haus gewesen war, das sie geweckt hatte.

Aufrecht im Bett sitzend, umgeben von wogender Dunkelheit, die Hand auf dem Lichtschalter, lauschte sie. Nichts. Ein Auto in der Straße, ein Knacken im Gebälk, rätselhaft, aber vertraut. Ansonsten Stille. Natürlich. Ein dummer Traum.

Lena seufzte und schaltete das Licht ein. Nein, das ging zu weit. Sie konnte nicht am Heiligen Abend einen Psychotherapeuten anrufen. Schon gar nicht mitten in der Nacht.

Die Telefonseelsorge vielleicht? Dort war bestimmt jemand zu erreichen. Auch an Weihnachten. An Weihnachten erst recht.

Zum ersten Mal fragte Lena sich, ob alles so enden würde, dass sie sich in eine psychiatrische Klinik einweisen lassen musste. Der Gedanke krampfte ihr das Herz zusammen.

Bitte nicht, dachte sie, ein banges Gebet an eine namenlose Schicksalsmacht, *lass mein Leben nicht so verfahren enden.*

In diesem Augenblick hörte sie das Geräusch wieder.

Es kam aus dem Keller. Es hörte sich an, als werfe sich jemand gegen eine der Innentüren, die sie verschlossen hatte.

»Gott im Himmel«, murmelte Lena. Also war es doch keine Einbildung gewesen. Also war sie doch kein Fall für die Psychiatrie. Obwohl sie das in diesem Moment beinahe vorgezogen hätte.

Was jetzt? Polizei. Sie musste die Polizei anrufen. Jemand war in ihrem Keller, mitten in der Nacht. Das würde ja wohl Grund genug sein.

Schnell. Das Telefon stand unten im Flur. Ein uraltes Modell, weil ihr Vater nichts von den modernen, herumtragbaren Geräten gehalten hatte. Schnell, ehe etwas geschah, das sich zwischen sie und das Telefon stellte.

Lena schlüpfte aus dem Bett, hatte keine Zeit für Pantoffeln, hastete auf nackten Füßen hinaus und die Treppe hinunter. 112. Das war die Notrufnummer.

Den Hand auf dem Hörer verharrte sie. Stille. Auf einmal war sie sich nicht mehr sicher, ob sie dieses Geräusch wirklich gehört hatte. Was, wenn es nur Einbildung gewesen war? Sie konnte doch nicht die Polizei rufen und dann war da nichts.

Sie hielt den Atem an. Stille. Dröhnende, ohrenbetäubende Stille. Lena ließ den Hörer los.

Das Geräusch war aus dem Keller gekommen. Wenn sie alle Peinlichkeit vermeiden wollte, blieb ihr nichts anderes übrig, als dort nachzusehen. Sie schluckte.

Vielleicht genügte es ja, am oberen Ende der Kellertreppe stehen zu bleiben und zu horchen. Bestimmt genügte das. Ein Geräusch, das imstande gewesen war, sie oben im Schlafzimmer zu wecken, würde von da aus zweifellos zu hören sein.

Sie drehte den Schlüssel, leise, öffnete die Tür. Lauschte.

Ja. Da war ein Geräusch.

Jemand weinte.

Es klang nicht nur harmlos, es klang entsetzlich hilfebedürftig. So, als ob jemand, der klein und schwach war, Schmerzen litt.

Was natürlich ein Trick sein konnte. Eine Falle.

Aber nachsehen musste sie, daran führte kein Weg vorbei.

Lena eilte so leise wie möglich ins Wohnzimmer, zu dem mächtigen offenen Kamin, der zuletzt angeheizt gewesen war, als Vater noch im Haus gelebt hatte, nahm geräuschlos den hundert Jahre alten Schürhaken aus Schmiedeeisen vom Gestell und kehrte damit zur Kellertreppe zurück.

Ihr Herz pochte so laut, dass sie meinte, es als Echo von den Kellerwänden widerhallen zu hören. Doch das Weinen und Stöhnen war keine Einbildung. Es kam von der Tür, die zur Waschküche führte.

Die Waschküche, die eine Tür in den Garten besaß. Unter dem Türspalt schimmerte Licht.

Was ging hier vor sich?

Den Schürhaken fest umklammert, lauschte Lena an der Tür. Das Stöhnen kam in Abständen, und es klang wie das Stöhnen eines Kindes. Was um alles in der Welt machte ein stöhnendes Kind an Heiligabend in ihrer Waschküche?

Auf einmal ertrug Lena all diese Fragen nicht mehr, die sich in ihrem Kopf jagten und überschlugen. Sie hob den Schürhaken mit der einen Hand, bereit, zuzuschlagen, drehte mit der anderen in einer heftigen, ungeduldigen Bewegung den Schlüssel und riss die Tür auf.

Der Korb mit der Schmutzwäsche war umgestoßen. Auf dem traurigen Haufen aus Slips und Handtüchern lag ein Junge von vierzehn oder fünfzehn Jahren, in einer seltsam verkrümmten Haltung, das Gesicht verzerrt, am ganzen Körper zitternd.

Was kein Wunder war, denn es war kalt, und er war splitternackt.

»Wer bist du?«, stieß Lena hervor.

Der Junge antwortete nicht. Er machte auch keinerlei Anstalten, seine Blöße zu bedecken. Lena sah auf sein Geschlecht, das zwar von dunklem Haar umrahmt war, aber trotzdem so klein und niedlich aussah wie das eines Puttenengels auf einem Barockgemälde.

Es gehörte sich nicht, *darauf* zu starren. Sie hob den Blick und begegnete dem seinen.

Und erkannte ihn.

»Julius?«

Der verschwundene Sohn der Bergers…? Sie verstand überhaupt nichts mehr.

Er sagte immer noch nichts, aber sein Gesicht spannte sich an, wie unter einer alle Kräfte fordernden Anstrengung.

»Was machst du –?«

Da war ihr Blick auf seine Füße gefallen, o Gott, seine Füße, oder was immer das war, und ein Schrei stieg in ihr hoch, blieb ihr in der Kehle stecken, wollte hinaus… Das waren keine Füße, keine menschlichen zumindest, das waren die Hinterbeine eines Tiers, längliche, fellbedeckte Läufe mit Krallen! Der Schrei drang nach außen, aber nur in Form eines erstickten Keuchens.

»Gleich«, stöhnte der Junge. Julius. »Die Füße brauchen immer am längsten.«

Was? Wovon redete er?

»Einen Moment noch –«

Wie gelähmt stand Lena da und sah zu, wie sich die Läufe verformten, langsam und zäh, wie das Fell dünner wurde, durchscheinender und wie es schließlich verschwand und nur Haut zurückließ, wie sich die Krallen zu Zehennägeln umbildeten und die lang gezogenen Hinterbeine zu menschlichen Füßen wurden. Julius ächzte während dieses gespenstischen Prozesses leise; was da vor sich ging, schien nicht nur anstrengend, sondern auch schmerzhaft zu sein.

»Kann ich bitte etwas zum Anziehen haben?«, flüsterte der Junge schließlich. »Mir ist kalt.«

»Was?« Lena war, als erwache sie aus einem schlechten Traum, nur um zu sehen, dass es kein Traum gewesen war. »Zum Anziehen…?« Sie fuhr sich mit der Hand durch das Haar. »Ich weiß nicht, was ich dir da… welche Größe und so… für einen Jungen…«

Julius zog die Beine an sich, rollte sich zusammen. Zu mehr schien er im Augenblick nicht in der Lage zu sein. »Im Raum nebenan. Dort, wo all die Schränke stehen … Also, in der untersten Schublade ganz rechts, da müsste ein grauer Trainingsanzug liegen.«

Lena starrte ihn an, außerstande, sich zu bewegen.

»Den habe ich die letzten Male immer getragen«, hauchte der Junge verlegen.

Die letzten Male?, fuhr es ihr durch den Kopf. Also doch. Sie hatte sich nichts eingebildet. Es war beinahe eine Erleichterung, das zu hören.

»Warte«, sagte Lena.

Sie ging hinaus, öffnete die Tür zum Nebenraum, machte Licht. Tatsächlich, in der Schublade lag ein dicker, grauer Trainingsanzug, der einst ihrem Vater gehört hatte. Er roch muffig, aber er war warm, einigermaßen jedenfalls. Darunter lagen dicke, handgestrickte Socken, die Lena ebenfalls herausnahm.

Als sie damit in die Waschküche zurückkehrte, stand Julius da und wartete. Er schien seine Nacktheit überhaupt nicht zu bemerken, so, als habe er vergessen, was es damit auf sich hatte, nackt zu sein.

Sie reichte ihm die Sachen. »Hier. Und jetzt würde ich gern erfahren, was hier los ist.«

Er schlüpfte in die Hose. »An Weihnachten muss ich immer Mensch werden. An Heiligabend kurz vor Mitternacht geht es los, und irgendwann am nächsten Morgen ist es wieder vorbei.« Er warf ihr einen scheuen Blick zu, griff nach den Socken. »Ich bin die letzten Jahre immer hier im Haus gewesen, während Sie nicht da waren. Tut mir leid.«

»Und wie bist du hereingekommen?«

»Ich wusste, dass Sie Ihren Reserveschlüssel in der kleinen blauen Vase auf dem Fensterbrett im Anbau aufbewahren.« Er streifte das Oberteil über. »Ich hab Sie mal beobachtet, als ich noch klein war. Von einem der Bäume aus.«

Lena nickte, in Gedanken ganz woanders. »Du sagst, an Weihnachten musst du Mensch werden … Was heißt das? Was bist du das restliche Jahr über?«

Er zögerte. Dabei wusste sie schon, was er antworten würde.

»Da bin ich ein Hund«, sagte er.

Ein Fluch, durchfuhr sie die Erkenntnis. *Ein Fluch lastet auf ihm, genau wie in den Märchen. Und heute Nacht ist die Gelegenheit, den Bann zu brechen.*

Lena sah sich blinzelnd um, betrachtete die Kellertür, den Schlüssel, der nun von innen steckte, die Waschmaschine, die auf dem Betonboden verstreute Schmutzwäsche, die kahlen Wände, die nach dem Krieg das letzte Mal gestrichen worden waren. »Wir müssen nicht hier unten in der Kälte herumstehen«, sagte sie. »Gehen wir nach oben. Möchtest du etwas essen?«

»Ja, gern«, sagte Julius.

Sie stiegen die Treppe hoch, und Lenas Gedanken nahmen Fahrt auf. Das Schicksal des Jungen hing jetzt von ihr ab, höchstwahrscheinlich zumindest. Sie durfte keinen Fehler machen, musste richtig entscheiden … Die plötzliche Last der Verantwortung nahm ihr fast den Atem.

»Was möchtest du?«, fragte sie, als sie die Küche betraten. Hier war es angenehmer als im Keller, aber auch nicht gerade gemütlich. Lena drehte die Heizung auf, obwohl sie wusste, dass das nichts nützen würde, weil es schon spät war und der Kessel nur noch auf Nachttemperatur lief.

»Etwas Warmes«, bat der Junge und fügte mit unüberhörbarer Begeisterung in der Stimme hinzu: »Etwas mit Schokolade.«

Das also hatte er vermisst. Natürlich. Was bekam ein Hund zu fressen? Fleisch, aus der Dose. Kalt.

»Etwas Warmes mit Schokolade«, wiederholte Lena. »Soll ich dir einen Kakao machen?«

»Das wäre prima«, nickte Julius.

Sie nahm eine Kasserolle vom Haken, entzündete die Gasflamme, holte Milch aus dem Kühlschrank. Ihre Gedanken rotierten derweil weiter. Wie war ein Bann zu brechen? Sie brauchte einen Hinweis, irgendeine Spur …

Kakaopulver war noch da, zum Glück.

»Die letzten Male – letztes Weihnachten und die Weihnachten davor – wusstest du da, dass ich nicht zu Hause war?«, fragte sie, während sie die Milch rührte.

»Ja«, sagte er.

»Woher?«

»Ein Hund weiß so was.«

Aha. »Und diesmal?«

»Ich wusste nicht, wo ich sonst hin sollte. Ich wollte ganz leise sein, im Keller bleiben ...«

»Verstehe.« Sie steckte einen Finger in den Kakao. Heiß genug. Sie füllte alles in eine große Tasse und stellte sie ihm hin. »Erzähl doch mal. Wie ist das alles gekommen?«

Er griff mit beiden Händen nach der Tasse. »Was?«

»Dass du zum Hund geworden bist.«

»Genau weiß ich das auch nicht ... Es war an Weihnachten. Ich denke, deswegen fällt die Zeit, in der ich Mensch werden muss, immer auf Heiligabend.« Er trank, immer noch mit beiden Händen. Es wirkte ungeschickt, so, als wäre er den Gebrauch seiner Hände nicht mehr gewöhnt.

Immerhin hat er den Schlüssel ins Schloss bekommen, dachte Lena. »Was ist passiert?«

»Ach, es war ein ganz blöder Anlass. Ich hatte mir einen MP3-Player zu Weihnachten gewünscht, und zwar wirklich gewünscht, ganz fest. Ich meine, es hätte ja irgendeiner sein können, auch ein ganz billiger; alle in der Schule hatten so ein Teil, bloß ich nicht, das war wirklich nicht mehr witzig, verstehen Sie? Jedenfalls habe ich meiner Mutter damit monatelang in den Ohren gelegen, hab es wirklich bei jeder Gelegenheit gesagt, und ich dachte, vielleicht hört sie diesmal auf mich ...« Sein Gesicht verschloss sich, sein Blick schien in eine weit entfernte Vergangenheit zu entgleiten. »Mutter hat sich damals immer um den Hund von Frau Bose gekümmert – das ist eine Freundin von ihr, die oft verreisen muss, geschäftlich und so. Meine Mutter war ganz vernarrt in dieses Viech, und ausgerechnet diesmal war die Töle das erste Mal über Weihnachten da, fast den ganzen Dezember über. Und als ich dann unter dem Weihnachtsbaum saß, meine Mutter mit dem Hund spielte und redete, die ganze Zeit, echt … und ich mein Geschenk auspackte und es nur ein blödes *Hemd* war … da bin ich ausgerastet.«

Er atmete schwer, schien den dampfenden Becher in seinen Händen vergessen zu haben.

Lena sagte nichts.

»Es war nicht, weil ich nicht bekommen hatte, was ich mir gewünscht hatte, verstehen Sie? Es war, dass meine Mutter sich nicht einmal daran *erinnerte*, was ich mir gewünscht hatte. Ich hatte mindestens seit September jeden verdammten Tag auf sie eingeredet, und sie hatte nicht mal mitbekommen, *dass* ich mir was gewünscht hatte!«

Lena nickte sachte. »Und dann?«

»Ich hab das Hemd liegen lassen und bin auf mein Zimmer gegangen. Aber die Wut ist angeschwollen und angeschwollen, weil es *immer* so war, verstehen Sie, *immer*, und am Ende ist irgendwas in mir … *geplatzt*. Ich bin abgehauen. Raus. Mitten in der Nacht. Es war sternklar, das weiß ich noch, und kalt, und ich bin einfach nur durch die Straßen gelaufen und gelaufen …« Er sah sie an, mit einem Blick, in dem sich Schmerz spiegelte. Nein, mehr als Schmerz – Entsetzen. »Irgendwann war ich auf dem Hermannsberg. Den nennt man auch Hexenberg, wussten Sie das?«

»Hexenberg?« Das hatte Lena nicht gewusst. Aber irgendwie überraschte es sie nicht.

Julius atmete immer noch schwer, brachte eine ganze Weile nichts heraus. »Ich war … Ich weiß nicht. Ich habe die ganze Zeit nur gedacht: ›Ich möchte ein Hund sein. Ich möchte ein Hund sein. Wäre ich ein Hund, dann würde sich meine Mutter auch um mich kümmern.‹ Immer wieder dieser Gedanke, wie ein glühendes Eisen, das in mir herum- und herumwühlte …«

Er starrte ins Leere, minutenlang. Dann brach die Starre, er seufzte, erinnerte sich wieder an den Kakao in seinen Händen und führte die Tasse an den Mund, für einen ungeheuren Schluck.

»Und dann?«, fragte Lena schließlich.

Julius zuckte mit den Schultern. »Keine Ahnung. Von da an konnte ich es. Ich bin irgendwann zu mir gekommen, und erst mal hab ich nur gemerkt, dass irgendwas anders ist. Ich hab 'ne Weile gebraucht, ehe ich kapiert hatte, dass ich auf einmal ein Hund war.«

»Das muss ein ziemlicher Schock gewesen sein.«

Er sah sie erstaunt an. »Ein Schock? Nein, überhaupt nicht. Es war okay. Ich hab nicht groß drüber nachgedacht … Man denkt ganz anders, wenn man ein Hund ist, wissen Sie? Mir war einfach kalt, ich wollte irgendwohin, wo es mir besser gehen würde, und dann bin ich nach Hause gelaufen. Ich wusste nicht einmal mehr, dass man klingelt, ich hab einfach an der Tür gekratzt und gejault, bis mir meine Mutter aufgemacht hat … Sie hat sich gefreut, das habe ich gemerkt. Der andere Hund war schon fort, und sie hat mir zu fressen gegeben und so weiter … Es war gut, ganz einfach. Es ging mir gut, und mehr wollte ich nicht. Ich erinnere mich, dass eine seltsame Unruhe im Haus herrschte, die mich nervös gemacht hat – ich hab damals nicht begriffen, dass es war, weil sie nach mir suchten; so was begreift man nicht als Hund.« Julius zuckte mit den Schultern. »Ich bin einfach geblieben, weil es mir dort gut ging. Ganz einfach.«

Lena spürte eine Gänsehaut über den Rücken laufen. »Bis es wieder Weihnachten wurde.«

»Ja.«

»Hast du gewusst, was dann passieren würde?«

Der Junge schüttelte den Kopf. »Da war bloß so eine … Unruhe. Ich bin raus, instinktiv, hab mich im Gebüsch versteckt, mich gefürchtet, ja. Bis ich dann …« Er hob den Becher mit einer heftigen Bewegung an die Lippen, trank ihn leer und stellte ihn hart auf den Tisch zurück.

Das knallende Geräusch schien lange nachzuhallen.

»Willst du noch etwas?«, fragte Lena.

Er zögerte. »Könnte ich bitte vielleicht ein ... Rührei haben?« Der Ton, in dem er es sagte, schnitt Lena ins Herz. Es klang so mutlos, als sei ihm noch nie irgendein Wunsch erfüllt worden, den er geäußert hatte.

Bis auf den, ein Hund zu sein.

»Rührei.« Lena öffnete den Kühlschrank. Ein Glück, es waren mehr als genug Eier da. »Kein Problem. Hast du großen Hunger?«

»Riesenhunger.«

»Alles klar.«

Sie setzte eine Pfanne aufs Feuer, ließ Butter darin zerlaufen. »Das klingt wie aus einem Märchen«, sagte sie so beiläufig und nebenbei wie möglich. »Der verzauberte Junge, der nur an einem Tag im Jahr seine menschliche Gestalt wiedererlangt.«

»Hmm«, machte Julius hinter ihrem Rücken.

»Hast du eine Idee, was diesen Zauberbann wieder aufheben könnte?« In Märchen war das einfach. Da tauchte immer jemand auf, der erklärte, wie das Spiel lief. Man erfuhr den Grund dafür, dass jemand verzaubert worden war, und welch schier unmögliche Aufgabe es zu erfüllen galt, damit der Fluch wieder von ihm genommen wurde.

Sie drehte das Gas herunter, schlug drei Eier in die Pfanne und begann, die Masse zu verrühren. Von Julius kam keine Antwort. Sie drehte sich um und sah in ein verwundertes Gesicht.

»Was für ein Zauberbann?«, fragte er.

»Na ja. Was immer es ist, das dich zwingt, als Hund zu leben.«

»Es zwingt mich doch niemand.«

Es roch angebrannt. Lena wandte sich hastig wieder dem Herd zu, drehte das Gas ab, kratzte die gebräunte Schicht vom Boden der Pfanne. Dann gab sie alles auf einen Teller und legte eine Scheibe Brot dazu.

»Du hast gesagt, dass du das ganze Jahr über als Hund bei deinen Eltern wohnst, bis auf Heiligabend, wo du für ein paar Stunden wieder Mensch wirst«, sagte sie, als sie ihm den Teller hinstellte. »Das ist nicht gerade normal.«

Er nahm die Gabel, die sie ihm reichte, und begann gierig zu essen. »Stimmt. Das kann nicht jeder.«

Lena blinzelte verwirrt. »Was?«

»Sich in einen Hund verwandeln.«

Er aß weiter, hieb mit der Gabel auf die weißgelbe Masse vor sich ein, schaufelte sie in sich hinein, ohne zu bemerken, wie Lena sich setzen musste, weil ihre Knie nachzugeben drohten, als sie begriff.

»Das kannst du?«, flüsterte sie schließlich in die stumme Kälte zwischen den Esslauten.

»Außer an Heiligabend«, nickte Julius mit vollem Mund. »Mensch, Hund – wie ich will. Hin und her. Es ist bloß ziemlich anstrengend, deswegen bleibe ich ein Hund.«

»Freiwillig.«

»Ist doch viel besser.« Er kaute. Derb, schmatzend. »Als Hund muss man nichts tun, nichts werden, nichts vortäuschen – man lebt einfach. Man kann so sein, wie man ist, ohne dass einer an einem rummeckert. Wenn ich früher mal was gesagt hab, dass ich irgendjemanden nicht leiden kann zum Beispiel – gleich hieß es, das darf ich nicht sagen, das sei ungezogen, ich sei ein schlechter Mensch und so weiter. Wenn man ein Mensch ist und nicht so denkt und redet, wie es die andern von einem erwarten, dann ist man immer der Arsch. Dann heißt es gleich, etwas stimmt nicht mit einem. Sobald man sagt, was man wirklich denkt, dann kann einen keiner mehr leiden. Als Hund« – Julius riss ein Stück Brot entzwei, um den leer gegessenen Teller bis zu den Rändern auszuwischen – »knurrst du einfach jeden an, den du nicht leiden kannst, und dann hat *der* ein Problem, nicht du. Du bist ja ein Hund; kein Mensch erwartet von einem Hund, dass er höflich ist, sich verstellt oder einem nach dem Mund redet. Als Hund darf man genau so sein, wie man eben ist, und wenn einer damit nicht zurechtkommt, kann's einem scheißegal sein. Man kriegt sein Fressen trotzdem.«

Lena starrte ihn an. »Du bleibst *freiwillig ein Tier …*?«

»Das ist echt viel besser«, versicherte ihr der Junge. »Meine Mutter liebt mich erst, seit ich ein Hund bin.«

Liebe. Natürlich. Das war der Schlüssel.

Was auch sonst? Lena nickte unwillkürlich. Letzten Endes verhielt es sich doch wie in den Märchen. Mit dem einzigen Unterschied, dass der Fluch in der Lieblosigkeit von Julians Mutter lag, was vielleicht noch schlimmer war als der Bannspruch eines bösen Magiers …

War es das? Rief das Schicksal sie wieder einmal, so, wie es sie damals zurück nach Hause gerufen hatte, sich um ihren Vater zu kümmern? Rief es sie diesmal, diesem Jungen beizustehen? Ihm ins Gewissen zu reden? Ihm klarzumachen, dass es eine Sünde war, freiwillig als Tier zu leben, wenn man als Mensch geboren war?

»Julius.« Sie sah ihm ernst in die Augen, die groß und dunkel waren, fast wie Hundeaugen. »Du bist ein Mensch. Du kannst doch nicht freiwillig das Dasein einer niedrigeren Lebensform wählen!«

Der Junge schüttelte den Kopf. »Ist gar kein Problem, ehrlich. Umgekehrt geht es wahrscheinlich nicht, denk ich, aber ich – ich hab die freie Auswahl.«

Die Leichtfertigkeit, mit der er das sagte, machte Lena sprachlos. »Aber … aber *fehlt* dir denn da nicht was? Ich meine …« Sie hob die Hände, betrachtete sie, spreizte die Finger. »Das zum Beispiel. Als Hund hast du nur *Pfoten*. Du kannst nichts greifen, kannst vielleicht gerade mal eine Türklinke drücken … In deinem Alter will man doch am Computer spielen, oder? Man will ein Handy haben, man will … was weiß ich, mit Freunden ins Kino gehen … Das entgeht dir alles. Das ganze Leben.«

Sein Blick hatte sich verdüstert. »Ich hätte ohnehin kein Handy gekriegt.«

Auf ihn einzureden würde nicht genügen, erkannte Lena. Das Schicksal verlangte mehr von ihr, als ihm Ratschläge zu geben. Genau wie es damals nicht damit getan gewesen wäre, Vater ein Kochbuch zu schenken oder ihm zu erklären, wie man Nudeln kochte.

Was, wenn sie Julius anbot, künftig bei ihr zu leben? Freilich, in der Nachbarschaft seiner Eltern würde das nicht gehen, aber wenn sie das Haus verkaufte und sie gemeinsam fortgingen, irgendwohin, wo man sie nicht kannte, wo man sie einfach für Mutter und Sohn halten würde …?

»Wissen Sie«, drängte es den Jungen zu erklären, »man *denkt* ganz anders, wenn man ein Tier ist. Nicht wie ein Mensch. Eigentlich«, korrigierte er sich mit einem heftigen Kopfschütteln, »denkt man überhaupt nicht. Das ist schwer zu beschreiben – es ist, als wäre da gar nichts zwischen einem und der Welt. Man *ist* einfach. Man fühlt. Man hat Gefühle, aber man macht sich keine Sorgen. Man weiß nicht mal, was das ist, Sorgen. Es gibt nur den Moment. Man rennt oder man ruht sich aus, je nachdem, wie einem zumute ist, man beobachtet, man riecht … Mann, was man als Hund *riecht*! Das ist überhaupt nicht zu beschreiben. Das Riechen haut einen um … Wobei, eigentlich auch wieder nicht – als Hund kommt es mir überhaupt nicht ungewöhnlich vor, nur jetzt, wenn ich daran denke … Es ist wirklich nicht zu beschreiben. Das muss man erlebt haben. Alles hat seinen ganz eigenen Geruch, man kann alles voneinander unterscheiden, und alles ist stark und gewaltig … Manche Düfte sind so groß wie Gemälde, lassen einem das Herz rasen, regen einen auf …« Er rieb sich die Nase, die menschliche, unzulängliche. »Wenn da eine Hündin ist, zum Beispiel, die läufig ist. Man denkt nicht, ›Oh, die ist läufig‹ oder so. Man denkt gar nichts, aber man muss ihr einfach nachlaufen … Es kommt mir seltsam vor, wenn ich das so erzähle, weil, also, wenn ich jetzt an Hündinnen denke, dann finde ich es eher abartig, dass ich …« Er räusperte sich. »Aber wenn ich ein Hund bin … Man *will* es einfach. Nein, man *muss*. Das ist völlig unkompliziert. Man rennt ihr nach, weil einen dieser Geruch … fasziniert, man holt sie ein, und irgendwie ist alles klar und geregelt, instinktiv, sie weiß, wie es läuft, man selber weiß es auch … Man gibt ihr zu verstehen, dass man will, und sie gibt einem zu verstehen, dass sie auch will … und dann tut man es. Ganz einfach.«

Lena hatte sich zurückgelehnt, verschränkte die Arme, spürte ein kaltes, fast schmerzhaftes Kribbeln im Gesicht und im Hals. So, als wollte etwas in ihr zu Stein werden.

Wie er das sagte! Dieser Unterton in seiner Stimme. Sie wünschte, er würde aufhören, so zu reden, aber sie brachte kein Wort heraus. Sie musste an Marcus denken, an den nicht mehr zu denken ihr jahrelang gelungen war, so lange, dass sie sich sicher gewesen war, ihn endgültig vergessen zu haben. Marcus, der manchmal auch diesen Klang in der Stimme gehabt hatte. Kirchenmusiker war er gewesen, hatte keinen Sonntag den Gottesdienst verpasst, wohlerzogen und höflich hatte er gewirkt …

»Wissen Sie, was das Beste dabei ist?« fuhr Julian fort. Sie sah seine Augen glitzern, hörte diesen Klang in seiner Stimme immer deutlicher. »Dass man hinterher keine Schuldgefühle hat. Überhaupt keine. Man tut es, und fertig.«

Marcus war entsetzt gewesen, als sie ihm erklärt hatte, dass sie ihn nicht heiraten würde, dass sie auch aufhören wollte, ihn zu treffen. Er hatte nicht verstehen können, dass sie es nicht mehr ertrug, wie er sich ihr mit gierigem Blick näherte, dass sie es nicht mehr ertrug, wie er sie lüstern berührte, dass sie es nicht mehr ertrug, wie er mit seinem … *Ding* in sie stieß, kein Haar anders, als Tiere es taten.

»Früher … also, ehe ich ein Hund geworden bin … da war ich mal in ein Mädchen verliebt.« Die Hände des Jungen zeichneten Kreise auf die Tischplatte. »Das war ziemlich … Ich weiß auch nicht. Ich hab schlecht geschlafen, mich dauernd bei ihrem Haus herumgedrückt, um sie zu sehen, einfach nur zu sehen, wissen Sie? Ich wusste gar nicht, was ich eigentlich wollte.«

Marcus hatte sie heiraten wollen, um keine Schuldgefühle mehr haben zu müssen, wenn er es tat. Wenn sie verheiratet gewesen wären, wäre es nicht einmal mehr Sünde für ihn gewesen. Alle Welt hätte dann gewusst, dass sie es taten, und es hätte so ausgesehen, als sei sie einverstanden, als *wolle* sie es womöglich.

»Ein Junge aus meiner Klasse, Dirk, hat mir dann alles erklärt… Mit Küssen und Sex und so. Eigentlich wollte ich aber bloß mal mit ihr reden. Herausfinden, was für ein Mensch sie eigentlich ist. Ihre Hand hätte ich gerne mal gehalten.« Er rieb sich etwas aus dem Auge. »Da ist aber nichts draus geworden.«

Lena merkte, dass sie begonnen hatte, mit dem Oberkörper zu wippen, vor und zurück, immer vor und zurück. Sie blickte den Jungen nicht an dabei. Wahrscheinlich sah es eigenartig aus, aber sie konnte nicht damit aufhören.

Mîn herze und mîn lîp, diu wellent scheiden…

»Nächstes Jahr«, sagte sie mühsam, »musst du dir einen anderen Unterschlupf suchen.«

Sie hörte ihn erschrocken einatmen. »Was?«

»Ich muss das Haus verkaufen. Es ist zu groß für mich alleine, verstehst du? Ich werde wegziehen. In eine andere Stadt. Der neue Eigentümer wird eine andere Kellertür einbauen, eine moderne, aus Stahl. Wahrscheinlich auch eine Alarmanlage.«

Sie hörte ihn mit den Fingernägeln über die Tischplatte fahren. »Schade«, sagte er ratlos.

Lena stand ruckartig auf, trat an den Herd, befingerte den Stiel der Kasserolle. »Willst du noch etwas trinken?«

»Nein, danke.«

»Etwas essen?

»Danke, auch nicht.«

»So ein bisschen Rührei ist nicht viel.«

»Ich bin eigentlich satt. Ich hatte nur Appetit auf was anderes als sonst.«

Ihr schauderte. Sie würde nicht darüber nachdenken, wovon

er satt war. »Ich bin schrecklich müde. Ich werde ins Bett gehen. Du kommst ja allein zurecht. Wie die letzten Jahre auch.«

Er räusperte sich und sagte dann leise: »Ja. Ich komm zurecht.«

»Dann gute Nacht.«

»Gute Nacht.«

Lena verließ die Küche, stieg die Treppe hinauf, fühlte nichts. Es war gut, nichts zu fühlen. Sie schloss die Tür ihres Schlafzimmers hinter sich ab, zweimal, schlüpfte unter die Decke, machte das Licht aus und lauschte noch eine Weile, ohne etwas zu hören.

Dann schlief sie ein.

Am nächsten Morgen war das Haus so verlassen wie immer. Sie fand die Kellertür ordentlich verschlossen vor, den Reserveschlüssel an seinem Platz. Wie hätte ein sich in einen Hund verwandelnder Junge das bewerkstelligen sollen? Lena beschloss, alles nur geträumt zu haben.

Dann machte sie sich daran, das Geschirr zu spülen. Eine Tasse mit Kakaoresten, ein mit Ei und Fett verschmierter Teller, eine Pfanne, Besteck. Nicht darüber nachdenken. Es gab nur den Moment. Kein Nachdenken, keine Sorgen, keine Schuldgefühle.

Florian Straub

Kathy

Der Weihnachtsmann riss mit zitternden Fingern den Briefumschlag auf und überflog seinen Inhalt. Der letzte Wunschzettel für dieses Jahr. Die Tradition besagte, dass … Er hielt inne und las erneut. Zwang seine Augen vom Ende des kurzen Absatzes nach oben und las ein weiteres Mal.

Schweiß trat ihm auf die Stirn.

Das konnte nicht sein.

Das durfte nicht sein!

Die Tradition besagte … Zum Teufel mit der Tradition, dachte er und wollte wütend den Brief zerreißen.

Doch er befolgte das Ritual seit fünfhundert Jahren. Jahr für Jahr gingen Millionen und Abermillionen von Wunschzetteln bei ihm ein, und 95 %, in mageren Zeiten sogar bis zu 99 % der Wünsche, blieben unerfüllt. Ein Heer wuselnder Assistenten mit roten Nasen filterte die wenigen Wünsche aus, die originell genug erschienen, um beschieden zu werden. Und seine Untergebenen kannten die Vorlieben des Weihnachtsmanns. Alles, was mit Geschenken, Geld und Gesundheit zu tun hatte, was auch nur im Entferntesten als Geste der Zuneigung ausgelegt werden konnte, wurde von vornherein aussortiert. Für so etwas hatte der Weihnachtsmann entgegen der landläufigen Meinung seit circa dreitausend Jahren nichts mehr übrig. Interessanter waren die Gemeinheiten und Boshaftigkeiten, die immer wieder auf dem einen oder anderen Wunschzettel auftauchten.

Etwa, wenn ein Kind sich wünschte, seine Schwester möge in der Küche ausrutschen. Wenn jemand seinen Schulkameraden gegen einen Laternenpfahl laufen sehen wollte. Wenn ein anderer sich für seine Lehrerin eine unheilbare Lungenentzündung erbat. Vor nicht allzu langer Zeit hatte jemand darum ersucht, dass sein Nachbar von einem Nahverkehrsbus überfahren würde. Vermutlich war irgendein Streit vorausgegangen, das interessierte den Weihnachtsmann wenig. Er war ein Mann der Tat, ihm ging es um die Ausführung dieser bösen Wünsche. Und davon gab es bemerkenswerterweise, je weiter die Entwicklung der Menschen voranschritt, immer mehr. Der Weihnachtsmann hatte Politikern anzügliche Fotos auf ihre Computer geladen, auf wehrlose Landstreicher eingetreten und Ehefrauen entführt. Er hatte beste Freundinnen von Hochhäusern gestoßen, Feuer in Autotunneln gelegt und Bomben unter U-Bahn-Sitzen verborgen. Er hatte Flugzeuge zum Absturz gebracht, Dörfer unter Schlammlawinen begraben und ganze Erdteile austrocknen lassen. Und all das hatte ihm irrsinniges Vergnügen bereitet.

Das Problem war nur, dass die Zeit fehlte. Je aufwendiger die Erledigung der Wünsche wurde – und auch ein Weihnachtsmann konnte tektonische Platten nicht mit dem kleinen Finger verschieben –, desto schwieriger wurde es, alle reizvollen Wünsche zu erfüllen.

Also war er seit geraumer Zeit, eben seit gut fünfhundert Jahren, dazu übergegangen, sich auf eine erlesene Auswahl zu beschränken. Und der letzte Wunsch der Saison, den er in die Hände bekam, wurde stets erfüllt. Da gab es keine Ausflüchte, kein Maulen und Meckern. Und wenn er einer mehrfachen Mutter, wie im letzten Jahr geschehen, eigenhändig den Hals umdrehen musste, tat er es. Und wenn seine gichtigen Finger schmerzten. Er erfüllte diesen letzten Wunsch.

Doch diesmal war es etwas anderes.

Der Weihnachtsmann bezweifelte, dass seine Assistenten den Wunschzettel überhaupt gelesen hatten. Das konnte ja nicht sein. Sie hätten ihn aussortieren müssen, von vornherein, und ihn erst recht nicht als letzten Wunsch auf den Tisch legen dürfen.

Andererseits jedoch ... Sie alle wussten um die Passion des Weihnachtsmanns, um seinen Sinn für das Makabre. Und war das nicht der makaberste Wunsch, der jemals an ihn herangetragen worden war? War das nicht die Krönung seines jahrtausendalten Werks? Eigentlich musste er seinen Untergebenen danken. Sie konnten ihm diesen Wunsch nicht vorenthalten. Sie durften es nicht.

Er seufzte. Sie waren einfach zu gut in ihrem Job. Hätte er sich doch nur weniger auf sie verlassen können.

Nun gut, die Tradition besagte, dass er diesen Wunsch erfüllte. Brach er doch einfach mit der Tradition. Es lag an ihm, schließlich hatte er sie selbst begründet.

Der Weihnachtsmann faltete den Brief erneut auseinander. Wer hatte ihn überhaupt geschickt? Sie hieß Kathy. Er übertrug Namen und Adresse in die Suchfelder seiner Datenbank und wartete. Der Bildschirm spuckte das Bild eines braunhaarigen Mädchens mit fröhlichen, runden Augen aus. Es mochte zehn Jahre alt sein. Sah aus wie all die anderen Kinder. Und doch schien Kathy etwas Besonderes zu sein.

Natürlich war sie es. Sie hatte als Einzige verstanden. Und sie hegte diesen Wunsch. Der noch nie geäußert worden war und nie wieder geäußert würde.

Er lehnte sich zurück in den Sessel und faltete knackend die Hände.

Was, wenn er das Problem auf die einfachste Weise aus der Welt schaffte? Er konnte dieser Kathy am kommenden Morgen Gift in die Frühstücksflocken streuen. Er konnte sie überfahren lassen. Oder die alte Kampfhundnummer anwenden ...

Nein, das war nicht sein Stil.

Er hatte sein Wort gegeben, wenn auch nur sich selbst. Das war eine Frage der Ehre, oder nicht? Das kleine Mädchen hatte einen Wunsch geäußert, der allen formalen Kriterien entsprach.

Es war der letzte Wunsch für dieses Jahr, und er war böse. Verdammt böse. Abgrundtief böse.

Der Weihnachtsmann beugte sich nach vorne, löschte den Bildschirm und fuhr den Computer herunter. Dann erhob er sich ächzend und ging hinüber zu seinem altmodischen Metallschrank. Er durchsuchte die Regale, bis er das Seil fand. Es stank nach Altöl, er hatte es irgendwann von einem untergehenden Frachter mitgehen lassen, auch wenn er bis jetzt keine Idee gehabt hatte, was damit anzufangen war.

So schloss sich der Kreis.

Bevor er den Sessel in die Mitte des Büros rückte, direkt unter die Lampe, nahm er erneut den Brief des Mädchens zur Hand.

Lieber Weihnachtsmann,
ich wünsche mir, dass du stirbst.
Kathy

Er verzog den Mund zu einem Grinsen. Konnten Wünsche die Welt verbessern? Vielleicht war dies seit langem der erste, der es konnte.

»Frohe Weihnachten, Kathy«, murmelte der Weihnachtsmann, bevor er auf den Sessel stieg und sich erhängte.

Autoren- und Quellenverzeichnis

☆ **Marliese Arold**, 1958 in Erlenbach am Main geboren, schrieb bereits als Kind ihren ersten Kriminalroman. In den Achtzigerjahren schuf sie mit »ZM – Streng geheim« eine Zeitmaschinen-Serie mit Kultstatus und hat bis heute über 170 Kinder- und Jugendromane veröffentlicht, die in elf Sprachen übersetzt wurden. Viele ihrer Bücher weisen phantastische Elemente auf und führen die Helden in magische Abenteuer. Marliese Arold lebt mit ihrem Mann und ihren beiden Kindern in Erlenbach. Mehr zur Autorin: www.marliese-arold.de
»Die zweite Chance« © 2007 Marliese Arold

☆ **Samit Basu**, geboren 1979 in Kalkutta, studierte Wirtschaft in seiner Heimatstadt und wechselte dann an die University of Westminster in London, wo er sich dem Studium des Dokumentarfilmens widmete. Sein Fantasy-Roman »Der letzte Held«, auf Deutsch bei Piper erschienen, machte ihn zum erfolgreichsten jungen Autor Indiens. Das »Outlook Magazine« kürte ihn als einen der »16 Aufsteiger Indiens unter 25 Jahren«. Basu arbeitet als Autor, Drehbuchautor, freier Filmemacher und Journalist in Delhi. Weiteres zum Autor: obiyalis.blogspot.com
»The Year of the Ape« © 2007 Samit Basu. Aus dem Englischen von Ronald M. Hahn

☆ **Ray Bradbury** wurde 1920 in Waukegan/Illinois geboren. Mit zahlreichen Erzählungen und Romanen ist Bradbury einer der produktivsten und bedeutendsten Autoren der Science Fiction und Fantasy. Zu seinen Hauptwerken zählen »Die Mars-Chroniken« und »Fahrenheit 451«, neben »1984« die wichtigste Dystopie des 20. Jahrhunderts. Seine Kurzgeschichten sind geprägt von der meisterlichen Balance zwischen Abenteuer und Sentimentalität. Ray Bradbury erhielt zahlreiche Auszeichnungen, darunter einen Stern auf dem Hollywood Walk of Fame. Zuletzt erschien sein Roman »Farewell Summer«. Ray Bradbury lebt in Los Angeles. Mehr zum Autor: www.raybradbury.com
»The Wish« © 1976 Ray Bradbury. Aus dem Amerikanischen von Christa Schuenke. Zuvor erschienen in: Ray Bradbury, Lange nach Mitternacht, Diogenes, Zürich 1997

☆ **Thomas M. Disch**, 1940 in Des Moines/Iowa geboren, zählt zu den ungewöhnlichsten und wichtigsten Science-Fiction-Autoren. Er begann seine schriftstellerische Karriere in den Sechzigerjahren. Romane wie »Camp Concentration«, der die Vereinigten Staaten zum totalitären Polizeistaat macht, und die utopische Episoden-Sammlung »334« zeigen Disch als Meister der politischen Satire. Seine Texte zeichnen sich durch ihren oft bitteren Sarkasmus und schwarzen Humor aus. Der mehrfach preisgekrönte Autor lebt als freier Journalist, Autor und Lyriker in New York.
»The Santa Claus Compromise« © 1975 »Crawdaddy«. Aus dem Amerikanischen von Michael Windgassen. Zuvor erschienen in: Wolfgang Jeschke und Uwe Luserke, Frohes Fest, Wilhelm Heyne Verlag, München 1991

☆ **Andreas Eschbach**, geboren 1959 in Ulm, wusste bereits als Vierzehnjähriger, dass er Schriftsteller werden wollte. Davor allerdings studierte er Luft- und Raumfahrttechnik und arbeitete in der EDV-Branche. Sein preisgekrönter Erstling »Die Haarteppichknüpfer«, der in viele Sprachen übersetzt wurde,

und die Space Opera »Quest« sind Schlüsselwerke der deutschen Science Fiction. Mit dem Bestseller »Das Jesus-Video« wandte er sich dem Schreiben von Thrillern zu, die immer wieder mit phantastischen Elementen spielen. Zuletzt erschien sein Roman »Ausgebrannt«. Andreas Eschbach lebt mit seiner Frau, die ebenfalls schreibt, in der Bretagne. Mehr zum Autor: www.andreaseschbach.de
»Ein Fest der Liebe« © 2007 Andreas Eschbach

☆ **Monika Felten**, geboren 1965, lebt mit ihrer Familie in der Holsteinischen Schweiz. Ihr Debüt »Elfenfeuer« machte sie über Nacht zu einer der beliebtesten phantastischen Autorinnen Deutschlands. Für ihre »Saga von Thale« erhielt sie gleich zweimal den Deutschen Phantastik Preis. Die Trilogie »Das Erbe der Runen« wurde ebenfalls ein großer Erfolg. Ihre Bücher, deren erste Leserin stets ihre Zwillingsschwester ist, erscheinen bei Piper. Mit ihrem aktuellen Roman »Die Königin der Schwerter« führt Monika Felten in eine neue Welt voller Magie, Liebe und dramatischer Schlachten. Mehr zur Autorin: www.monikafelten.de
»Zwölfnächte« © 2007 Monika Felten

☆ **Markus Heitz**, geboren 1971, studierte Germanistik und Geschichte und arbeitete als Journalist. Sein Debüt »Schatten über Ulldart«, der Auftakt zum Epos »Ulldart – Die Dunkle Zeit«, wurde mit dem Deutschen Phantastik Preis ausgezeichnet. Die sensationellen Bestseller »Die Zwerge«, »Der Krieg der Zwerge« und »Die Rache der Zwerge« eroberten die deutsche Fantasy-Szene im Sturm. Für die »Zwerge«-Romane erhielt Markus Heitz erneut zweimal den Deutschen Phantastik Preis. Bei Piper erschienen zuletzt »Die Mächte des Feuers« und »Fatales Vermächtnis«, das dramatische Finale des »Ulldart«-Zyklus. Momentan schreibt er am vierten Band der »Zwerge«. Mehr zum Autor: www.mahet.de und www.ulldart.de
»Das Fest der Zwerge« © 2007 Markus Heitz

☆ **A. Lee Martinez** lebt in Dallas/Texas, wo er schreibt, jongliert, Videospiele spielt und generell seine Zeit vertut. Möglicherweise ist er ein Geheimzauberer, das wäre allerdings geheim. Es kann sein, dass er Spaß an Gartenarbeit hat. Jedenfalls schreibt er nicht gerne über sich, sondern lieber über fliegende Kobolde. Und eigentlich hat er auch keinen Spaß an Gartenarbeit. Alles, was nun in dieser Biographie folgt, ist aber korrekt. Sein Debüt »Diner des Grauens« machte ihn zum neuen Star der humorvollen Fantasy, sein zweiter Roman »Die Kompanie der Oger« wurde ein Bestseller. A. Lee Martinez' Werk erscheint bei Piper. Weiteres zum Autor: www.aleemartinez.com
»The Hard Holiday« © 2007 A. Lee Martinez. Aus dem Amerikanischen von Karen Gerwig

☆ **Tobias O. Meißner**, geboren 1967, studierte Kommunikations- und Theaterwissenschaften und ist freier Schriftsteller. Seine Romane »Hiobs Spiel«, »Das Paradies der Schwerter« und »Neverwake« sind Kult unter den Freunden innovativer und niveauvoller Phantastik. Jüngst wurde Meißner von der Zeitschrift »Bücher« als einer der »zehn wichtigsten Autoren von morgen« ausgezeichnet. Bei Piper erzählt er mit seinem Zyklus »Im Zeichen des Mammuts« eine ungewöhnliche Fantasy-Saga um die Rettung einer sterbenden Welt. Zuletzt erschien »Brücke der brennenden Blumen«, der vierte Band des »Mammut«-Zyklus. Tobias O. Meißner lebt in Berlin.
»Der letzte Weinaxtmann« © 2007 Tobias O. Meißner

☆ **Michael Peinkofer**, geboren 1969, studierte Germanistik, Geschichte und Kommunikationswissenschaften, schrieb zahlreiche Krimis und Science Fiction-Romane unter Pseudonym und arbeitete als Redakteur bei der Filmzeitschrift »Moviestar«. Mit seinen Bestsellern »Die Rückkehr der Orks« und »Der Schwur der Orks«, die die haarsträubenden Abenteuer der ungleichen Ork-Brüder Balbok und Rammar schildern, avancierte er zu einem der bekanntesten Fantasy-Autoren Deutsch-

lands. Bei Piper erschien zuletzt sein neues High Fantasy-Epos »Unter dem Erlmond«. Michael Peinkofer lebt mit Frau und Tochter im Allgäu. Mehr zum Autor: www.michael-peinkofer.de
»Der Orkvernichter« © 2007 Michael Peinkofer

☆ **Richard Schwartz**, geboren 1958 in Frankfurt am Main, hat eine Ausbildung als Flugzeugmechaniker und ein Studium der Elektrotechnik und Informatik absolviert. Er arbeitete als Tankwart, Postfahrer und Systemprogrammierer und restauriert Autos und Motorräder. Am liebsten widmet sich der passionierte Schriftsteller jedoch phantastischen Welten. Mit seinem bei Piper erschienenen Debütroman »Das Erste Horn« um »Das Geheimnis von Askir« erschloss er auf Anhieb eine große Fangemeinde und führte die High Fantasy auf neue Pfade. Zuletzt erschien der dritte Band des Askir-Zyklus, »Das Auge der Wüste«.
»Der Besuch« © 2007 Richard Schwartz

☆ **Dan Simmons** wurde 1948 in Peoria/Illinois geboren. Er arbeitete lange als Grundschullehrer, bis er 1982 für eine Kurzgeschichte einen Literaturpreis erhielt und sich fortan ganz der Schriftstellerei widmete. Seither sind Auszeichnungen für seine Werke die Regel. Der überaus produktive Autor ist in mehreren Genres zu Hause, vom Horror über Psycho-Thriller bis zur Phantastik. In dem Roman »Hyperion« erschuf Simmons eines der furchterregendsten Geschöpfe der Science Fiction, das Shrike, und setzte neue Maßstäbe für die phantastische Literatur. Zuletzt erschien sein Thriller »Terror« über ein Grauen, das in der Arktis lauert. Mehr zum Autor: www.dansimmons.com
»Vexed to Nightmare by a Rocking Cradle« © 1985 Dan Simmons. Aus dem Amerikanischen von Joachim Körber. Zuvor erschienen in: Dan Simmons, Styx, Wilhelm Heyne Verlag, München 1995

☆ **Florian Straub**, geboren 1973, stammt aus Berlin und ist festes Mitglied der örtlichen Musikszene. Die meiste Zeit des Jahres ist er mit wechselnden Bands auf Tournee. In seinem Hauptberuf widmet sich Florian Straub ebenso den düsteren und furchterregenden Dingen wie in seinem literarischen Schaffen. Seine Erzählungen sind schockierend und erheiternd zugleich, und nicht selten halten sie uns den Spiegel vor. Wenn Florian Straub nicht schreibt, lässt er sich im Abendrot auf dem Wannsee treiben und ersinnt wahnwitzige Ideen für seinen ersten Roman.

☆ **Mara Volkers** ist gebürtige Kölnerin und langjähriger Fan von Science Fiction und Fantasy ebenso wie von mitteleuropäischer Geschichte. Nachdem sie zahlreiche Erzählungen veröffentlicht hatte, entschied sie sich, Phantastisches und Historisches in einem Roman zu verbinden. Ihr Debüt »Die Reliquie« um die junge Heldin Bärbel spielt zum Ende des großen Interregnums 1250–1272 und verwebt mittelalterliches Abenteuer mit mysteriöser Spannung. Mara Volkers lebt zusammen mit ihrem Mann in Bayern und arbeitet als freie Schriftstellerin.

☆ **Karl-Heinz Witzko**, geboren 1953 in Stuttgart, ist diplomierter Statistiker. In den Neunzigerjahren arbeitete er in der Redaktion des erfolgreichsten deutschen Rollenspiels »Das Schwarze Auge«, bevor er sich dem Ersinnen eigener Welten widmete. Witzkos Romane zeichnen sich durch Wortwitz und schillernde Phantasie aus. Seine skurrilen Einfälle holt sich der Autor während ausgedehnter Spaziergänge im Teufelsmoor bei Bremen. Zuletzt erschien bei Piper der Bestseller »Die Kobolde« über das gemeinste und zugleich liebenswerteste Volk der Fantasy. Zurzeit schreibt Karl-Heinz Witzko an seinem zweiten Kobold-Roman.

Markus Heitz

Trügerischer Friede

Ulldart – Zeit des Neuen 1. 448 Seiten. Serie Piper

Nach der großen, verheerenden Schlacht ist auf dem Kontinent Ulldart wieder Frieden eingekehrt. Doch die Ruhe trügt: Während Lodrik sich immer weiter zurückzieht, plant seine erste Frau Aljascha, die Herrschaft über Tarpol zu erlangen. Und im fernen Norden ist jemand erschienen, den alle für tot gehalten haben. Die ehemaligen Kampfgefährten müssen erneut zusammentreffen, um die Katastrophe zu verhindern …

Mit dem Zyklus »Zeit des Neuen« kehrt der Bestsellerautor auf den Kontinent Ulldart zurück – ein idealer Einstieg für Neuleser und zugleich ein Wiedersehen mit den beliebtesten Helden und größten Schurken.

05/1869/01/L

Michael Peinkofer

Unter dem Erlmond

Land der Mythen 1. 496 Seiten. Serie Piper

Einst war die Welt von Eis überzogen. Nach furchtbaren Schlachten besiegten die magisch begabten Sylfen die Zyklopen und Eisdrachen. Es gelang ihnen, sie in die Höhlen von Urgulroth zurückzudrängen. Das Eis des Bösen schmolz, und riesige Berge türmten sich dort auf, wo das Heer der Feinde versunken war. Ein ganzes Zeitalter lang lebten die Völker in Frieden. Doch nun mehren sich die Anzeichen, dass das Böse zurückkehrt: Von immer neuen Angriffen der Erlen, monströser Geschöpfe von übermenschlicher Kraft, wird berichtet. Der Jäger Alphart sucht Rat bei dem Druiden Yvolar. Doch um die Welt zu retten, muss Alphart ins verfeindete Zwergenreich reisen und einen drohenden Krieg verhindern … Mit »Die Rückkehr der Orks« und »Der Schwur der Orks« feiert Michael Peinkofer sensationelle Erfolge. Nun führt er mit dem »Land der Mythen« in ein faszinierendes Reich der Elfen, Zwerge, Drachen und Magier, das alle High Fantasy-Fans begeistern wird.

05/2159/01/R

Monika Felten

Die Nebelsängerin

Das Erbe der Runen 1.
464 Seiten. Serie Piper

Nach der Saga um das »Elfenfeuer« der neue große Zyklus der deutschen Meisterin der Fantasy: »Das Erbe der Runen«. Finstere Mächte, Unheil und Verrat haben die Magie der Nebel gebrochen, welche die Elben einst woben. Die Nebelsängerin Ajana ist eine Grenzgängerin zwischen der realen Welt und dem Reich der Elben. Als Erbin eines uralten Amuletts, das von jeher von der Mutter an die Tochter weitergegeben wird, gerät sie unversehens in den Bann verzauberter Runen und wird hineingerissen in einen Strudel phantastischer Abenteuer. Noch ahnt sie nicht, welch ungeheure Aufgabe das Schicksal für sie bereithält.

05/2129/01/L

A. Lee Martinez

Die Kompanie der Oger

Sterben und sterben lassen! Aus dem Amerikanischen von Karen Gerwig. 416 Seiten. Serie Piper

Für einen, der unsterblich ist, stirbt Never Dead Ned ziemlich häufig – nur kehrt er immer wieder ins Leben zurück. Doch Ned bliebe lieber tot, als seine neue Aufgabe anzutreten: Er soll die Oger-Kompanie befehligen, die verwahrloseste Truppe der Welt. Selbstmörderische Kobolde, gehänselte Orks und verführerische Amazonen machen ihm das Leben zur Hölle. Dazu droht der Welt noch furchtbares Unheil. Die Oger-Kompanie steht vor ihrer ersten – und schwierigsten – Aufgabe …

»Noch schneller und lustiger als ›Diner des Grauens‹. Dieses Buch macht Fans von Terry Pratchett und Douglas Adams süchtig!«
Booklist

05/2120/01/R